표류하는 영혼들을 위한

종착지

NF

RADE TERMINUS
by Nicolas FARGUES
Copyright ⓒ EDITIONS P.O.L, Paris, 2004
Korean Translation Copyright ⓒ Mujintree Co. Ltd. 2010
All rights reserved.

This Korean edition was published by arrangement with EDITIONS P.O.L, (Paris)
through Bestun Korea Agency, Seoul, Korea.

표류하는 영혼들을 위한

종착지

Rade Terminus

니콜라 파르그 | 이혜원 옮김

mu**j**intree
뮤진트리

20002년 8월 30일 오후 3시경, 나는 아내와 아이들과 함께 마다가
스카르 최남단의 도시 디에고 수아레즈에 내렸다. 공항은 자그마했
다. 드넓은 하늘은 투명하리만치 푸르렀고, 제부zebu 몇 마리가 울
타리조차 없는 활주로 근처에서 풀을 뜯고 있었다. 도심으로 연결
되는 하나뿐인 도로는 무척 좁았으며 양 가장자리엔 양철로 지은
집들이 즐비했고 누더기를 걸친 사람들이 걸어가고 있었다. 5분쯤
지나자 갈림길이 나타났다. 아내가 운전기사에게 물었다. "시내에
도착하려면 아직 멀었나요?" 기사가 대답했다. "다 왔는데요. 여기
가 바로 시내에요."

나는 디에고 수아레즈(마다가스카르 식으로는 안치라나나)에 4년 있었다. 프랑스 외무성으로부터 디에고의 알리앙스 프랑세즈 원장에 임명되었던 것이다. 직무상, 내 인생에 있어서 가장 흥미진진한 경험이었던 것은 틀림없는 사실이다. 프랑스 정부에서 지원해주는 턱없이 부족한 자금으로 콘서트 및 전시, 운동 경기 등을 수십 차례나 개최했는데, 문화 활동이라든가 여가 활동이라고는 전무하다시피 한 도시에 살면서 새로운 것에 목말라 하는 그곳 젊은이들에게는 퍽이나 다행스러운 일이 아닐 수 없었다. 개인적으로도 마찬가지여서, 그곳에서 보낸 4년간은 내 인생 최고의 순간이자, 최악의 시간들이었다. 비할 데 없이 다사로운 대기의 품에 안겨, 인적 드문 바닷가에서 불타오르듯 빨갛게 물든 하늘 한가운데로 태양이 지는 걸 바라보며, 서구 소비자 운동식의 강박관념, 그 모든 책략과 가식, 야망에서 벗어난 채 죽는 날까지 살 수도 있겠다싶었다. 평소 머릿속에 그리던 곳과 딱 맞는 장소를 찾으려고 먼 곳을 찾아 헤맬 필요가 없을 것 같은 느낌이 들었던 것이다. 하지만 지옥을 경험한 곳 또한 그곳이었다. 아내와 나는 함께 산 지 10년 만에 말할 수 없는 고통 속에서 서로를 학대하며 파경을 맞았다.

나는 마다가스카르에 도착한 지 겨우 4일째 되던 날 이 책을 쓰기 시작해서 1년 만에 끝마쳤다. 책을 쓰고, 소설이 출간된 지 여러 해가 흘렀음을 감안할 때, 몇몇 행이야 다르게 고쳐 쓸 수도 있겠지만 그 기본 내용은 변함이 없을 것이다. 이 작품은 비록 소설 구조상 3인칭 시점으로 쓰여졌고, 수없이 많은 인물들이 등장하지만, 지극히 사적인 내용을 담고 있는 책이다. 나는 이 책을 통해 평소 꼭 하고 싶었던 이야기, 즉 서구 사회 및 마다가스카르를 찾는 모든 일반 여행객들이 필히 갖춰야 할 덕목인 겸손함에 대해 말하고 싶었다.

2006년 8월 31일 오후 2시경, 마지막으로 마다가스카르 공항의 출국심사를 받았다. 우선 비행기를 타고 타나나리브로 가서 프랑스로 아주 떠날 예정이었다. 이혼을 한 나는 혼자였다. 그로부터 2년 전에 디에고를 배경으로 쓴 내 책이 프랑스에서 출간된 사실을 수많은 마다가스카르 사람들이 알고 있었다. 심지어 몇몇 사람들은 책을 구해 가지고 들어오기도 했던 것이다. 내가 여행 가방을 열어 출입국 관리소 여직원에게 책을 꺼내 보이자, 여직원은 몹시 언짢은 듯한 기색으로 나를 바라보았다. "당신은 우릴 저버렸어요." 그녀는 단지 이렇게만 말하고는 이내 뒷사람 순서로 넘어갔다.

마다가스카르를 떠난 지 2년 바이란 세월이 흐른 지금, 나는 그 여직원에게 이렇게 말하고 싶다. 단 하루도 디에고를 생각하지 않고 지낸 날이 없으니 아직도 그곳에 있는 거나 다름없다고. 내가 디에고를 저버리지 않았음을 깨달으려면 다시 한번 주의 깊게 읽어볼 필요가 있다고. 왜냐하면 디에고를 저버린다는 건 무엇보다도 나 자신을 저버리는 것과 마찬가지였을 테니까 말이다.

01

　필립은 미친 게 아니었다. 자신이 혼자 있을 때 하는 몇몇 행동들을 다른 평범한 사람들이 본다면 미치광이로 여기고도 남으리라는 걸 스스로 똑똑히 인식하고 있었다는 점만 봐도 알 수 있다. 더군다나 그런 사실을 전혀 모르는 주위사람들은 평소 그에 대해 알고 있거나, 그를 관찰하고, 그에 관해 들은 사실만으로 그를 판단했기 때문에 공식적으로 볼 때 필립은 지극히 정상적인 사람이었다. 심지어, 일시적인 광기쯤은 완벽하게 조절할 수 있으니 평범한 것보다는 훨씬 나은 게 아니냐는 생각에 가끔 스스로 만족감을 느끼기조차 했다.

　'당장 이 문을 네 번 연달아 열었다 닫았다 하지 않으면 언젠가 그 대가를 치르게 될 게 뻔해. 달리 선택의 여지가 없단 말이지. 지상명령이나 마찬가지라고. 바보 같은 짓이란 건 알아. 어처구니없긴 하지만 어쩌겠어. 마음의 평정을 유지하려면 그 정도 대가는 치러야지. 이미 익숙하잖아. 내가 지금 무슨 짓을 하고 있는지는 알아. 하지만 그건 내 문제야. 남들이 상관할 바 아니란 말이지.'

전문가들의 집계에 따르면 2 또는 4퍼센트의 사람들이 강박장애를 앓고 있다고 한다. 어느 누구도 그들이 하루에 수십 번씩 손을 씻으러 가고, 옷장 속을 정리할 때 똑같은 옷을 무려 45분 동안이나 폈다 접었다 하며, 집을 나서기 전에 전기 스위치나 가스 차단기를 셀 수 없이 반복적으로 확인하는 걸 막을 수는 없다. 그들은 사회생활에 적응을 못하고 타인에게 불쾌감을 주는데다 자신만의 이상한 버릇에 집착하며 주위사람들에게 해를 끼치는, 웬만해선 치료가 안 되는 자들이다. 그런 이들을 보고 있노라면 도무지 이해할 수가 없고 나아가 거부감이 일면서 두려운 느낌마저 들게 된다. 물론 강박장애는 환자가 어린 시절 뜻하지 않게 겪은 정신적 외상에서 그 원인을 찾을 수 있는, 불안 증세를 동반하는 일종의 정신질환이다.

필립은 자신의 이상증세를 그저 과도한 집착쯤으로, 자신의 뛰어난 선견지명이 현실화되어 나타나는 것 정도로 여겼다. 말하자면 어느 날 아무 까닭 없이 누리게 된 것만큼이나 순식간에 도로 잃게 될까봐 어떻게 해서든 감추려들게 되는 불공정 특혜처럼 말이다. 교회 근처엔 얼씬거린 적도 없고 세례를 받은 적도, 단 한 페이지의 성경책을 온전히 읽어본 적도 없으며 진실된 믿음으로 하느님을 부르는 사람에게조차도 경계의 눈초리를 완전히 거두지 못한 채 관용의 눈길로 바라보는('하느님이라니, 무슨 사이비도 아니고 말만 들어도 우울해지려고 하네.'), 바로 그 점에 관해서는 다분히 프랑스적인 빈정거림을 드러내곤 하던 그였지만 이처럼 관념적이고도 불가해하며 눈에 보이지 않는 대화 상대의 성격을 규정하자니 **하느님** 말고는 딱히 떠오르는 단어가 없었고, 따라서 자신이 선택되었다는 느낌을 받기에 이르렀다.

'하느님, 감사합니다. 이런 깨달음을 제게 주시다니. 사무실 문을 네 번 연거푸 열었다 닫았다 한다거나 매일 아침 욕실의 타일바닥을 디딜 때 금을 밟지 않도록 조심하는 것 따위의 하찮은 일들로, 약간의 수고를 감수하기만 해도 액운을 피할 수 있다는 그런 깨달음 말이에요.'

필립은 그토록 단순한 비결, 즉 겸손이라는 열쇠를 자신에게 하사한 신에게 늘 감사의 말을 건네곤 했다.

'당신께 감사할 생각을 않는 건 너무 안이하게 사는 거죠.'

심지어 신이 부과하는 것만큼이나 엉뚱하기 짝이 없는 일들로 자신을 옭아매면서까지. 예를 들어 '하느님, 당신이 안 좋은 쪽으로 강요 **하는** 것은 절대 아니라는 사실을 유념해주셨으면 해요.' 하는 식으로 말이다. 다른 모든 이들처럼 한다는 건, 그런 과제를 스스로에게 부과하지 않는다는 건, 너무 안이하고 지나치게 **평범한** 거였다. 맹목적으로 자기 자신만 생각해서 꼭 필요한 행동만 한다는 건. 게다가 하느님은 잘 알고 계시지 않은가. 필립이 신의 보복이 두려워 그런 강제사항들을 따르기로 한 건 아니라는 것을.

'전 그렇게 이해타산적인 인간이 아니라구요. (하긴 만약에 그렇다 쳐도 예전에 이미 그 대가를 치르게 만들었을 테지만. 안 그래요?)'

그의 경우는 그보다 복잡했다. 말하자면 '이 일자리만 얻게 해주면 담배를 끊는다고 맹세할게요.' 하면서 주고받기 식으로 신을 받아들이는 평범한 보통 사람들의 경우보다 훨씬 더 복잡했다는 얘기다. 아니다. 신은 이렇게 확신했을 수도 있다. 제 아무리 어려운 상황에 처하더라도 필립이라면 계속해서 당신의 말을 철석같이 믿고 따를 거라고. 이는 필립이 비겁하게 신의 존재를 부정할 생각 따윈 언감생심 꿈도 꾸질 않았다는 ('사실 그거야 모르는 거니까.') 게 아니다. 사실 그저 양심상 꺼림칙했기 때문에, 손쉽게 해결해볼 양으로 신이 존재한다는 데 모든 걸 걸었다고 보는 편이 옳을 것이다.

'전 남들과는 다르니까요.'

그는 **대체로** 혼자 있을 때 자기망상에 빠져들곤 했다. 제삼자가 있는데 발작이 일 경우엔 마치 신이 던진 익살스러운 도전인 양 해석했다. 말하자면 학교 선생들과 그들이 낸 당혹스러운 필기시험인 것처럼, 학교에서 이런 식의 평가를 통해 신을 향한 믿음의 진정성을 평가받고 테스트 받기라도 하듯 말이다. 따라서 당황하기는커녕 다른 사람을 불안하게 만들지도 않으면서 기꺼운 마음으로 아무렇지도 않게 받아넘기곤 했다. 예를 들어 그날 저녁엔 자신의 비서인 소냐를 능수능란한 솜씨로 속여 넘겼다.

'소냐와 함께 있을 때 그녀가 눈치채지 못하게끔 저 문을 네 번이나 연거푸 열었다 닫았다 해야겠는데 말이야. 그러자면 좀 위험하긴 하지. 하지만 명령을 거부할 순 없어. 말도 안 되고말고. 하느님께 실망을 안겨 드려선 안 돼. 지금껏 수많은 세월동안 한 치의 실수도 없이 하라는 대로 따랐다고 해서 노력을 게을리 해선 안 된다고. 신이란 사랑과도 같아서 하루도 빠짐없이 관리를 해줘야 해. 자고로 정원을 완벽하게 유지하려면 매일매일 잡초를 뽑아줘야 하는 법. 신의 말씀에 절대 복종해야 해. 그건 어길 수 없는 규칙이나 마찬가지야. 어떠한 예외도 타협도 부정도 일체의 조정도 있을 수 없단 말이지.'

그렇게 해서 머지않아 자연스럽게 소냐와 대적해야 한다는 사실에 온 정신이 팔려 있던 그는 매일 저녁 그 시간에 하던 대로 자신의 서류가방과 윗도리를 집어 들고는 고개를 숙인 채 사무실을 나와 문을 닫았다(한 번). 그의 시야에 어렴풋하게나마 소냐의 모습이 들어왔는데 문소리가 나는 쪽으로 시선을 돌리고 있었다. 등을 돌린 채 좀 더 바쁜 척 해 보이려고 어깨를 슬며시 움츠린 그는 주머니를 여기저기 더듬어보고는 여전히 그녀에게 눈길을 돌리지 않은 채 적당히 걱정스런 표정을 지어 보이고 나서 과장됨이 없이 그럴듯한 목소리로 무뚝뚝하게 **이런, 젠장!** 하고 중얼거렸다. 그러고는 곧장 사무실 문을 열고 안으로 들어와 재차 문을 닫았다(두 번). 꼼짝도 않고 우뚝 선 채로 침착하게 문 뒤로 시간이 흐르기를 기다렸다. 십 초라는 시간이 보통사람들한테는 아무 의미도 없다는 생각을 하면

13

서. 이윽고 또다시 사무실 문을 열고 밖으로 나와 재차 문을 닫았다 (세 번). 걱정스러운 눈초리를 하고는 힘없이 문고리를 쥔 채로 뭔가 주저하는 척하며 소냐를 향해 고개를 돌렸다.

"소냐, 미안한데 혹시 내 열쇠꾸러미 못 봤어?"

그러고는 맡은 바 임무에 충실히 간단하게 한 번을 더 추가할 수 있었다. 그것도 자신이 말을 걸 적마다 그녀가 드러내 보이곤 하던 동요와 불편해 하는 기색조차 불러일으키지 않고서. 심지어 단순하고 내성적이며 복잡다단한 성격을 지닌 여자들한테 성적인 이끌림을 드러내면 이는 종종 반감을 표시하는 걸로 보일 수도 있다는 걸 알아차릴 여유까지 있었다. 소냐는 아무것도 눈치 채지 못하고 재빠르게 자신의 책상을 샅샅이 뒤져보고 컴퓨터 자판을 이리저리 뒤집어보고 서류를 들춰보고 하다가 다시 필립을 바라보고는 제 일처럼 진심으로 걱정하는 표정을 지어 보이며 거의 미안해하다시피 했다.

"아뇨, 전 아무것도 못 봤는데요. 서류가방 안에 없는 게 확실한가요?"

"글쎄, 없는 것 같은데…… 잠깐만, 사무실을 다시 한번 둘러봐야겠어. 대체 정신을 어디다 두고 다니는 건지 통 알 수가 없단 말이야!"

필립은 가던 길을 되돌아와 마지막으로 한번 사무실 문을 밀었다. 이번에는 여봐란듯이 활짝 열어두고는 테이블로 달려가 펜이며 종잇장 따위를 뒤적이더니 애초부터 전화기 뒤에 있었던 것이 분명한 자신의 열쇠 꾸러미를 집어 들고는 소냐의 귀에도 들릴 만큼 큰

소리로 외쳤다.

"그럼 그렇지! 이놈의 열쇠 때문에 눈알이 다 빠질 지경이라니까! 테이블 전화기 바로 뒤에 있는 걸 가지고 말이야! 나 원, 내가 이러고도 어떻게 땅에 발을 붙이고 있는지 어이가 없다니까!"

그는 다시금 사무실을 나와 네 번째로 문을 닫았다. 이번엔 열쇠로, 확실하게. 드디어 임무 완료. 사무실 열쇠는 주머니 속에 아주 안전하게, 제대로, 슬며시 모셔둔 상태였고, 손목시계의 초침은 기껏해야 한 바퀴 반을 돌았을 뿐이다.

'하느님, 이제 됐나요?'

한결 홀가분해진 필립은 유쾌한 기분으로 장난스레 말을 이었다.

"사실 이런 일로 얼마나 많은 불편을 겪고 있는지 소냐는 모를걸. 물건을 제자리에 두는 것 같은 간단하지만 중요한 일에 2분 이상 집중을 못하거든. 깜박하는가 하면 쓸데없는 공상에 잠기고, 그러다 보니 주의력이 떨어져 대수롭지 않은 일들 때문에 산만해지는 거지. 가끔은 이놈의 열쇠나 지갑이 날 갖고 노는 것 같다니까! 난 정리정돈엔 영 꽝이거든!"

이윽고 소냐가 '얼핏 봐서는 산만한 듯해도 유능한' 자신을 매력적이라고 생각하는 것도 무리는 아니다싶어 애정이 담뿍 담긴 어조로 말했다.

"소냐도 그럴 때 있어? 설마, 소냐야 언제 봐도 빈틈이 없는 사람인데. 어때, 내 말이 틀려?"

소냐가 시선을 떨어뜨렸다.

"당연히 저도 그럴 때가 있지요. 저라고 왜 그럴 때가 없겠어요?"

그녀가 어색한 미소를 짓자 필립은 그제야 자신이 그녀의 심기를 건드리고 있음을 눈치 챘다.

('나라고 왜 정신 나갈 때가 없겠어? 그런 식으로 말하다니, 날 완전히 바보 취급하는 거지 뭐야. 게다가 순 위선자라니까. 그런 게 장점이라고 믿게 만들려나본데 그 말뜻은 단지 이것뿐이지. '당신은 아주 빈틈없는 사람이니 절대로 그럴 리가 없지.' 그건 이런 뜻이야. '소냐, 당신은 어디서나 볼 수 있는 흔한 사람이야. 따분한 타입이지. 매사에 똑 부러지지만 그래서 따분하다고…….' 그래, 좋아. 내가 그 사람 와이프만큼 그렇게 민첩하고 세련된 여자가 아니란 건 안다구! 아니 그런데 넌 자신이 누군 줄 아는 거야? 소냐, 너 지금 질투하니? 과대망상은 금물이야. 네가 '저라고 왜 그럴 때가 없겠어요?' 하고 대답했을 때 그이는 틀림없이 널 툭하면 화만 내는 머저리로 봤을 거야. 그이 역시 너한테 얘기라곤 단 한마디도 안 할 수 있다고. 전에 그 칼로처럼 말이야. 정말이지 그 인간은 최악이었어! 그저 일 얘기에 인사말이 아니면 통 말을 거는 법이 없고 내 앞을 지날 때도 고개를 빳빳이 세운 채 날 절대 쳐다보질 않았지. 필립은 어쨌든 내 생일도 챙기고, 늘 내 머리 모양이나 옷차림새를 추켜세워주잖아. 비록 빈말일망정.')

이런. 그녀가 기뻐할 거라 믿었는데. 좀 더 단순하고 좀 더 직접적인 게 더 나으리라, 그래야 오해의 소지가 없으리라 필립은 생각했던 것이다. 하기야 소냐는 필립에게 살며시 연정을 품고 있었고,

그는 그녀에게 늘 친절하게 대했으니 그녀가 자신을 원망할 리는 없다고 생각한 것도 무리는 아니었다. 게다가 그녀는 장시간 마다하지 않고 기꺼이 응해주었고, 대화를 이어간 것도 그녀였다. 한 번은 그의 마음을 살짝 사로잡기도 했다.

"그럼, 떠날 준비는 되셨어요? 언제죠?"

그 나이에 긴장감을 떨쳐내려 들고 그의 시선을 조금이라도 더 붙들어두려고 하다니 그녀의 그런 태도는 실로 감동적인 것이었다.

"토요일 아침."

"잘 됐네요. 마다가스카르는 꿈같은 곳이죠. 새로 온 비서랑 함께 가신다면서요? 그 사람 이름이 뭐였더라, 기억이 안 나네. 아모리였나? 맞다, 아모리 드 랑글. 그 사람 어때요? 조금 쌀쌀맞아 보이는 것 같지 않으세요? 뭐, 어쨌든 활기차긴 하지만."

그녀가 새로 온 비서를 마음에 안 들어 하는 것 같지는 않았다. 필립은 그가 면접을 보러 왔을 때 대충 짐작하고 있었다. 정말이지 소냐는 절망에 빠져 있었던 것이다.

그들 사이엔 사소하긴 해도 활력을 되찾은 대화, 얼떨결에 니ㄴ게 된 수많은 얘기들이 이어졌고, 그러는 동안 필립은 이런 사실을 시인하지 않을 수 없었다. 여행을 한다는 건 참 멋진 일이어서 몇 년이 걸리더라도 결코 마다하는 법이 없다, 자신이 하는 일은 정말 흥미진진해서 좀처럼 불평할 이유가 없다, 자신은 참 운이 좋은 편이고 그 점은 익히 알고 있다, 등등. 그는 웃고 즐기고 농담을 건네는가 하면 이렇게 저렇게 해보다가 씩씩거리기도 하고 소냐를 약 올리다가는 격려하기도 하면서 이것저것을 물어보았다. 하지만 그가 그녀에게 관심을 가져보려 했던 것은 무엇보다도 부하직원 앞에서 있는 대로 폼 잡으며 대화를 혼자서 주도해 나가는 상급자의 도식에 빠지지 않기 위함이었다. 요컨대 그녀가 자기를 생기 넘치고 친절하며 겸손하고 꾸밈없고 개방적인, 저도 모르게 여자를 유혹하는 그런 멋진 남자로 보고 있다는 것을 짐작하고 있었다는 얘기다.

그러면서도 필립은 그녀와 얘기를 나누는 내내 속으로 이런 생각을 하고 있었다. 이젠 살짝 지겨워지기 시작했으며, 정해진 룰에서 벗어나지 않으면서 가속도를 낸다는 게 그 어느 때보다도 힘들다는 생각이 들 때가 한두 번이 아니라고. 남 보기엔 어떨지 몰라도 무려 10시간이나 비행기를 타야 하고, 어시스턴트들에게 브리핑을 해야 하고 그들을 책임져야 하며, 착륙해서 호텔에 잠시 머물렀다 다시 또 2시간 비행기를 타고, 내려서는 택시를 타고 또 다른 호텔에 짐을 푸는 그 짓을 하고 싶은 마음은 추호도 없다고. 소요 자금의 예산을 세우고 정신을 집중해서 수많은 사람들을 만나 그들의 사례에 일일이 관심을 보이고 하는 일을 무슨 게임을 하듯 가벼운 마음으로 하고 싶지도 않고, 그저 가벼운 마음으로 직장에서 웃는 얼굴을 하고 느슨하게 풀어진다는 게, 각종 모임을 주관하고, 한 달 동안 로르와 뤼도빅과 다프네랑 멀리 떨어져 지내는 그런 게 다 내키지 않는다고. 그런 건 아무래도 상관없는 온갖 네트워크를 구성하는 일로 끝나기 마련이며 그러느니 파리의 집에 남아 텔레비전 앞에서 빈둥거리며 죽는 날까지 허송세월하면서 케세라세라를 외쳐대는 편이 훨씬 더 유익할 거라고 속으로 되뇌었다. 이번 일을 끝으로 자신에게도 평화가 주어졌으면 좋겠고, 모든 게 멈춰버려 전화도 인터넷도 끊어지고 다 사라져버렸으면 좋겠다고. 아침마다 척하는 것도 지겹고, 시찰도 보고도 신물이 나며, 시도 때도 없이 재발하는 정신분열 증세도 그렇고, 사생활도 일도 이젠 다 넌덜머리가 난다고. 그는 속으로 생각했다. 다른 사람들이 불평불만을 일삼고 툭하면 찡그린 얼굴을 한다는 것은 그들이 연기를 하지 않는다는 뜻이며, 원만한 사회생활을 하는 것처럼 보이려고 한도 끝도 없이 초인적인 노력을 하지는 않는다는 뜻이라고. 그들은 일이든 삶이든, 좋은 때든 나쁜 때든, 남김없이 완벽하게 자기 자신을 구현하고 있는 거라고.

소냐는 필립의 미소가 한순간 굳어지고, 눈 깜짝할 사이에 눈빛이 달라질 정도로 그가 심란하다는 걸 크게 눈치 채지는 못했다.

'아니에요, 하느님! 취소예요! 방금 머릿속으로 되뇌어본 말들 죄다 취소라고요! 괜히 좀 까탈을 부려본 거예요. 제가 투덜대긴 해도 당신이 제게 어떻게 해주셨는지는 누구보다 잘 아시잖아요. 수당이 두둑한 오지 피견근무니 일이니 편안한 삶이니 하는 것들도 그렇고, 사람들로부터 받는 존경이나 인정 따위 그 모든 걸 볼 때 당신이 그저 헛수고를 하신 건 아니죠. 당신은 제게 나 자신에 대한 믿음, 즉 자신감을 심어주셨어요. 그것이 제게 얼마나 값진 선물인지는 헤아리고도 남아요. 그거야말로 가장 중요한 거고, 그거야말로 사람들 사이에서의 실질적인 등급을 매기는 첫 번째 기준이라는 걸 깨달았거든요. 전 지금 행복해요. 당신은 저를 통해 아주 멋진 일을 해내셨

으니 앞으로 방해하지 않을게요! 취소예요, 아셨죠? 그런 걸 다 잃게
되면 전 진짜 불행해질 거예요. 그러니 지금부턴 일절 불평하지 않
겠다고 약속할게요. 게다가 어쨌든 제가 원하는 게 뭐고 제게 유익
한 게 어떤 거며 제게 필요한 게 뭔지는 저보다도 잘 알고 계시잖아
요. 전 당신을 무조건 따를 거예요. 믿으니까요. 절 너무 원망하진
마세요. 그냥 웃자고 해본 얘기니까. 하느님, 다시 한번 감사드려요.
피차 지난 일은 잊기예요, 알았죠? 그저 여러모로 감사드려요.'

02

아모리는 생 라자르Saint-Lazare 역에서 가르슈 마른느 라 코케트 Garches-Marne-la-Coquette 역까지 오는 동안 내내 전화 통화를 하고 난 참이었다. 그렇지만 처음 기차에 오르는 순간 마음먹기로는 20분 남짓한 이 시간 동안 편안한 마음으로 새로 산 휴대폰에 대해 요모 조모 따져볼 작정이었다. 아모리에게 새로 산 전화기의 별도 기능 들(이 경우에는 계산 기능)을 처음으로 사용해본다는 것은 늘 상당한 정신집중을 요하면서도 동시에 긴장을 완화시킬 수 있는 특별한 순간이었기 때문이다. 특히 치안이 좋기로 소문난 생 라자르–생 농 라 브르테슈Saint-Lazare – Saint-Nom-la-Bretèche 노선의 텅텅 비어 있는 네 모난 좌석 위에 털썩 주저앉아 갈 수 있을 경우에는. 그런데 그는 이

시간을 온통 전화통화 하는데 쏟아 부었다. 그렇다고 그에게 걸려 온 두 통의 전화가 특별히 대단했던 것도 아니다(정확히 말해서, 친구 둘한테 새로 산 전화기의 별도 기능들을 여봐란 듯 뽐내며 주절주절 열거하는 것으로 이루어진 대화들). 그건 아니다. 어쩌면 아모리가 더 두려워한 것은 뜻하지 않게 찾아드는 적막감이었을지도 모른다. 비록 20분에 불과할지라도.

따라서 그는 처음보다도 배는 더 초조해진 마음으로 사춘기 때부터 무려 3천 번은 왕복했을 그 길에 단호하면서도 기계적인 발걸음을 내디디며 플랫폼에 내리기 무섭게 ("자, 나 이제 도착했거든. 그만 통화하자. 안녕.") 휴대폰을 세 번 꾹꾹 눌러 **계산기** 모드로 들어갔다. '잠깐, 한 달 순수입 1,892유로 32상팀×6.55957이면…….'

자신의 휴대폰이 그리 형편없는 건 아니었지만 마르탱이 인터넷으로 일본에 갓 주문한 아주 콤팩트한 디자인의 새 노키아가 훨씬 그럴싸할 것이었다. 바로 그 점이 아모리를 열 받게 했다. 미처 예상치 못한 사이에 마르탱이 그런 식으로 앞섰다는 것이. 여섯 달 전에 이미 구형이 된 자신의 PC처럼 말이다. 어쨌든 전화기나 컴퓨터는 구입한 순간 이미 구형이 돼버리기 마련이었다. 그게 다 미국과 일본 전자회사들이 엄청난 양의 조사에 착수한 끝에 세운 치밀한 전략이었으니까. 그는 분개해 마지않으면서도 언젠가 연봉이 200,000 달러나 되는 미국이나 일본 회사에 취직하게 되면 참 좋겠다는 생각을 했다.

'그럼…… =은 오른쪽으로 두 번 눌러야 나오니까, 자 됐다…….'

그래도 12,412.80프랑이었다. 다시 말해서 언론인 쟝 피에르 가이야르Jean-Pierre Gaillard가 프랑스 엥포France Info에서 말한 **심리적 마지노선** 월 10,000프랑보다 약 2,000프랑이나 많은 것이다. 물론 앙투완의 월급만은 못했다. ('짜식, 알스톰사에 들어간 후로는 영 재수가 없단 말이야.') 위고의 월급이야 말할 것도 없었고. ('위고 자식은 너무 젠 척한다니까.') 하지만 이 금액에 부모님한테서 물려받아 불법으로 세놓은 레테른Les Ternes의 원룸에서 나오는 600유로를 합치면,('600×6.55957=…… 야, 죽인다. 휴대폰의 계산 기능을 완전히 마스터했잖아!') 3,935.74프랑이 조금 넘었고, 따라서 총액은…… ('에이 씨! 이 망할 놈의 휴대폰은 저장 버튼이 어디에 있는 거야?') 대충 합해보면 12,400+3,900('뭐 통장으로 들어오는 돈이 이 정도면 뿌듯하다고 할 수 있지.'), 그러니까 최소한 16,300프랑 포함해서 그 정도의 월수입이면 소시에테제네랄은행에서 실버카드를 만들 수 있는 딱 그 수준이었다. 스물네 살에 실버카드라, 준수했다. ('물론 앙투완이랑 위고는 골드카드를 갖고 있지. 하지만 그 정도면 준수해. 일반 사람들보다 한 수 위니까. 중요한 건 바로 그거야.')

게다가 친절하신 그의 모친께서 돌아오는 크리스마스에 사촌들 모두한테 송금할 돈, 다시 말해서 지난해의 수치와 비교해 꾸준히 상승세를 타고 있는 것으로 볼 때('어쨌든 내려가는 일은 없을 거 아냐?') 각자 받게 될 최소한의 예상 금액 2,500프랑에다 코드비Codevi 통장 잔액을 정확하게 반으로 나눈 금액을 합하고, 마다가스카르에서 돌아와 매일 밤 부모님 집으로 저녁을 먹으러 가는 건 물론, 한동안 클럽 출입을 삼간다면 3월에는 풀 옵션 아우디를 현금으로 살 수 있을 것이다. '소피는 흥분해서 길길이 날뛸 거고, 마티아스는 배 아파 죽으려고 하겠지.'

만족감에 휩싸인 아모리는 휴대폰을 무슨 보물단지 마냥 손으로 감싸 쥐고는 주머니 속에다 쏙 집어넣었다. 역을 출발한 이후 처음으로 세상을 향해 눈길을 돌렸다. 주위에는 온통 옷가게나 대형 할인마트인 모노프리Monoprix를 들락거리는 사람들 천지였는데, 아이들의 개학을 맞아 책가방과 새 옷가지 따위를 양팔 가득 들고 있었다. 그 아이들의 운명이야 어떻든 아모리는 이렇게 믿고 싶었을 것이다. 그런 애들은 엔지니어나 의사가 아닌 단순 관리직에 종사하게 될 거다. 옵션으로 개폐형 지붕에 열선 시트가 달린 아우디 A3 1.6 Ambition 정도를 사려면 까마득한 세월을 기다려야 할 거다. 이런 생각이 들자, 푸줏간 주인에게 가게 유리창 너머로 인사를 건네야겠다싶었다. 아모리 자신은 평소에 모른 척했건만 그는 고집스럽게 인사를 하곤 했는데, 아모리의 엄마가 매달 150~300유로어치의 품질 인증을 받은 쇠고기와 어미젖 먹고 자란 송아지를 구입했기 때문이었다.

그때부터 3월까지 필요한 돈 25,040유로를 모으기 위해서는 그저 마다가스카르에서 과소비하는 일이 없도록 주의하기만하면 된다. 그 점에 관해선 어떠한 위험성도 없었으니 사람들 말로는 최대한 주당 삼사백 프랑 정도의 용돈이면 '거기서는 석유 왕' 대우를 받을 거라고 했다. ('나는 왜 계속 프랑으로 따져보는 거지? 아, 짜증 나.

24

며칠 전에 마르탱 집에 갔을 때 고등경영학교HEC 신입생들이 얘기하는 걸 들으니까 걔네는 전부 유로로 말하던데. 국제화 시대에 뒤떨어지지 않으려면 노력 좀 해야겠다.')

여행을 앞두고 아모리가 가장 걱정했던 건 바로 온갖 질병이었다. 그렇지만 그것마저도 이론상으로는 지나치게 걱정할 하등의 이유가 없었다. 약사인 그의 대모 루이즈가 그 다음날로 긴요하게 쓰이는 의약품 세트를 공짜로 줄 테니 말이다. 약국에 재고가 바닥난 말라리아 예방약 팔루드린Paludrine과 지사제 스멕타Smecta만 빼고. 그 약은 출발 전날인 금요일 밤에 대모가 집으로 직접 가져올 것이다. 꼭 가마 하고 못 박듯 말했으니까('루이즈 대모가 잊어먹지 말아야지, 안 그러면 큰일이야. 모기란 정말 귀찮은 존재라니까. 말라리아를 진짜 조심해야 되는 게 그 거지 같은 나라에선 말라리아가 사망원인 1위란 말이지. 안내서엔 마다가스카르는 말라리아 위험 2구역에 속한다고 쓰여 있는데 대체 2구역이 뭐지? 1구역보다 못한 거야, 아님 나은 거야?').

그가 갖고 있는 어행안내서 《글로브 클럽》에는 마다가스카르에선 긴바지를 입어도 모기에 물릴 수 있다고 쓰여 있었다.('아니 그럼 뭘 어떻게 입으란 얘기야?') 그는 헐렁한 옷들만 골라 넣었고, 그곳에 가서는 긴소매에다 긴바지며 발등 덮는 신발을 신고 아침부터 밤까지 단추를 꼭 채운 채로 버틸 것이었다. 35도의 무더위에도 아랑곳없이.

'하이고 됐다 그래, 난 머리끝까지 뒤집어 쓸 거니까.'

스프레이 타입의 모기 쫓는 약은 까무러칠 만큼 비쌌다.('아, 짜증 나. 루이즈 대모가 공짜로 줬더라면 좋았을 텐데. 인심 쓰는 김에 좀 더 쓰지.') 어머니와 함께 가서 사온 온갖 종류의 모기향이니 전자 매트니 하는 것들이 상자에서 썩는 일은 없을 것이다.

'아주 제대로 쓰일 테니 두고 보라지!'

아무튼 호텔방 창문에 방충망이 달려 있지 않으면 정말 큰일이다.('방충망이 없기만 해봐라. 내 그길로 짐 싸서 와버릴 테니. 에이 빌어먹을! 아니 2003년인 지금까지도 뭐 그런 거지 같은 게 다 있어! 대체 생물학자들은 가만히 손 놓고 앉아서 뭣들 하고 자빠졌는지. 하다못해 관광객을 위해서라도 말라리아 예방 백신쯤은 만들어내야 하는 거 아냐?')

여행안내서에는 이런 말도 있었다. 가급적이면 수돗물을 마시지 말아야 하고, 하물며 음식점에서 나오는 음료수에 들어 있는 얼음도 먹어서는 안 된다. 소다수나 뜨거운 차 종류만 마셔야 하고, 양치질은 정수기로 거르거나 10분 동안 끓인 물로만 해야 한다. 웬만한 곳이면 어디든지 아메바가 도사리고 있으니 고인 물은 경계해야 하고, 아침마다 신발을 신기 전에 반드시 흔들어보아 밤사이에 전갈이 들어가진 않았는지 확인해야 한다. 골 고사리를 밟지 않도록 조심해야 한다('골 고사리가 어떻게 생겼지? 안내서에 사진이 없네.'). 어떤 경우에도 생야채를 그대로 섭취해선 안 되고, 끝으로 이 나라에는 도시라는 이름에 합당한 곳은 한군데도 없으므로 질병으로 인해 심각한 상태에 빠지지 않는 것이 바람직하다.

어디 그 뿐이랴. 가난에 찌든 건 또 어떻고. 그 나라 사람이면 너나 할 것 없이 그에게로 와서 돈을 달라고 손을 내밀 것이다.

'가난한 나라라면 이젠 신물이 나. 모로코 같은 데 말이야. 열두 살 때 부모님이랑 시장에 갔던 날, 사내들이랑 씻지도 않은 조무래 기들이 고함을 질러대고 불러대고 하더니 손을 붙잡는데 돌아버리는 줄 알았지. 앙투완이야 직장을 옮긴다면 싱가폴이나 타이완, 홍콩, 시드니, 도쿄 같은 데로 가겠지. 헌데 난 디에고 수아레즈라니 사촌들 중에 제일로 한심하다니까! 진짜 짜증 나! 제의를 받아들이지 말 걸 그랬어. 근데 또 이제 와서 못한다고 할 수도 없지. 비행기 표도 있겠다, 계획서에 서명도 했겠다, 모든 걸 들어보고 고통을 분담한다는 차원에서 이루어진 일이니 이젠 틀렸다구. 쟝 아저씨 덕에 들어간 파리국립은행BNP이랑 〈르 피가로〉에서 그러고 나왔으니 아저씨가 나만 보면 얼마나 열나겠어? 거기 사람들이 그렇게 후진 것도 아니었는데. 하지만 어느 부서에 가든 개자식 같은 부서장만 걸린다고 해서 그게 내 잘못은 아니잖아!'

디에고 수아레즈는 마디아스의 시촌의 친구가 2년 전에 세계 일주를 하면서 들른 적이 있었다. ('그 친구 말로는 거긴 아무것도 없다는데. 그저 바다랑 르노 4L 중고차, 그리고 매춘부밖에.') 도로는 통행이 불가능한 상태여서 이동하기가 무척 힘들고, 나이트클럽에서는 여자애들이 백인 관광객을 기다리고 섰다가 입구에서 불쑥 손을 잡지 않으면 곧바로 사타구니를 움켜쥔다고 했다. 그게 다 돈을 우려내기 위한 거라나. 그 사촌의 친구는 귀찮답시고 콘돔을 사용하지 않았기 때문에 성병을 세 가지나 얻어서 돌아왔는데 다행히 에이즈는 아니었다. 아모리는 그 점에 관해서라면 안심해도 되었다. 소피가 있었으니까. 게다가 어쨌든 흑인 여자는 그의 취향이 아니었다. 아시아계 여자, 즉 태국 여자나 말레이시아 여자라면 또 모를까. 하지만 흑인 여자는 그럴 리도 없고, 그럴 위험성도 없었다. 매춘부, 모기, 콜레라(최근에 발생 사례가 있는), 물, 아메바, 전갈, 1초에 33,000 바이트의 초 저속 인터넷 접속······.

'아니 그런데 이 망할 놈의 거지 같은 나라는 대체 뭐야?'

아모리의 휴대폰이 울렸다. 보통사람이야 손에 쥐고 있던 휴대폰에서 벨이 울리기 시작하면 (새것일 경우엔 더더욱) 매번 깜짝 놀라면서 '정말 희한한 일이 다 있네!' 하고 말도 안 되는 생각을 하게 되겠지만 그는 그런 걸 의식하느라 시간을 허비하는 그런 사람이 아니었다.

그 대신 아모리는 하루빨리 벨 소리랑 바탕화면을 독특한 걸로 바꿔야겠다는 생각을 하면서 전화를 받았다.

"여보세요?"

필립 샹셀이었다. 토요일에 루아시Roissy에서 있을 미팅 때문에 전화를 한 거였다. 아모리는 몇 주 전 순전히 형식에 불과한 면접 때 딱 한번 그를 만났는데, 그런 자리에 있는 여느 사람들과는 사뭇 다른 그의 됨됨이에 깊은 인상을 받았으면서도 그런 사실을 인정하고 싶지가 않았다. 아주 젊고 매우 친절한데다 표정도 지나치게 밝고 말도 못하게 날씬한 몸매에 딱 들러붙게 입은 셔츠하며 필립은 어면 점에서도 부서장이라는 이미지와는 어울리지가 않았다. 하지만 쟝 아저씨의 귀띔에 의하면 그는 전 세계 구석구석 안 가본 데가 없으며 무엇보다도 선량한 사람이라고 했다. 그런 사람 월급은 얼마나 될까? 기껏해야 월 3,500이나 4,000프랑 정도? NGO 국제협력단의 책임자 월급이 그보다 훨씬 많을 리는 없었다. 비록 유럽 지부의 요직에 있다고 해도.

"네, 그럭저럭 괜찮습니다."

그 전화는 젊은이에게 커다란 반향을 불러 일으켰고, 무엇보다도 떠난다는 게 현실로 다가왔다. 아프리카니 빈곤이니 그는 그런 것에 관해선 일절 아는 게 없었다. 하지만 상대는 달랐다. 샹셀은 그런 것에 익숙했고, 이는 그의 차분한 목소리와 솔직한 태도만으로도 알 수 있었다. 그런 상황에서는, 그런 식으로 가치가 전도되는 상황에서는 더 이상 눈속임 같은 건 통용되지 않는 법이다.

"아, 아닙니다. 집에 있어요. 가르슈에…… 네, 맞습니다. 부모님 집…… 네, 준비는 다 끝났어요. 추가 예방 접종은 다 맞았고, 약도 먹기 시작했습니다. 몇 가지 약을 더 사야 되기는 하지만 나머지는 별 문제 없을 것 같습니다. 환전할 때 쓸 유로도 있고요……. 7시 45분에 에어프랑스 데스크 앞이요? 네, 그리로 가겠습니다. 아, 아닙니다. 별 문제 없을 테니 너무 걱정하지 마십시오. 모기만 아니면."

"그런 걱정이라면 안심해도 되겠군."

전화기 저편에서 샹셀이 슬쩍 웃었다.

지나치게 초연한 샹셀의 목소리를 듣자 아모리는 슬그머니 짜증이 나기 시작했다.

"제가 열대지방엔 익숙지 않아서요. 유럽이나 미국 같은 데는 잘 알지만."

아모리는 태연한 척하려고 이렇게 덧붙였다.

"아가디르에 있는 클럽메드에도 부모님과 딱 한번 간 적이 있어요, 그게 다에요. 거긴 말라리아는 없지요."

"아, 그럼. 당연하지. 우리가 가는 데는 아가디르가 아니네. 거기하곤 다르지."

샹셀이 소리 내 웃었다. 아모리는 그 멍청한 작자의 이빨을 모조리 뽑아버리고 싶은 심정이 되었다.

"아, 아니오. 저도 압니다. 우리가 가는 데는 전혀 딴판이라는 거…… 싱가폴이나 타이완 그런 데로 파견나가신 적은 없으세요?"

"아니, 전혀. 싱가폴은 우리 구역이라곤 할 수 없으니까. 왜 차라리 그런 데로……"

기분이 상한 아모리가 말을 가로막고 나섰다.

"아, 아닙니다. 그냥 여쭤본 겁니다. 그리고 모기나 내전 위험성에 관해서 여쭤보고 싶었어요. 이건 그냥 정보 좀 얻을까 해서 여쭤보는 건데요, 해충퇴치 스프레이도 그렇고, 허브 에센스 오일이랑 모기향, 그리고 수돗물 대신 사먹어야 할 수많은 생수들을 공무수행비에 포함시킬 수 있을까요? 영수증은 보관하면 환급되나요?……아, 아닙니다. 혹시나 해서 질문 드린 거예요. 하긴 그럴 줄 알았어요. 그럴 거라 예상은 했지만…… 아니오, 됐습니다. 아무 문제 없다고 했잖습니까. 됐으니까 다른 얘길 하지요."

아모리는 말을 멈추고 씁쓸한 마음으로 손 안에 든 휴대폰이 참 가볍다는 생각을 했다. 전화기 저편의 상대는 더 이상 말이 없었다. 이때다 싶을 때 바짝 달려들어야지 떠나기 전에 그런 기회는 두 번 다시 없을 것이었다.

"그런데, 휴대폰 칩 교환은요? 저기요, 오늘 들은 얘긴데요. 그쪽 지역 망에 연결하려면 맞는 칩을 사야한다는데, 거기 가서 사람들 하고 손쉽게 연락을 취할 수 있어야 하거든요. 필수니까요. 뭐, 그런 것도 제가 알아서 해야 되겠죠?"

03

금방이라도 비가 쏟아질 것 같은 날씨였다. 그건 확실했다. 그런 일이라면 모리스는 단 한번도 틀린 적이 없었으니까. 오른손 약지가 그렇게 욱신거릴 때면 그건 머지않아 비가 내린다는 신호였다. 손가락이 원래 자리에 있기라도 한 것처럼 근질근질 한 걸로 보아 틀림없는 일이었다. 그리고 그렇게 근질거릴 때면 그는 벅벅 긁어대기 시작했다. 비록 빈자리를 긁었지만 그래도 시원하긴 했다. 사고가 난 지 무려 40년이란 세월이 흘렀건만 모리스는 그런 일을 겪을 적마다 늘 놀라웠다. 그 당시에 이미 의사는 그런 사실을 모리스에게 귀띔해줬었다.

"두고 보세요. 다리가 절단된 경우랑 똑같다니까요. 몇 년이 지나도 여전히 통증을 느낄 거예요."

손가락 하나일 뿐인데도 이 지경인데 다리가 잘렸으면 대체 어땠을까!

정말 놀라운 건 그 당시 그 순간에는 아무것도 느끼지 못했었다는 점이다. 그저 작업대에서 피에로의 얼굴을 보고는 뭔가 심상치 않은 일이 일어났다고 생각했을 뿐이었다.

모리스는 그때를 떠올려보았다. 피에로는 하얗게 질려 있었다. 마치 실내에 공기가 더 이상 남아 있지 않은 것 마냥 숨 가쁜 목소리로 단지 이렇게 말했을 뿐이었다. "모리스, 네 손!" "내 손이 뭐?" 모리스는 이렇게 말하고는 자기 손을 쳐다보았다. 손가락에서 피가 흘러 나와 사방 천지에 범벅이 돼 있었고, 회전 숫돌은 끈적끈적하게 젖어 마치 정육점에서 고깃덩이를 절단하는 기계의 선반 같았다. 그의 작업복은 가슴팍이 온통 검붉게 물들어 있었는데, 정상이 아니었다.

그 순간엔 손가락이 없어진 걸 알아차리지도 못했었다. 처음엔 그저 살짝 긁혔거나 헐권이 끊어진 정도로만 생각했다. 그러다가 작업복을 살펴보고 나서야 약지가 잘려 나간 사실을 깨달았다. "이런, 제기랄." 그는 짧게 내뱉었다. 그의 첫 반응은 엄지손가락으로 회전 숫돌의 전원을 끄고, 작업대 뒤로 잘려 나간 손가락을 찾아본 것이었다. 손가락이 숫돌 밑으로 해서 반대편으로 떨어진 게 틀림없다고 생각했다. 머리 한 구석으로나마 재빨리 알아차렸다한들 자신의 손가락을 다신 볼 수 없을 테니까 어쨌든 찾아보기라도 한 거였다. 의사는 이런 말도 했었다. "그게 정상이에요. 본능이죠." 이윽고 모리스는 피에로가 기절이라도 하겠다싶어서 이렇게 말했었다. "피에로, 너 메스껍지 않냐?" 어쩔 줄을 모르던 피에로는 그 즉시 뱃속에 든 모든 걸 다 토했었다. 게다가 모리스는 똑똑히 기억하고 있었다. 공장 사내들이 그때 막 구내식당에서 나와 다시 일터로 향할 무렵이었다.

모리스는 쥐고 있던 종이상자의 덮개를 놓고는 커터를 내려놓았다. 얼마나 근질근질하던지! 마사지를 하자 조금은 참을 만해졌다.

모든 기억들이 생생하게 떠올랐다. 아주 사소한 것들까지도. 사방에 피에로의 토사물이 흩뿌려져 있었다. 피에 섞여 역겨운 냄새가 진동했었다. 공장 사람들이 여기저기서 달려와 그를 의무실로 데려갔었다. 피를 워낙 많이 흘려서인지 머리가 띵했다. 사람들이 그를 자리에 눕혔었는데, 통증이 시작된 건 바로 그때부터였다. 완전히 회복되기까지 2년은 족히 걸렸다. 그러는 동안 잠 못 이루고 뜬 눈으로 밤을 지새우는 날들이 수두룩했다. 앙리에트가 그에게 아스피린을 주곤 했었는데, 그러면 좀 진정이 되었다가도 이내 다시 재발하곤 했다. 손가락 하나 잘린 게 별것 아닌 것 같지만 너무 쉽게 생각해선 안 된다. 더 이상 제 자리에 없는 데도 있는 것처럼 느껴지곤 했기 때문이다.

하도 마사지를 해댄 통에 마침내 약지가 완전히 제자리에 돌아온 것 같은 느낌이 들었다. 그는 커터를 다시 집어 들고 스카치테이프를 길게 잘라 종이박스의 덮개가 맞닿은 위에다 꼼꼼하게 붙이고는 엄지손가락으로 지긋이 눌러가며 한참을 문질렀다. 아, 모리스는 앙리에트에 대한 생각을 마음속에 접어두어야만 했던 것이다.

'그 여자 생각일랑 두 번 다시 하지 마. 모리스, 넌 잊어야 해. 지금은 그럴 때가 아냐. 손가락이야 시간이 흐르면서 마침내 잊어버리게 되고 그러다보니 결국 익숙해져서 날씨가 좋을 땐 더는 아무 생각 없어지기도 하지만 앙리에트는 아무리 애를 써 봐도 그게 잘 안 돼.'

애들도 모리스만큼 제 어미를 그리워하진 않았다. 심지어 그녀의 단짝친구였던 카트린느마저도. '자 자, 모리스 그만 힘내. 맙소사! 피델리스 생각도 해야지.' 그렇지만 피델리스와 함께 있을 때조차도 앙리에트에 대한 생각을 지울 수는 없었다. 중요한 건 앙리에트를 생각한답시고 피델리스를 힘들게 하지 말 것, 그런 문제로 사람을 귀찮게 하지 말 것, 그거였다. 그런 거라면 그녀는 아무것도 짐작하지 못했다. 그는 그렇게 확신했다. 그녀는 모리스가 매일매일 하루도 빠짐없이 앙리에트 생각을 하리라곤 꿈에도 생각지 못했으니까. 그의 고통은 혼자만의 깃이었다. 남하고는 상관없는. 그래도 피델리스는 음식 솜씨도 좋았고, 지나치게 수다스럽지도 않았다. 그렇다고 앙리에트가 될 수는 없는 노릇이었다. 아마 그녀는 앙리에트의 발뒤꿈치에도 미치지 못했으리라. 그건 확실했다. 46년의 결혼 생활이 그런 식으로 단번에 지워질 수는 없는 노릇이었으니까.

'69세의 홀아비로 신체 상태는 양호한 편. 친절하고 자상한 성격으로 취미는 목공, 낚시, 사냥, TV 시청. 생활은 안정적인 편으로 인

생의 황혼기를 맞이할 때까지 활력을 되찾게 해줄, 되도록이면 45~55세
의 유색인 여성을 구함. 불성실한 사람 절대 사양.' 그는 신문에 냈
던 광고를 속속들이 기억하고 있었다. '그런 광고를 낼 수 있었던
건 신문사 녀석들 덕분이야. 인생의 황혼기를 맞이할 때까지 활력
을 되찾게 해줄이라니 그럴듯하단 말이야. 죽을 때까지가 아니라
황혼기라고 한 건 멋진 표현이야. 나 혼자선 절대 불가능하지. 거
봐. 말장난을 하니까 되잖아.'

그렇게 해서 만난 사람이 마다가스카르 여자였다. 그가 원했던
사람은, 가능한 한 앙리에트 생각을 덜 나게 해줄 그런 여자였다. 게
다가 피델리스라니, 그만하면 예쁜 이름이었다. 한마디로 흔한 이
름이 아니었다고나할까. 이제껏 들어본 적은 없지만 그래도 예쁜
이름이었다. 모리스 자신이 늘 이렇게 말했듯이. '그 이름엔 충실하
다는 뜻의 **피델**fidèle과 즐거움을 뜻하는 **델리스**délice, 이 두 단어가 들
어있어. 그녀랑 잘 어울리는 이름이지.'

아, 피델리스는 이곳에서 얼마나 불행하게 살았던지. 처음엔 누
구나 할 것 없이 앙리에트 얘기를 꺼냈다. 앙리에트는 이랬다는 둥,
앙리에트는 저랬다는 둥. "앙리에트는 손님을 맞을 줄 알았다니
까." 사람들은 그녀에게 말하곤 했다. 솔직한 말로 피델리스는 카운
터를 보는 일이 서툴렀다. 손님을 맞는 것도 그렇고, 주문을 받는 거
며 서비스며 거스름돈을 주는 일이며, 모두 다. 그렇다고 그게 그녀
의 잘못은 아니었다. 그녀가 살던 데하고는 다른 세상이었고, 게다
가 그녀는 그때까지 말도 서툴렀으니까. 조조니 프랑수아니 쟝 클

로드니 세르쥬니 하는 녀석들이 마다가스카르에 갔다고 치자, 어땠겠나. 사람들이 얼마나 인종차별을 하는지, 그저 기가 막힐 노릇이었다. 모리스는 피델리스가 오기 전에는 하나같이 썩 괜찮은 녀석들이라고 생각했다. 열두 해가 지나도록 드나들면서 카운터에서 시시덕거렸건만 문제를 일으킨 적은 단 한번도 없었으니까. 그런데 그녀가 오고 나서부터는 두 사람을 비웃어대기 시작했다. 처음엔 모리스의 등에다 대고 비웃더니 나중엔 아예 대놓고 불쾌한 얘길 꺼냈다. 어쨌든 가게를 팔아치운 건 잘 한 일이었다. 제 때 팔았으니 망정이지 안 그랬다간 누구 하난 죽이고 말았을 테니까.

"모리스, 그년이 원하는 건 자네 돈, 그러니까 이 가게야. 나중엔 자네 연금을 노릴 거라구. 그 깜둥이 년 속셈이야 보나마나 빤한 거 아니겠어?"

그날 밤, 모리스는 라무뢰에게 상처를 입혔다. 하마터면 술병으로 그를 때려죽일 뻔했다.

"라무뢰, 네가 한 말 취소해. 지금 당장 취소하지 않으면 이번엔 술통으로 네 낯짝을 부숴버릴 테니까. 알아들었이? 취소하란 말이야."

라무뢰는 더 이상 가게에 오진 않았지만 적어도 자신이 내뱉은 말은 취소했다. 다른 사람들도 모두들 그날 이후로는 멘데스 프랑스 광장에 있는 벨기에란 술집에 들락거렸다. 차라리 잘 된 일이었다. 어쨌든 모리스는 불한당 같은 놈들을 가게에 들이고 싶은 마음이 없었을 테니까. 그래도 모리스의 귓가엔 땅바닥에 쓰러진 라무

뇌를 일으키며 울부짖던 로베르의 고함 소리가 쟁쟁했다.

"모리스 이 자식, 너 완전히 미쳤구나! 완전히 미쳤어! 봐, 하마터면 죽일 뻔했잖아! 모리스, 넌 돌았어! 사람들이 널보고 뭐라는 줄 알아? 베트남 전쟁에 가서 머리에다 총알을 박고 온 건지, 앙리에트가 죽어서 그런 건지, 아니면 그 깜둥이 년 때문인지는 모르겠지만 넌 완전 구제 불능이란다. 이 빌어먹을 놈의 가게에다 확 불을 싸질러버리기 전에 다시 치료받으러 가는 게 좋을걸!"

"어디 해볼 테면 해봐. 좀 보게 한번 해보라구. 누가 먼저 뒈지나 두고 보면 알겠지. 이 썩을 놈들아, 어디 해보라니까, 내가 눈 하나 깜짝하는지!"

그러고 나서 모리스는 모두에게 당장 꺼져버리라고 했다.

그래서 지난해에 피델리스가 고향이 그립고, 가족이며 이웃이며 고향 음식이며 그곳 날씨며 할 것 없이 모두 그립다고 했을 때 모리스는 망설이지도 않고 이렇게 말했다.

"좋아, 갑시다. 가게를 팔아서 거기 가서 눌러 삽시다. 내 연금이랑 가게 판 돈이면 충분할 거요."

지구 반대편, 무엇보다도 자신이 전혀 모르는 낯선 세상에 가서 정착하는 것만이 처음부터 다시 새출발할 수 있는 유일한 길이었다.

모리스는 종이박스의 덮개를 여미고는 현관 벽 쪽으로 밀어 두었다. 가방이란 가방은 다 채워진 상태였다. 구호 단체에 보내기 위해 5시까지 시청에 맡겨야 할 겨울 옷 상자 세 개만이 지하실에 남아 있을 뿐이었다. 새 주인에게 열쇠를 돌려주는 건 다음날 아침으로 예정돼 있었다. 집은 말끔하게 비워졌다. 가스며 전기며 전화료도 완불된 상태였다. 끌 건 다 끄고 잠글 건 다 잠갔다. 저녁은 일회용 접시와 플라스틱 컵에 담아 식어빠진 채로 먹을 참이었고, 이미 다 준비된 상태였으니 남은 찌꺼기는 전부 쓰레기봉투 속으로 휙! 아무런 흔적도 남김없이, 말끔하게. 침대시트는 다음날 아침 자리에서 일어나기 무섭게 걷어내 접는 거다, 후딱! 가방 안에 넣을 것, 위에 얹을 것, 다 제자리에 있었다. 알람시계는 6시에 맞춰져 있었다. 시간은 넉넉하리라. 길 떠날 때는 미리 예상하는 게 좋으니까, 그리고 항상 여유가 필요한 법이니까, 혹시나 해서. 그들을 부르쥐 역까지 태워다 줄 택시는 정확히 9시에 올 것이고, 파리까지는 기차를 타고 갈 것이다. 거기서 공항 근처 그리 비싸지 않은 호텔에서 하룻밤을 묵으리라. 모리스가 듣기로는 안내인이 없는 호텔이라고 했다. 모든 게 자동시스템이라고, 샤워장이니 화장실이니 할 것 없이 모두 다.('하다하다 나중엔 별 걸 다 만들어낸다니까!') 그동안 모리스는 바다 어딘가 컨테이너 운반선에 자기네 이삿짐이 실려 있다는 생각만으로도 기분이 좋았다. 한시바삐 시들리시 완진 새깃인 르노 21과 역시 새로 산 대형 TV를 찾아왔다. 그저 마다가스카르에 정전이 잦지 않기를 바라는 마음뿐이었다('그러면 가전제품에 좋을 게 없으니까.'). 그야말로 모리스는 심심할 틈도 없을 판이었다. 피델리스 챙겨야지, 집에다 가전제품도 들여놔야지, 가구도 사야지, 여기저기 수리도 해야 될 거고, 자동차도 그렇고.

심심치 않은 대신에 조엘과 자클린에게 지나친 기대를 거는 건

금물이었다. 다음 해에 피델리스와 결혼할 계획이라고 알린 이후로는 아예 등을 돌려버리지 않았냐 말이다.

"설마 아빠 그럴 거야? 아빠가 재혼한다고? 정말 하고 말 거야? 그 여자랑? 그 여자가 아빨 사랑해서 결혼해주는 줄 알아? 과부에, 직장도 없지, 실직자 딸년에다 먹이고 키워야 할 손자 놈에다, 아빠가 잘나서 그런 줄 알아? 아빠 눈멀었어? 그때 거기서 밖으로 내보내주지 말았어야했는데. 그 여자 나한테 뭐 부탁하러 오기만 해봐라, 내가 그냥 제대로 상대해주지……."

"내 근처에도 얼씬 거리지 말라 그래. 우리한텐 아무 기대도 하지 마. 그건 그렇고 공증서는? 안 봐도 뻔해. 저년이 제 명의로 바꾸려고 하는 거라구."

그 애들이 자기를 그리워한다는 건 모리스로서는 생각할 수도 없었다. 기대해선 안 되는 일이었다.

04

마틸드는 아버지를 보러 갈 적마다 지나치다싶게 수선을 떨면서 우울하고 의기소침해지는 마음을 감추곤 했다. 그렇다고 아버지가 지금보다 훨씬 깔끔하고 옷 잘 입고 더 스포티하고 더 활력이 넘치기를 바랐다거나 좀 디 그 나이에 걸 맞는 큼지막한 집, 덜 어둡고 비교적 관리상태도 좋으며 시설도 훨씬 좋은 그런 집에 사는 부자이기를 바랐기 때문은 아니었다. 그저 아버지가 행복하다는 생각만으로도 충분했을 것이었다.

"아니, 그런데 아빠. 이불이 이게 뭐야! 빨긴 한 거야? 안 다려줘도 정말 괜찮겠어? 그 작은 다리미가 아직 있네? 이것 좀 봐. 여기저기에 구멍 천지잖아. 그런 걸 덮고 어떻게 잠을 잘 수 있는지 모르겠다니까. 지난 번 아빠생일 때 사다준 거 쓰고 있는 거야?"

여자의 아버지 레미는 딸에게 등을 돌렸다. 작은 원룸에 단 하나 뿐인 방의 소파 겸용 침대 가장자리에 앉아 미지근해진 찻잔을 두 손으로 감싸 쥐고는 천천히 입술에 가져다댔다. 방 안의 모든 게 멈 춰버린 채 구부정한 등에다 목덜미까지 덥수룩하니 며칠을 안감아 떡이 진 머리칼, 꾸깃꾸깃한 잠옷 깃이 마틸드의 눈에 들어왔다. 머 리 한 구석에 벽지를 물끄러미 바라보고 있을 아버지의 모습이 떠 올랐다. 외로운 사람, 딸이 있는데도 불구하고 지독하게 외로운 사 람. 그녀는 울컥 목이 메었다.

레미가 마른침을 삼켰다. 목구멍에서는 저도 모르게 가느다란 한 숨소리가 새어나왔다.

"아직 써보진 않았다만. 봐라, 저기 그대로 있잖니. 아직 새것인 채로."

왼손으로 장롱 쪽을 슬쩍 가리켰다. 마틸드는 조금은 과장되다싶 게 버럭 화를 냈다.

"뭐라고! 아빠, 너무해! 정말 너무한다고! 내가 뭐 장롱 속에다 모 셔두라고 사준 줄 알아! 목욕 가운도 그대로지? 그거 데캉 꺼란 말 이야. 그게 요즘 얼마나 뜨는 브랜든데."

"흥, 호주머니를 탈탈 털었겠구나. 안 봐도 뻔하지."

돈 문제를 거론하자 흥분한 레미의 목소리가 격해졌다.

마틸드는 어이가 없어 냉큼 말을 잘랐다.

"그게 아빠랑 무슨 상관이야! 가격이 얼마가 됐든 그건 내 문제

42

야, 내 돈이라구. 그냥 아빠한테 좋은 걸 사주는 게 내 낙이란 말이야. 가격 같은 건 아무래도 좋아. 신경 쓰지 않는다구. 하지만 아빠가 그걸 꺼내놓고 입으면 좋겠어. 이따금씩 말이야. 그럼 나한텐 위로가 될 텐데."

"있잖아 애야, 난 목욕 가운은……"

"뭐, 목욕 가운 같은 건 필요 없다고? 잘도 그러겠다."

그녀는 당장 덤비기라도 할 기세로 말했다.

"그러니까, 목욕 가운 같은 건 귀부인들한테나 어울린다, 그거야? 남자한테는 그저 꾸깃꾸깃하니 구멍 난 이불에 뿌옇게 싸인 먼지니 밀린 설거지니 텅텅 빈 냉장고에 수북하게 쌓인 쓰레기통이니 환기 안 되는 아파트니 하는 것들이나 어울린다고?"

부녀 사이에 오가는 대화가 점차 무슨 '부부 싸움' 처럼 되어가는 걸 막기 위해 마틸드는 얼른 미소 띤 얼굴을 해보였다. 아버지도, 자신도 그럴 필요가 없는 일이었다. 기분이 누그러진 그녀가 말했다.

"어찌되었건 난 아빠 그러는 거 싫어. 마음에 걸린단 말이야. 게다가 넌 아빠 딸이야. 쳇, 딸이 돼가지고 그래 그런 말도 못해?"

레미는 불편한 심기를 표시하려고 카펫 위에다 찻잔을 내려놓았다. 마틸드를 향해 돌아섰다. 그의 얼굴에는 어렴풋이 성난 표정이 내비쳤다.

"남이야 그러든 말든. 너 지금 날 훈계하려고 예까지 온 게냐?"

"아빨 훈계하려는 게 아냐. 그럴 것도 없구. 기분 상했다면 미안해. 그러려던 게 아닌데. 아빠가 편하면 그만이지 뭐. 제일 중요한

43

건 그거니까. 자, 우리 다른 얘기해, 응? 아빠랑 다투고 싶진 않단 말이야. 그것도 작별 인사를 하러 온 날에."

그녀는 웃으며 말했다.

"인터넷에 있는 디에고 수아레즈 사진을 아빠한테 보여주고 싶었어. 얼마나 멋진데. 헌데 설마 이번에도 인터넷 끊긴 건 아니겠지? 돈은 낸 거야? 아빠 선 다시 연결됐음 검색해도 되겠네?"

"그래, 냈다. 해보지도 않고 지레짐작하기는."

"그런데 미안하지만, 아빠, 여기서 누구 보기로 한 건 아니지? 지난번처럼 웬 여자가 불시에 들이닥쳐서 말은 너무 너무 미안하다 하면서도 날 밖으로 내보내지 않으면 안 되는 거 아니냐구."

"대체 날 뭐로 보는 거냐? 딱 한번 그런 걸 가지고."

"그렇긴 해도 미리 알아둬야겠다 싶어서 그래. 어쨌든 아빠도 인정할 건 인정해야 하는 게, 아빠 손에 밖으로 내쫓긴다는 게, 그것도 잘 알지도 못할 뿐더러 내 인사에 대꾸도 안 하는 여자 땜에 밖으로 쫓겨난다는 게 조금은 자존심 상하는 일이니까. 게다가 뭐, 이런 말 해도 될진 모르겠지만 아빠한테 필요한 사람은 그런 여자가 아니라고 봐. 더군다나 아빠 그 여자에 대해 거의 모르지? 안 봐도 훤해."

"그건 네가 상관할 일이 아니다. 내가 알아서 한다고!"

남자는 되레 반발을 하고 나섰다.

"맞아. 내가 상관할 일은 아니지. 아빠 인생이니까. 그래도 어쨌건 난 그 일 때문에 마음 상했다고. 난 그냥 솔직한 심정을 말하는 거야. 툭 터놓고 말하는 편이 낫다고 생각하니까. 물론 우리 집은 단 한번도 그래본 역사가 없다는 건 알아. 미안하지만 난 그래도 말은 해야겠어. 그게 내 성격이니까. 난 그렇게 생겨먹었으니까."

마틸드는 등받이의자 하나와 간이의자 하나를 접이식 테이블 쪽으로 끌어당겼다. 테이블 위는 이것저것이 한데 엉켜 어지러웠다. 차갑게 식은 커피가 삼분의 일 정도 채워진 커피포트에다 기름으로 얼룩진 피자박스며 커피진이 까맣게 낀 커피 메이커 받침대, 담배 보루에서 뜯어낸 비닐 포장지에 쓰고 나서 아무렇게나 던져둔 크리넥스 티슈들하며 바닥난 스프레이 비강 세정제, 여기 저기 뜯어 쓴 진통제 돌리프란 세 갑, 겨우 몇 알 남은 항우울제 테메스타 한 판, 허여스름한 물티슈 뭉치, 말라비틀어진 빵 부스러기에 누렇게 빛바랜 〈라 부아 뒤 노르La Voix du Nord〉지 한 부, 수북하게 쌓인 재떨이며 생뚱맞은 데 떨어져 있는 담배 꽁초, 그리고는 갓 구입한 아이맥 컴퓨터. 최근에 마틸드가 선물한 것이었다.

여자로서는 그런 자질구레한 것들 쯤은 그냥 못 본 척하고 싶어서 자리에 앉아 익숙한 손놀림으로 컴퓨터를 켰다. 레미가 다가와 둘이서 함께 서서히 깨어나기 시삭하는 모니터 화면을 뚫어져라 보기 시작했다.

바탕화면에 기본 아이콘들이 뜨자 마틸드가 문득 제안했다.

"아빠, 내가 ADSL 신청해줄까? 요즘 보니까 수신료가 엄청 저렴하던데. 게다가 무한 접속이라 아빠가 원하는 만큼 얼마든지 인터넷 서핑을 할 수 있어."

남자가 미처 대답할 틈도 없이, 마틸드가 어떤 기능을 작동시키

45

기도 전에, 남자가 이전에 사용했던 창이 화면 위에 무질서하게 떠오르면서 공격적인 디자인의 분홍과 자줏빛 바탕 위에 '똑같은 야동은 꺼져라!! 화끈, 후끈, 짜릿한 특급자료!' 라는 광고문이 깜박거리며 나타났다. 그 밑에는 좀 더 점잖고 작은 글씨체로 다음과 같은 메시지가 있었다. **'장데 레미 씨, 죄송하지만 귀하의 신용카드는 해당 행에서 지불을 허용하지 않았습니다. 가능하시다면 빠른 시일 내에** sexenjoy.com**에서 만나요!'**

이 일이 아니었더라면 마틸드는 틀림없이 계속해서 더 열을 냈을 것이었다. 그녀가 어떻게 해서든 아버지에게 보여주려고 했던 사진들은 한 젊은 무전 여행가가 운영하는 사이트 arricot.com에서 찾아낸 것들이었다. ('사진이긴 해도 한번 두고 보라니까. 그럼 알게 될 테니. ADSL을 깔면 훨씬 더 빨라질 걸? 어때, 이래도 싫어?')

해당 사이트의 안내 페이지에서 알파벳 순서에 따라 D자를 클릭하자 디에고 수아레즈 사이트가 떴다. 세로로 배열된 30개의 자그마한 사진들에선 거대한 고독감 같은 건 조금도 엿보이지 않았다 (2001년 7월 사이트를 개설한 이후로 조회 수 42, 그중 여덟 번은 마틸드가 한 것이다.).

"자, 여길 누르면 화면이 커져. 저 하늘 좀 봐. 얼마나 새파란지. 야자나무는 또 어떻고? 너무 멋지지 않아? 이 허름한 건물은 이름이 해군 호텔이래. 한번 봐봐. 식물이 안에서 자라고 있지? 저 소재하며 기둥들 하며 꼭 아라비아 궁전 같다니까. 저기가 바로 디에고의 주도로들이야. ─거기 사람들은 그냥 디에고라고 하거든─ 저긴 꼴베르 거리라고 불러. 프랑스하고는 그렇게 멀리 떨어져 있는데 프랑스 위인전에나 나오는 이름들이라니, 정말 웃기지 않아? 꼴베르 거리도 있고, 라 파에트니 쉬르쿠프니 하는 거리도 있고, 그런 이름들 천지야."

마틸드가 보인 열의에 조금씩 이끌린 레미는 그 순간 자신의 딸아이가 그런 걸 다 소상히 알고 있음에 깜짝 놀라 어디서 알게 된 것인지 물어볼 수도 있었으리라.

"나, 인터넷 서핑 꽤 잘하거든? 도서관에도 두어 번 갔고. 아빠 딸이 아빠가 생각하는 것처럼 그렇게 맹탕은 아니란 말이야!"

그녀는 지난 일을 회상했을 것이었다. 불현듯 떠나고 싶은 마음이 든 건 '세계 테마 여행' 르포를 보면서부터였다고, 그 전에는 마다가스카르하면 떠오르는 게 아무것도 없었다고. 그저 진초록의 커다란 섬으로, 희한한 동물들과 독 있는 벌레들이 득실거리는, 사람은 살지 않는 빽빽한 정글로만 알았다고. "왠지 구름이 낮게 깔린 하늘에 우중충하니 눅눅한 진흙탕 같은 덴 줄 알았지." 린트에서 만든 마다가스카르 산 바닐라 향이 들이긴 초콜릿이 나오고 나서부터 그녀는 마다가스카르하면 바닐라 향이 생각나곤 했다. "참, 그러고 보니 아빠도 그 초콜릿 먹어본 적 있지? 맛이 끝내줘. 이따가 식료품점에 가서 살 테니까, 내가 토요일에 비행기를 타면 그때 열어봐. 그러면 내 생각이 나겠지." 그녀는 그곳 사람들이 꽤나 긴 이름을 가지고 있다는 것도 알고 있었다. 중2 때 그녀의 반에는 마다가스카르 여자애가 하나 있었던 것이다. "내 기억에 그 애의 이름은 베르트였어. 열다섯 살짜리 애가 노인네 처럼 이름이 베르트라니 되게 웃긴다고 생각했지. 성은 라코토 뭐라든가 하여튼 그랬는데, 그 아인 선생님들한테 발음하기가 힘드니까 그냥 라쿠트라고 불러 달랬어."

'세계 테마 여행'에서는 디에고 수아레즈가 리우데자네이루에 이어 세계에서 두 번째로 큰 만이라고 했다. "그곳은 난파선의 잔해들로 가득찬 것처럼 보여. 아빠 그거 알아? 그 만을 둘러싸고 온갖 터무니없는 전설들이 난무한대." 그리고 리우처럼 슈거로프 산이 있었다. 마틸드는 바로 그 봉우리를 담고 있는 다양한 전경들을 클릭하면서 ('바다 위로 솟은 이 봉우리는 정말 끝내줘. 느낌이 아주 특이하다니까. 정말 놀라워. 꼭 무슨 영화 배경 같지 않아?') 남자에게 **리베르탈리아**의 전설을 상세히 묘사했을 것이었다. 영국 소설가 대니얼 디포는 이 전설을 인용해 《가장 악명 높은 해적들의 살인과 약탈에 관한 통사》(1726)라는 소설을 썼는데 그 속에는 한 프랑스 해적과 환속한 이탈리아 수도사에 의해 18세기에 건국되었다 사라져간 공화국의 전경이 꽤 정확하게 묘사되어 있었다. 무엇보다도 소설 속의 두 남자는 세상 누구보다도 먼저 노예제를 폐지하고 공산주의를 창안했을 것이었다.

또한 마틸드는 이번에는 역사적으로 입증된 디에고 수아레즈의 프랑스 식민 통치 시절이니 주둔군이니 1972년, 전 식민 통치자가 마다가스카르 군대에 의해 추방당하기 전에 티노 로시와 쟈크 브렐이 열었던 콘서트니 하는 것들을 언급했으리라. 이곳에서도 독립 당시 드골이 담화문을 낭독했을 터.

그녀는 마찬가지로 판에 박은 듯한 철근 구조의 알리앙스 프랑세즈 건물이며 ('이곳은 예전에 지붕이 덮인 시장이었대. 멋지지?') 다양한 각도의 시청 앞 광장('이곳은 꼭 지상에서 버림받은 것처럼, 건물 안엔 아무도 살지 않는 것처럼 보여. 난 조금 퇴색한 듯한 그 빛깔이 마음에 쏙 들어. 마치 꿈결처럼, 세상에 존재하지 않는 것처럼 보이지 않아?') 조프르 총사령관의 흉상과 ('가만 있자, 조프르 총사령관이 누구였더라?') 끝으로 몇몇 해변 광경들을 얘기했으리라. ('물빛이 투명한 해변도 더러 있나 봐! 잡지에서 읽었는데, 그곳 이야말로 세상에 알려지지 않은 지상 마지막 낙원이고, 실제로 아직도 사람의 발자취를 찾아보기가 힘들대. 이런 것 보면 가보고 싶지 않아? 말이 나왔으니 하는 얘긴데 어느 날 내가 아빠한테 이렇게 기묘한 곳으로 여행을 보내주겠다고 하면 좋지 않겠어? 늘 꿈꿨던 그런 곳. 아니면 세계지도를 펼쳐서 그냥 손가락 가는대로 짚게 되는 그런 데 말이야. 아빠한테 그렇게 해주면 난 진짜 진짜 기쁠 텐데. 아빠 특별한 이유 같은 건 없이 그저 속으로 '난 그게 꿈이니까 가보는 거야. 실망할진 모르겠지만 그래도 가보는 거야, 가보면 알겠지. 꿈을 실현하려고 하지 않기엔 인생은 너무 짧으니까.' 라고 말하면서 기쁨을 느끼기 위해 떠나는 거지.')

05

　저만치 소화물 등록 로비 쪽에서 다프네를 품에 안은 로르를 끌어안고 있는 아빠의 모습을 지워내려고 뤼도빅은 인근의 신문 가두 판매점에서 진열창 안에다 놓고 파는 장난감 몇 개에 눈길을 줬다. 뤼도빅은 장난감 권총이 있는 데로 다가갔다. 평소 때 같으면 아빠한테 사달라고 공손하지만 끈덕지게 졸랐을 것이다. 하지만 언제부턴가 장난감을 봐도 전처럼 갖고 싶은 마음이 내키지 않는다는 것을 깨달았다. 이젠 더 이상 장난감을 실망스러운 어른들 세계의 축소판처럼 여기지는 않았기 때문이다. 권총에서는 진짜 총알이 발사되지도 않았고, 플레이 모빌은 혼자서는 아무 결정도 내릴 수 없는, 움직이지 못하는 벙어리 인형에 불과했다.

예를 들어 최근에 아빠가 생일선물로 사준 원격조정 자동차만 해도 뤼도빅이 오래전부터 갖고 싶어 안달을 했던 장난감이었다. 심지어는 선물로 받은 다른 자잘한 장난감들을 한참 늘어놓고 난 후에야 비로소 자동차 상자의 뚜껑을 열었다. ('제일 좋은 건 마지막에 갖고 노는 게 더 좋아. 그게 나아.') 무엇보다도 그는 스티로폼 케이스 속에 완전 새것인 채로 들어 있는 자동차와 함께 상자에 프린트된, 언제나 장난감을 더욱 근사하게 만들어주는 사진들하며 온갖 디테일과 장식, 그리고 상자 속 실물에서는 절대 찾아볼 수 없는 광채로 가득한 연출 장면을 눈앞에서 보는 것이 즐거웠다. 하지만 일단 건전지를 끼우고 나면 몇 번 작동을 시키기가 무섭게 살짝 밟기만 해도 순식간에 찌그러져버릴 것 같은 자동차의 주행을 눈으로 쫓으며 손 안에 든 플라스틱 조정 장치를 가지고 대체 자기가 뭘 하는 건지 의아해 했다. 그래도 뤼도빅은 장난감을 여전히 갖고 놀면서 아빠한테 고마워하는 걸 잊지 않았다. '아빠를 기쁘게 하려고, 아빠로 하여금 자신이 더는 장난감 갖고 노는 걸 좋아하지 않는다는 생각을 하지 않게 하려고, 그리고 장난감을 괜히 샀다는 생각이 들지 않게 하려고. 돈을 낭비하긴 싫으니까.'

뤼도빅은 진열창에서 물러나 소화물 등록 로비 근처로 발길을 돌렸다. 아침 공항은 밤만 못했다. 게다가 뤼도빅은 애초에 루아시 공항보다 마리냥 공항을 더 좋아했다. 거긴 좀 아담하면서도 덜 우중충했던 것이다. 마리냥 공항에는 카펫이 깔려 있었다. 그리고 밤이 되어 카펫이 불빛을 받으면 여행을 떠나기 전에 아늑한 느낌이 들면서 기분이 참말 좋았다. 뤼도빅이 기억하기로 엄마 아빠랑 모로코의 라바트에 살았을 적에 여름방학을 맞아 엑상프로방스의 할머니댁에 갈 때면 세 번 중에 한 번은 꼭 마리냔 공항에서 늦은 밤에 떠났다. 출발하기 전에는 늘 공항의 같은 식당으로 저녁을 먹으러 가서 매번 카운터 쪽에 나란히 자리를 잡곤 했다. 그러면 웨이터가 종이 매트를 가져다주었는데 그 위에는 메뉴가 프린트 돼 있었고, 식기랑 머스타드 소스, 그리고 프라이드 포테이토를 찍어 먹기 위한 토마토케첩이 놓였다. 뤼도빅은 항상 말 탄 모양 스테이크[1]를 주문했다. ('사람들은 왜 꼭 스테이크가 말을 탔다고 하는 걸까? 말을 탄 건 스테이크 위에 얹혀진 계란인데. 왜 말을 탄 계란이라고는 안 하는 걸까? 도무지 영문을 모르겠어.')

카운터 의자는 높았는데 뤼도빅의 엄마 아빠는 뤼도빅의 옆에 앉아 자기네들끼리 웃고 떠들며 그에겐 도무지 말을 걸지 않았었다. 그는 엄마 아빠가 나누는 얘기를 한쪽 귀로 무심히 흘려들으면서 눈으로는 연신 웨이터의 분주한 몸놀림과 카트를 미는 여행객들을 바라보고 있었는데, 아무 생각이 없었던 나머지 자기가 행복하다는 사실조차 의식하지 못했었다.

뤼도빅은 아빠가 그런 식으로 로르의 허리를 감싸안은 게 싫었다. 게다가 잠시 후 서로 작별 인사를 나눌 때 아빠는 로르에게 입맞

---

1) steak à cheval : 프랑스 요리의 하나로 계란 프라이를 얹은 햄버거스테이크. 스테이크 위에 얹은 계란 프라이가 마치 말을 타고 있는 모양 같다고 해서 붙여진 이름이라 추측된다.

춤을 할 것이었다. 아빠가 엄마와 그랬더라면 더 좋았을 텐데. 하지만 이젠 다 틀린 일이었다. 너무 늦어버린 것이다. 앞으로 그런 일은 결코 없을 것이다. 하지만 뤼도빅은 도무지 영문을 알 수 없었다. 아빠랑 엄마가 서로 다시 만날 때면 늘 분위기가 좋았더랬다. 어쩌면 뤼도빅을 기쁘게 하기 위해 서로 억지로 참은 건지는 모르겠지만. 어쨌거나 여전히 서로 안부를 묻고 미소를 지어 보이기까지 했다. 그리고 뤼도빅의 엄마가 방학 때 뤼도빅를 데리러 올 때면 엄마는 항상 다프네에게 선물을 줬고 로르와는 유쾌하게 깔깔거리며 얘기를 나누곤 했던 것이다. 분위기가 그렇게 좋았으면서 뤼도빅의 엄마 아빠는 대체 왜 갈라선 걸까? 한번은 뤼도빅이 그 이유를 묻자 아빠는 이렇게 말했었다. "그냥 그런 거야. 그런 게 인생이지." 뤼도빅은 '그런 게 인생이지.' 라는 말만 들어도 진저리가 났다. '인생' 이라고? 대체 그게 무슨 뜻일까? 그건 어른들이 즐겨 쓰는 말이었고, 그 한마디 말을 할 때면 어른들이 늘 쓸쓸하면서도 멍한 표정을 짓는 너무나도 복잡한 말이었다. 그 말은 뤼도빅에게 우중충한 날 꾸루룩하고 물이 빠져나가는 세면대를 생각나게 했다. 말하자면 폭력이란 말처럼. 물론 인생이란 말은 그보단 덜 폭력적이지만. '난 아빠가 그렇게 말할 때가 싫어. 그건 내가 아직 너무 어려서 설명을 해줘도 모른다는 뜻이니까.'

뤼도빅은 아빠가 먼 곳으로 파견 근무를 떠나는 것도 싫었다. 영화나 뉴스에서처럼 비행기가 산산조각나기라도 하면 어쩌지? 9·11 사태처럼 테러범들이 비행기를 납치해 빌딩을 들이받기라도 하면?

아빠가 죽으면 누가 날 돌보지? 어쨌든 로르는 아냐. 그건 싫었다. 그럼 할머니? 그것도 싫었다. 아빠 없이 할머니 집에 있으면 따분했다. 아마도 몽펠리에의 엄마한테 갈 것이다. 다신 아빠를 못 보게 되면 눈물이 날까? 비행기가 산산조각나면 아플까? 지난주에 담장 모서리에 머리를 세게 부딪쳐 적어도 '한 시간'은 울었을 때보다도 더? 비행기가 공중폭파 되어 산 채로 낙하산도 없이 허공으로 튕겨져 나가 아주 높은 데서 떨어지면 땅에 닿는 순간에 아플까? 영화를 보면 사람들이 죽을 때 우는 걸 본 적이 없는데 참 희한한 일이었다. 그건 울 틈이 없어서 그런 걸까? 아니면 죽는 게 울 만큼 아프진 않기 때문일까?

어쨌든 뤼도빅은 아빠가 우는 걸 본 적이 없었다. 엄마는 있다. 하지만 아빠는 없다. 심지어 쟝 쟈크 아저씨네 배에 탔다가 돌아가는 모터의 프로펠러에 손목이 절단돼 구급차에 실려 병원에 갔을 때조차도 아빠 울지 않았었다. 그렇긴 해도 누군가가 그렇게 엄청난 양의 피를 흘리는 걸 뤼도빅은 본 적이 없었다. 반대로 엄마가 우는 건 흔히 보았다. 하지만 아파서가 아니었다. 엄마는 우울해서 운 거였다. 엄마가 그에게 그렇게 말했었다. 이따금 뤼도빅은 엄마가 우는 걸 볼 수 있었는데 도무지 영문을 알 수 없었다. 그래서 한번은 몽펠리에의 주방 식탁에 엄마가 혼자 앉아 있었을 때 도대체 왜 우는 거냐고 물어본 적이 있었다. 엄마는 우는 모습을 그가 본 줄도 모르고 얼른 눈물을 닦아내고는 그를 보고 이렇게 말했었다. "우울해서 그래. 너무 걱정할 것 없단다, 애야. 엄마는 그저 조금 우울한 것

뿐이야. 별것 아니니까 금방 괜찮아질 거야.”

뤼도빅은 그런 게 싫었다. 엄마가 우는 걸로 보아 뭔가 있긴 있었다. ‘우울해서’라는 것 또한 ‘그런 게 인생이지.’ 하는 말처럼 무슨 뜻인지 잘 알 수가 없었던 것이다. 하지만 감히 입 밖에 소리내어 물어볼 수가 없었다. 집에 있을 때 아빠한테 물어볼 수도 없었고, 여름방학 때 일주일간 엄마 집에 다니러 갔을 때도 물어볼 수가 없었다. ‘그런 걸 물어보면 엄마 아빠가 버럭 화를 낼까봐 겁이 나.’ 게다가 뤼도빅은 그 나이엔 아직 이해하기 힘들 거라고 했던 얘기들을 억지로 참고 해주느라 엄마 아빠가 난처해하는 모습을 보고 싶은 마음도 없었다.

06

"싫어, 당신이랑 입 맞추고 싶은 생각 조금도 없어. 전혀! 내 몸에 손대지 마! 당신이 오랫동안 멀리 떠난대서 그러는 게 아니라 억지로 그러고 싶지 않아서 그래!"

로르는 포옹하려는 필립의 팔을 단호하게 뿌리쳤다. 옆에 있던 사람들이 그녀의 그런 행동을 보고 어떻게 생각할지는 안중에도 없이.

"정말이지 이젠 당신의 그런 말 듣는 것도 지긋지긋해. 내가 만족할 줄 모른다고! 내가 과장을 하는 거고, 지나치게 긴장하는데다 매사를 복잡하게 만들뿐더러 좋을 땐 그냥 좋은 대로 즐길 줄을 모른다고! 꼭 일부러 그러는 것처럼 당신이 책임자로 파견 근무를 떠나는 날만 골라서 이런다고! 무엇보다도 그건 말도 안 되는 소리야. 당신은 우기고 있어. 난 당신이 그렇게 우길 때가 정말 싫어. 마지막 순간에, 여행가방 들고 게이트 너머로 들어가기 직전에, 무엇보다도 당신 혼자 비행기를 탈 때마다 내가 얼마나 불안해하는지 알고 있으면서 그렇게 통고하듯이 얘기하고 싶어? 그러고 싶냐고!"

어찌할 바를 몰라 얼굴이 벌겋게 달아오른 필립은 무의식적으로 로르에게 다가갔다. 그녀를 진정시키려했다기보다는 사람들이 빤히 보는 앞에서 그녀의 그런 신랄한 질책이 불러오는 결과를 최소화시키기 위함이었다.

"싫어, 제발 날 건드리지 말라니까! 저리 가! 내 말 아직 안 끝났단 말이야! 내가 당신한테 싫은 내색을 할 땐 다 그럴 만한 이유가 있어서 그러는 건데 어쩜 그렇게 쉽게 까먹을 수가 있어? 그래도 당신이 그렇게 순진한 표정을 할 땐, 초음파 사진 찍으러 병원에 함께 가기로 약속하고도 까맣게 잊어버린 당신을 더는 참을 수가 없을 땐, 뭔가 이상하다는 생각을 할 수밖에 없다구! 어쨌든 이 아일 내가 혼자서 만든 건 아니잖아?"

로르가 고함을 지르고 있다는 느낌이 들었기에 필립은 더욱더 나직이 말했다.

"하지만 여보, 그건 별개의 문제야. 약속을 잊은 건 사과할게. 정말 미안해. 진심이야. 그렇긴 해도, 미안하지만 당신과 이 아일 갖고 싶은 내 마음하곤 아무 상관없는 일이야. 더 이상 확대 해석하지 마."

"말도 안 되는 소리 하지 마. 그건 그냥 잊어버린 것하곤 차원이

57

달라! 다프네를 가졌을 때 문제가 있었다는 건 당신도 잘 알고 있어. 그러니 이번 임신으로 내가 불안할 수밖에 없다는 것도 알 거 아냐! 그런 일을 겪고 보니까 이젠 당신이 나 같은 건 신경도 안 쓰고 그저 자기 자신 밖엔 모른다는 느낌이 든다고! 난 정말 모르겠어, 사무실에서 전화 한번 걸어주는 게 그렇게 힘든 일이었는지. 아무리 스케줄이 바빠도 그렇지, 기껏해야 30초 밖에 더 걸려?"

히스테리에 가깝게 소리를 질러대는 로르를 진정시켜야겠다는 일념 하나로 필립은 똑같은 말을 반복해댔다.

"미안해, 정말 미안해."

"미안하다고? 미안하다고! 대체 **미안하단** 말 빼면 할 줄 아는 게 뭐야? 그리고 미안한 줄 알면 뭐해? 아무짝에도 소용없는데!"

'본래 남자란 어리석은 짐승이고, 여자는 앞뒤 분간 못하고 날뛰는 법이지.' 어쨌든 조용히 말하긴 글렀다고 확신한 필립은 속으로 가슴을 치며 한탄했다.

"게다가 당신도 이 아일 기다린다고? 전화 한 통 걸어주는 단순한 것도 생각 못하는 사람이? 나보고 어떻게 그 말을 곧이들으란 거야? 당신이 인내심 없는 게 대체 나랑 무슨 상관이야? 내가 원하는 건 말이 아니라 행동으로 보여주는 거라고!"

이젠 다 틀렸다고 여긴 필립은 반박을 하고 나섰다.

"그 점은 미안해. 하지만 당신 너무 심한 거 아냐? 행동으로 보여주라고? 미안하지만 그만하면 보여줄 만큼 보여준 거 아냐?"

"난 지금 평소에 당신이 어땠다는 얘길하는 게 아니라 구체적인 일을 두고 말하는 거잖아! 자꾸 그런 식으로 말꼬리 잡고 늘어질래? 그리고 한번만 더 미안하다 그랬다간 소릴 질러버릴 거야!"

"안돼! 그러지마! 제발 부탁이야, 응?"

얘기가 끝날 때까지 '미안해' 란 말을 추가로 5번 더 하라는 신의 긴급 명령을 받은 필립은 이를 행동으로 옮기면서 애원했다.

그는 걱정스런 눈길로 오른쪽을 슬쩍 쳐다봤는데 이때 로르가 눈치를 챘다. 그녀는 필립의 시선이 가는 쪽을 바라봤다. 옆 데스크에서 얼굴이 미국 배우 크리스찬 베일을 연상케하는 20대 가량의 청년이 우물쭈물하면서 에어프랑스 여직원에게 표를 내밀고 있었다. 그는 고개를 비스듬히 기울인 채 어깨와 귀 사이에 끼고 있던 휴대폰에다 대고 뭔가 얘기를 하던 중이었다. 곁에는 반반하니 예쁘장한 얼굴로 시선을 한군데에 고정한 젊은 여자가 있었다. 로르와 눈길이 마주치자 젊은 여자는 깔보는 듯하면서도 어딘가 찔리는 데가 있는 표정을 지으며 얼른 시선을 피했다.

로르는 필립을 향해 벼락치듯 화를 냈다.

"하, 이제야 알겠네! 5분 전부터 당신이 밀힐 때마다 뭔가 태도가 이상하다 싶더니, 우리가 싸우는 소릴 당신 어시스턴트가 들을 수도 있겠다싶어 그런 거지? 그렇지? 그러니까 이러는 게 당신 이미지에 좋을 게 없다 그거지?"

"그렇게 함부로 말하지 마!"

또다시 필립의 얼굴이 벌겋게 달아올랐다. 로르가 그의 민감한 부분을 건드린 것이다.

"아니, 그런 거 맞아! 거짓말하지 마! 난 당신이란 사람을 알아. 당신은 일부러 태연한 척하지만 남한테 어떻게 보일까 하는 생각이 머릿속에서 떠나질 않는 사람이라고!"

"솔직히 파견 근무 떠나기 직전에 이러는 건 아무래도 좀 그렇지. 당신 이러는 게 우리 관계에 영향을 미칠 거란 생각 안 들어? 이러고 나서도 내가 저 사람한테 이래라 저래라 할 수 있을 것 같아? 미안해, 미안하다고."

"그렇지만 저 사람 못 들은 게 분명해. 내가 장담한다니까!"

예상 밖으로 기세가 누그러진 로르가 말했다. 그의 논법이 적중한 것이다.

"봐, 여자 친굴 앞에다 세워 놓고 20분째 휴대폰으로 수다를 떨고 있잖아. 반대로 무슨 일인가하고 귀를 쫑긋 세운 채 우리 애길 듣고 있는 건 여자 쪽이야. 딴 데 보는 척하면서. 나이도 어린 것이 저 속물 같은 꼬라지하고는, 정말 싫어. 아무튼 저 사람 당신이 말한 그대로네. 저 눈매며 치아며 이마를 살짝 가린 앞머리 하며 꼭 심술 맞고 욕심 사나운 머저리 상이야. 당신 참 안 됐네. 그러나 저러나 아까워. 조금만 신경 쓰면 그럭저럭 괜찮을 수도 있었는데. 어떤 미국배우를 닮긴 했는데 그게 누군지 어떤 영화에 나왔었는지 잘 생각이 안 나. 아무튼 되게 닮았네. 당신 내가 누구 말하는지 모르겠어? 그 사람 삼촌이 어느 회사 사장이었더라? 맞다, 블레이즈. 분명 당신이 랑브르몽한테 좀 더 단호하게 나갔으면 저 사람이 당신 근처에서 이렇게 얼씬 거리진 못했을 거야. 아이 짜증 나. 그 얘길 생각하면 할수록 당신이 너무 물러 터졌던 게 아닌가 싶어."

"랑브르몽 같은 사람은 살살 구슬려야 해."

갑작스러운 진정 모드로의 전환에 우쭐해진 필립이 말했다.

"그땐 못 받겠단 말을 죽어도 못하겠더라고. 미안해, 여보."

"미안하긴 당신이 뭐가 미안해? 잘못한 것도 없는데. 그게 당신 일이고 당신 임무라는 거 나도 알아. 괜히 나한테 그럴 필요 없어."

"글쎄…… 그래. 당신 말이 맞아. 그런데, 미안해."

"당신 지금 나 약 올려? 지금 뭐하자는 거야?"

로르는 자기도 모르게 다시 화를 냈다. 그러고는 곧바로 말을 이었다.

"아닌 게 아니라 사실 맞는 말이야. 그만한 위치에 있으면 무능한 사람을 억지로 받지 않을 권리는 있는 거 아냐? 애도 아닌데! 아니면 굳이 어시스턴트를 붙여주겠다고 하면 직접 면접을 봐야겠다고 하든가! 데리고 있을 사람은 어쨌든 당신이잖아? 하긴 어쩌면 당신은 자선가로 보이는 걸 내심 즐기는 건지도 모르지. 아냐? 난 모르겠으니까, 당신이 뭐라고 말 좀 해봐! 또 미안하다고 하려는 거지? 그렇지?"

"바로 그거야. 미안해, 여보."

필립은 이젠 살았다는 듯 안도의 미소를 지어 보였다.

07

불안에 가까울 정도로 머뭇거리면서도 용기를 내어 공항 면세점 향수 코너의 진열대 사이에 선 피델리스를 자세히 들여다본 사람이라면 서구 소비사회의 황홀경 앞에서 매혹된 채 그저 무기력하게 받아들이고 마는 제3세계 전체를 그녀 혼자서 온몸으로 구현하고 있구나 하는 생각을 할 수도 있으리라. 사실 그녀는 향수 20병쯤 사는 값이면 아무리 면세라고는 해도 정착 자금, 적어도 첫 달치 예산 쯤 까먹는 건 일도 아닐 거라며 스스로에게 단단히 주의를 주던 참이었다.

'내 건 이브 생 로랑 작은 걸 사야지. 이브 생 로랑이면 명품 중의 명품이야. 이브 로셰도 사야겠어. 이브 로셰는 그것보단 싸지만 유명해. 그리고 선물용으론 면세점 입구에 있는 9.99유로짜리 작은 향수 세트를 사야지. 이수덩Issoudun의 화장품 가게에서처럼 무료 샘플을 잔뜩 달라고 해야겠어. 이따금 외국인에게 호의적이어서 프랑스 사람보다도 우리한테 샘플을 많이 주는 점원들도 있잖아? 우리네 주머니 사정이 좋지 않다는 걸 알고 있으니까. 면세점 쇼핑백도 몇 개 더 달라고 할 거야. 그 쇼핑백은 멋진데다 아주 투명하고 바닥에 두툼한 판지를 대서 튼튼해. 디에고에선 그런 건 눈 씻고 찾아봐도 없지. 게다가 2세트를 사면 분명히 샘플을 더 줄 거야. 그러면 일인당 향수 한 병씩은 돌릴 수 있겠지. 모리스한테는 2개를 사는 게 결국 싸게 먹힌다고, 세일을 했다고 얘기해야겠어.'

포스틴 숙모가 디에고의 그녀에게 프랑스 향수를 보내줬던 일이 처음으로 생각났다. 그때 당시 얼마나 많은 여자들이 그녀를 질투했던지!

"음, 이 향기 좀 봐. 이건 시장에서 산 건 아닐 거야. 이거 어디서 났니? 얼마야? 누가 줬어? 어이, **파리 마담**! 친구들을 까먹으면 안 되지!"

그 시절엔 그녀도 프랑스 사람들은 모두 세련되게 향수를 뿌리고 다니는 걸로 생각했다. 2년 전에 모리스를 만나면서 프랑스 사람들한테서도 그리 좋은 냄새가 나는 건 아니라는 사실을 몸소 확인하고는 깜짝 놀랐었다. 이따금 마다가스카르의 텔레비전에서 부분적으로 볼 수 있었던 오뜨 꾸뛰르의 패션쇼도 마찬가지였다. 프랑스의 어느 누구도 그렇게 멋진 옷을 입고 있진 않았고, 프랑스 어디에서도 잡지에서 본 것처럼 예쁜 금발의 여자들은 보이지 않았다. 지난 2년 동안 그녀와 가깝게 지낸 대부분의 프랑스 사람들은 늙고 못생기고 키 작고 뚱뚱하고 더러운데다 말투가 거칠었다. 프랑스에 오기 전에 마다가스카르에서 마주치곤 하던 이들과 하나도 다를 게 없었다. 본국에 있는 프랑스인들은 훨씬 멋질 거라고 생각했었는데 실상은 똑같았던 것이다.

이 모든 것이 프랑스라는 나라의 이미지였다. 확실히 도로 상태는 훌륭했다. 돈이 지천에 깔린 건 물론이요 두말할 것도 없이 모든 게 체계적이었다. 하지만 날씨는 춥고 심심하고 할 것도 없고 거리를 지나가는 사람들은 서로 말을 거는 법이 없었으며 집 안에 콕 틀어박힌 채 나올 생각을 안했고 상스러운데다 인종차별을 했다. 심지어 교회에서까지. 교회도 우울하긴 마찬가지였는데 노인들밖엔 없는데다 누구나 할 것 없이 음치에 노래를 지나치게 낮게 불렀다. 마다가스카르는 궁핍할지는 모르지만 적어도 햇살이 있었다. 적어도 웃을 줄 알고 함께 음정맞춰 노랠 부르곤 했다. 그런 사실을 알았더라면 모리스가 신문에 낸 광고에 응하지는 않았을 터. 금전적인 이유로 그곳에 꼭 가야 한다던 셀레스탱의 명령에 따르지는 않았으리라. 그녀의 삶은 너무도 고됐던 것이다.

막상 돌아와 보니 얼마나 좋은지! 그녀는 자기를 보며 감탄해 마지않을 사람들의 표정을 하루빨리 보고 싶었다. 나이 마흔 여덟에 마다가스카르 땅에는 발을 디뎌본 적도 없는 **바자**vazaha[2]로 하여금 그곳의 모든 걸 정리하고 함께 디에고에 와서 눌러 살도록 설득한 비결이 대체 뭔지 모두들 의아해 할 참이었다. 하지만 새집에 새 차에 가구, 식기, TV 등 자신을 질투하는 사람들이 있을 거라는 것 또한 알고 있었다. 모든 사람과 자신이 차리지 않은, 남이 가져다 줄 모든 음식을 경계해야 했다. 이는 한 사람도 빠짐없이 선물을 챙기도록 주의해야 했던 이유 중 하나였다.

피델리스는 프랑스라면 더 이상 말도 듣기 싫었다. 하기야 그 나라는 지체없이 그녀의 기억에서 지워져버릴 것이었다. 마다가스카르에 도착하기 무섭게 만나야할 사람, 할 일이 수두룩할 테니까. 가장 먼저 셀레스탱과의 호적을 정리하고, 그 다음 프랑스 영사관에 가서 조세팽을 모리스의 호적에 올리는 거다. 그건 이미 모리스가 약속했던 일이었다. 그리고 일단 서류가 구비되면 그 아일 영사관의 무료 의료 검진에 등록할 것이었다. 그러고 난 후에는 프랑스 학교에 보조금 지원 양식을 작성하러 가리라. 조세팽은 프랑스 학교에 계속해서 다닐 것이고 3~4년 안에 오를레앙의 이베트네 집에서 사는 모습을 보게 되리라. '프랑스에 비해 마다가스카르는 여섯살짜리 아이에게 희망을 줄 수 있는 것이라곤 아무것도 없을 테니까.'

---

2) 마다가스카르에 사는 백인. 특히 프랑스인을 두고 이르는 말. 작가 원주.

08

　필립과 아모리는 다른 승객들과 함께 일렬로 서서 에어버스의 카
펫 깔린 통로를 따라 어기적거리는 걸음으로 나아갔다. 앞서 간 이
들은 짐칸에 옷가지를 올리느라 여전히 진행을 더디게 만들고 있었
다. 필립은 겉으로는 거리낌 없이 행동하는 듯 보였지만 실은 아모
리의 젊음에 위축되어 있었다. 스물두 살짜리 젊은 애가 교양 없고
소극적이고 매사에 흥미 없어 하는 태도를 보이면 보일수록 까다롭
고 빈정거리길 좋아하며 제 또래 혹은 그보다 나이 많은 여느 어른
들보다도 훨씬 더 부정적이고 여간해선 만족하는 법이 없는 그런
존재임이 틀림없다는 생각이 들었던 것이다. 필립은 아모리가 자신
을 어떻게 생각하든 말든 전혀 아랑곳하지 않음을 훤히 드러내 보이

면서도 가소로운 표정을 짓지 않으려면 어떤 태도를 취해야 할지 망설이고 있었다. 좌석 있는 데까지 왔을 때는 자신의 자리가 창가 쪽이라는 사실을 확인하고 속으로 회심의 미소를 지었다. 하지만 그런데도 너그럽고 태연한 사람처럼 보이려고 이렇게 물었다.

"창가 쪽이 좋은가, 아니면 복도 쪽이 좋은가?"

그러고는 계속해서 말을 이었다.

"내가 말을 놔도 되겠지?"('내가 말을 놔도'라고 했을 때에는 반말을 쓰는 것이 너한테는 해당사항이 아님을 이해했으면 좋겠어.)

"뭐, 제 표를 보니까 63B라고 씌어 있긴 한데 전 창가 쪽이 더 좋아요."

말을 꺼내기가 무섭게 괜한 소릴 했다 싶었던 (이런 바보 멍청이 같으니!) 필립은 거침없고 둔하며 아무 거리낌 없이 무례하기 짝이 없는 아모리의 태도가 그저 놀라울 따름이었다. 둘 다 자리를 잡고 얼마 안 되었을 때쯤 필립은 에어컨 사용에 익숙한 여행자 티를 냄으로써 다시금 자신의 권위를 세워보려고 했다.("이런 말을 해도 될지 모르겠네만 에어컨을 조금 약하게 트는 게 좋을걸. 찬바람이 바로 머리 위로 떨어지니까. 도착해서 감기에 안 걸리려면 조심해야 하네. 갑자기 열대 기후에 노출되다보면 충격으로 그러는 수가 있거든.") 아모리가 대답 대신 코를 훌쩍이는 소리를 내자 그는 때를 놓칠세라 다시 한번 시도를 감행했다.

"그리고 귀찮게 하는 것 같아 미안하네만 일 얘기를 좀 해야겠네 (그 미안하단 소리 좀 집어치우라고!). 생각났을 때 해야지 안 그러면 나중엔 시간이 없거든. (거짓말, 얼마든지 미뤄도 되는데.) 자네가 이런 일을 해본 경험이 없다는 건 아네만 뭐 못할 것도 없는 일이니 너무 걱정 말게. (이 바보, 대체 뭣 땜에 저 자식을 안심시키는 거야?) 사하라 이남 아프리카 전역에서 청취 및 분담의 협력활동이 이뤄지고 있다는 건 자네 삼촌을 통해서 이미 들었을 테지? 우린 말리나 세네갈, 베냉, 나이지리아에 많이 나가 있네. 그리고 몇몇 영어권 국가들에도 나가 있지. 가나, 케냐, 말라위, 블라블라……." ('블라블라?' 저 자식 앞에서 쿨한 척하려고?)

"말라 뭐요?"

아모리가 인상을 찌푸렸다.

"말라위. 한번도 들어 본적 없나? (원, 세상에!) 동아프리카의 아주 작은 나랄세. 우린 현장에 투입돼서 에이즈에 걸린 어린 애들을 돕는 상당히 중요한 구호활동을 하고 있지. 그곳에선 에이즈가 큰 골칫거리거든. 마다가스카르 같은 경우는 좀 특별해서 다양한 분야에서 동시에 활동하고 있는 중이라네. 이를테면 위생이나 교육, 그리고 학교, 인도, 국도, 빨래터 같은 공공시설의 복구 등등 말일세. (웬 암송?) 또한 지역사회에도 도움을 주고 있는데…… (이거 내가 너무 지루하게 만드는 거 아냐?) 이봐, 괜찮아? 내 말 알아듣겠나? 자, 그래서 말이지, 우리가 할 일은, 다시 말해서 (우리 일이라니 이거 너무 후한 거 아냐? 그럴 자격도 없는 녀석한테.) 상주봉사단원들이 디에고 수아레즈 구역에서('구역?' 그런 건 VIP들이나 쓰는 말이지! 나 좀 어떻게 된 거 아냐?) 수행한 임무를 평가하는 거라네.(꼭 무슨 첩보활동 감시반 간부처럼 말하고 있군.) 왜냐하면 디에고 수아레즈는 다분야 시범 프로젝트거든.(있는 대로 폼 잡기는!) 방금 자네한테 말한 것과 같은 거의 모든 문제들을 시 차원에서 다루고 있지. 관련 분야가 많기 때문에 파견 근무 기간이 길어질 수밖에 없네. 미리 말해두지만 정부 당국자나 기관, 단체들과의 회의가 많을 걸세. 당분간은 아무 말 않겠네. 그때 가서 현장에서 결정하기로 하지. 자네도 알다시피 마다가스카르는 나도 처음이네. 차트나 보고서의 내용 말고는 자네보다 더 많이 안다고 할 수도 없지."(제발 그 가식적인 겸손 좀 그만둘 수 없어?)

필립은 아모리가 무슨 질문이든 말이든 제스처든 눈짓이든 어떤 반응이라도 보이길 기다리며 잠시 말을 끊었지만 그는 묵묵부답이었다.

"무엇보다도 자네한테 말해두고 싶었던 것은 사실 일전에 내 방에서 했던 얘기 말고, 수치나 활동 그 자체가 중요한 건 아니라는 걸세. 내가 보기에 중요한 건, 이곳 사람들한테 훈계를 한다거나 자네외 지네가 대표히는 사회 없이 그들은 아무것도 힐 수 없다는 식의 인상을 주지 않는 것이네. 무엇보다도 그들은 자기네 땅에 있는 것이고 자넨 그저 객일 뿐이라는 사실을 잊어서는 안 되네. 서구 방식이란 어디까지나 서구 사회에 맞는 것이지. 우리 생각에는 도로나 컴퓨터 없이도 굴러 갈 수 있는 나라가 있을 것 같지 않지만 말일세. 내 말 무슨 뜻인지 알겠나?(저 녀석 내가 무슨 말을 하는지 감조차 못 잡고 있어. 하긴 상대화란 녀석한테는 지나치게 개념적인 얘기지.) 아무리 할리우드 영화니 콜라니 TV니 휴대폰이니 사륜구동이니 황금만능주의니 하는 것 따위로, 간단히 말해서 서구 사회가 만들어낸 **이미지**, (아니, 말할 때 왜 그렇게 단어를 강조하는 거야?) 그런 **이미지**들만으로 전 세계로 하여금 자기네한테 필요한 건 바로 그런 서구 방식이라는 신념을 심어줬다고 해도 말일세. 난 남반구 국가들한테는 우리가 필요 없다고 확신하네. (역시 난 정치적 개념 하나는 똑바로 박혔다니까!) 자네에게 지정학 개론 강의를 하고 싶은 생각은 없네만 프랑스가 무수한 빈국들을 상대로 엄청난 경제적 이익을 취하고 있다는 사실은 자네도 알 테지? (저 녀석, 아예 이해하길 포기했군.) NGO가 활동하는 것도 따지고 보면 아주 정치적인 것이지. 아무렴, 프랑스가 계속해서 위신을 세우자니 불어권을 유지하는 수밖에 없고, 그러다 보니까 그 대가를 치르는 거라고! 불어권의 가난한 나라 사람들이 계속해서 불어를 쓰는 게 뭐 우리가 예뻐서 그러는 줄 아나? (내가 누구 덕에 여기 와 있는데 이따위 쓸 데 없는 소리나 지껄이자고 이래선 안 되지.) 결론적으로 짧게 말해서 문제는 근본적으로 강요가 아닌 제안을 한다는 데 있네. (꼭 무슨 보험회사 광고 문구 같군.) 그래서 우리 이름에 '청취'라는 말이 들어있는 것이고 그건 매우 중요한 거라네. 왜냐하면 일반적으로 이런 나라에서는 (두 번째로 옳은 소리!) 특히 마다가스카르처럼 식민지 경험이 있는 나라 사람들은 이런 일엔 매우 민감하고, 전문적인 협상을 떠나서 자네가 개인적으로 자기네한테 어떤 태도를 취할지 예의주시하고 있거든. 협상에 있어서도 자네가 그들에게 선택의 여지를 준다는 느낌을 받도록 하는 게 매우 중요하네. (내가 말하면서도 참 끔찍하기 짝이 없구만!) 심지어 존중받는다는 느낌이 그들과의 협력을 통해 얻어진 구체적인 결과물보다도 더 중요할 때가 많지. 가장 중요한 건, 말할 때 그들의 직책을 존중한다든가 함으로써 그들 자신을 반영하는 이미지를 심어주는 거라네. 게임의 규칙만 잘 파악하면 자네가 원하는 걸 얻을 수 있지. 왜냐하면 그런 사실을 알아차리지 못하고 무작정 잘하고 있다고 믿으면 상대의 기분을 상하게 만들기 십상이거든. 모두들 어떻게 해서든 그런 일만큼은 생기지 않도록 조심하고 있다네. 무엇보다도 "도와주는 것만으로도 감사해야지 너무 까불지 마, 알았어?" 하는 식의 생각을 해서는 절대 안 되네. 요컨대 우린 꼭 필요한 존재도 아니고, 뭐든 도와달라고 요청을 받은 것도 아닌데 자청해서 제 발로 찾아온 불청객이라는 사실을 명심하게. 프랑스 대사관이나 국제기구에서 일하는 사람들 중에는 무슨 무슨 석사니 박사니 하는 먹물들이 수두룩한데 그런 치들이 말 한마디 잘못하거나 대화 중에 시선 처리를 잘못해서 국가 차원의 계약을 그르친다네. 조금도 과장이 아니야. 그런 이들은 같은 제안을 하면서도 이런 게임의 규칙을 훤히 알고 있는 덜 거만한 미국인이나 독일인한테 시장을 빼앗기게 되는 거지. 왜냐하면 착각해선 안 되는 게 이 나라 사람들이 아무리 가난하고 딱한 처지에 놓여 있다고는 해도 돈이 다는 아니거든. 물론 결과적으로야 꼭 그렇지만은 않지만 그래도 돈으로 모든 걸 해결할 수는 없는 노릇이지. 어쨌든 나는 대부분의 경우 위신이나 인간적인 측면이 우선시되어야 한다고 믿고 싶네."

　바로 그 순간 필립은 아모리가 하품이 나오려는 걸 가까스로 참고 있음을 확인할 수 있었다. 오죽했으면 눈물을 글썽여가며 흡사 말 콧구멍처럼 코를 벌름거리기에 이르렀을까. 얼굴 전체가 빳빳하게 굳은 채 경련을 일으키고 있었는데 보기에 따라서는 똥마려운 걸 참느라 끙끙대는 걸로 볼 수도 있었다.

　"그러니까 이곳에서 자네가 할 일은 각종 미팅은 물론 무아장과 함께 혹은 혼자 가는 출장에 나를 수행하는 것이네. 현장감독 에르베 무아장은 기억하고 있겠지? 자네 역할은 스케줄을 관리하고 회의 보고서를 작성해서 노트북에 저장하고 출력하는 등의 일인데 이 모든 걸 방금 내가 한 말을 염두에 두면서 해야 하네. 자네가 협회에 할 수 있는 최선의 봉사는 조직의 이미지를 잘 관리하는 것이니까. 자, 내 얘긴 이상으로 끝일세. 의문 나는 점이 있거든 뭐든 물어보게나. 한 10시간 정도 여유가 있으니까. 그리고 방금 내가 한 말에 하고 싶은 얘기가 있으면 자네 생각을 말해보게. 꼭 내 의견에 동의하란 법은 없으니까."

09

또렷하긴 해도 들릴락 말락 감이 먼 엄마의 목소리에 아모리는 그만 찔끔 눈물이 날 뻔했다. 하지만 머지않아 스물다섯이 되는 나이에 그럴 수는 없는 일이었기에 그는 안 좋은 기분을 전환할 수 있는 해결 방법을 늘 마련해두고 있었다.

"여보세요? 엄마?…… 나야, 나…… 뭐?…… 아이 씨, 이게 뭐야, 울리잖아! 엄마, 뭐라고? 이거 위성전화란 말야! 에이, 썅!…… 뭐?…… 어, 있잖아…… 엄마!…… 엄마, 내말 좀 들어봐!…… 엄마, 지금 내가…… 에이 씨! 각자 차례가 되면 말해야지 안 그러면 힘들단 말야, 서로 알아들을 수가 없다고!…… 뭐?…… 응, 계속해봐…… 그래, 그렇지 뭐. 잘 도착하긴 했는데 뻗을 거 같아, 죽을 맛이라고…… 뭐?…… 아, 진짜!…… 제발 말 좀 그만해!…… 엄마, 가만 좀 있어봐! 엄마 말이 끝났으면 나도 한마디쯤 하게 해줘야 할 거 아냐. 자꾸 이러면 나 끊는다! 지금 이거 공중전화란 말야…… 엄마, 입 좀 다물어!! 말 좀 그만 하라구!!!…… 지금 11시 30분이야, 프랑스보단 한 시간 빨라. 깜깜한 밤이라서 아무것도 안 보…… 뭐?…… 아, 씨발…… 뭐야, 이거…… 뭐?…… 공항 옆 호텔에서 잘 거 같아…… 에이 씨, 돌겠네, 아 놔. 있잖아, 미리 말해두는데 오래 말 못해. 호텔 옆 전화박스에서 전화하는 거란 말야. 아무리 찾아봐도 공중전화 번호가 안 보여서 엄마가 이리로 전화할 순 없어. 이거? 샹셀이 어디서 났는지 전화카드를 빌려줬어. 자기 와이프랑 전화하려고 산 거지. 그저 급한 불이나 끄라고 준 거라서 주구리 장창 붙들고 있을 순 없을 거야…… 아냐, 됐어, 안 아파, 아직은. 아직까지는…… 근데 생각해 봐, 열시간이나 비행기를 탔다고. 관타나모 수용소가 따로 없다니까! 등은 배기지, 에어컨 때문에 목구멍은 따끔거리지, 기내식은 토할 것 같지, 게다가 뒤에 앉은 자식 무릎 때문에 좌석을 뒤로 충분히 젖힐 수가 없었단 말이야…… 뭐?…… 샹셀? 그야 내 옆에 앉았지. 그 새끼 진짜 짱 나, 내가 모기 얘길 꺼낼 적마다 번번이 성가신 눈치더라고. 너무 걱정하지 말래나. 말라리아 땜에 골치 썩일 필욘 없다는 거지. 자기도 10년 전에 아프리카 갔다가 걸린 적이 있었는데 뭐 죽을 정돈 아니었대나. 내 건강 따윈 안중에도 없다니까…… 나 말야…… 뭐?…… 마다가스카르? 아냐, 끔찍해, 너무 싫어. 열나 냄새나고 땀나고 드럽고, 찝찝해 죽겠어. 말하자면 약간 모

74

로코 같은데, 더 심각해. 있잖아, 걔네들은 이걸 가지고 **국제공항**이라고 한다니까! 건물은 달랑 두 개에다, 컴퓨터는 눈에 불을 켜고 찾아봐도 없지. 카운터엔 팸플릿 하나 없고, 짭새들은 이리저리 어슬렁거리기나 하고, 어설프기 짝이 없는 매점이 달랑 하나 있는데 먹을 건 아무것도 없어. 여기 걸로 초콜릿 비스킷을 한 봉지 샀는데 초콜릿이라곤 들어 있지도 않지, 웨하스는 스펀지처럼 푸석하기만 한 게 겉 포장지 잉크는 만지면 손가락에 다 묻고, 더러워. 밖에 나오면 택시는 또 얼마나 지저분한지! 게다가 운전기사들은 어찌나 사람을 귀찮게 하는지, 어떻게 하면 바가지를 씌울까 그것만 관심 있다니까. 한번 타봐, 그에 비하면 마라케시에서 탔던 택시는 최고급 스포츠카라니까. 한 백 미터쯤 가서 공항을 벗어나면 한 삼십 년은 될 거 같은 광고가 나오고…… 뭐?…… 아, 그래! 나도 알아, 될 거 같은 게 아니라 된 거 같은, 지금 피곤해서 그래…… 그러니까 내 말은 광고 포스터를 지나고 나면 도로 변을 걸어가는 사람들한테 눈길을 돌리게 되는데, 밤인데도 언제 만들었는지 알 수 없는 구닥다리 차들이 굴러나오고, 인도도 없고 가로등엔 더 이상 전구도 없고 허름하니 녹슨 양철 가건물들이 사방에 깔렸어. 도로 한복판엔 벌가벗은 애들이 막 뛰어다니고, 심지어 내가 뭘 봤는지 알아? 그 망할 놈의 뿔이랑 빌어먹을 혹이 등에 달린 비썩 마른 소들이 등대 속에…… 뭐?…… 그래, 제부. 그걸 거야. 근데 엄마, 쓸데없는 소리 하느라 내 말 좀 끊지 마. 이러다 날 새겠어…… 좌우지간 여긴 완전 개판이야. 택시 안에서 창밖을 내다보면 딱 한 가지 생각밖에 안 든다니까, 절대 차에서 내리지 말자…… 뭐?…… 호텔?…… 이게 호텔이면 가르슈에 있는 내 방은 그야말로 궁궐이야, 궁궐! 온수도 안 나와. 오늘 저녁에 단수 됐어…… 뭐?…… 잠깐, 엄마도 삐 소리 들었어? 아무래도 카드에 돈이 얼마 안 남은 거 같은데 조금 있으면 끊어질 거야. 어쩜 그렇게 금방 떨어지지? 너무 심해. 이래 뵈도 백 프랑짜리 카든데! 내가 자주 전화하길 바라면 송금 좀 해줘야할 걸. 왜냐하면…… 글쎄, 잘 모르겠어, 한 삼사백 유로…… 뭐?…… 그래, 약 먹었고, 스프레이도 뿌렸어, 얼굴까지. 매트도 꽂았고, 사방에 허브 방향제도 놨어…… 뭐?…… 네에, 엄마. 긴소매 셔츠랑 긴 바지도 입었거든요?…… 뭐?…… 네에, 병에 든 물을 사긴 샀는데, 생수인지 뭔지는 잘 모르겠어요. 원 도대체 믿을 수가 있어야지…… 이게 뭐야?…… 또 소리 난 것 같은데, 엄마도 들었어? 이번엔 정말 끊길 것 같아. 뭐?…… 이거야 원, 설마……"

10

|마틸드의 일기|

8월 31일 일요일 오후 2시, 디에고 수아레즈의 호텔 겸 카페 겸 레스토랑 '플리뷔스티에Les Flibustiers' 테라스에서.

처음 쓰는 일기라 어떻게 써야할지 모르겠다. 자신을 향해 글을 쓴다는 건 누군가에게 편지를 쓰는 것하곤 달라서 부자연스럽기 짝이 없다. 어떻게든 써보려고 애를 써야지 안 그러면 단 한 줄도 못 쓸것이다. 비행은 순조로웠다. 내 자리는 어떤 커플 옆이었다. 남자는 프랑스 인으로 70대쯤 돼 보이고, 여자는 40대 후반인 것 같았다. 여자는 마다가스카르 사람이었다. 참 보기 좋았는데 남자는 여자에게 무척이나 자상했다. 마실 것을 챙겨주는가하면 등이 배기지 않게 쿠션을 받쳐주었고 여자가 잠이 들자 담요를 치켜 올려주었으며 빵에다 버터도 발라줬다. 말 한마디 없이 그저 묵묵히 그 모든 걸 해주었던 것이다.

기장이 타나나리브에 도착했음을 알리는 안내방송을 하자 온몸에 소름이 돋았다. 꼭 꿈을 꾸고 있는 것 같았다. 밖을 내다보니 마다가스카르의 첫 불빛들이 눈에 들어왔다. 드문드문 반짝이는 불빛으로 인해 경치가 아주 포근하고 아늑해 보였다.

줄지어 비행기 문이 열리기를 기다리는 승객들 틈에 끼어 있자니 걱정스러운 마음이 되었다. 승객들은 기다리고 있는 사람이 있는지 서둘러 나갔다. 어디로 가야할지 모르는 사람은 나밖에 없는 것 같았다. 순간적으로, 내가 여기서 뭘 하고 있나, 차라리 프랑스로 도로 데려다 주기를 기다리며 비행기 안에 그대로 머물러 있는 게 더 낫진 않을까 싶었다. 활주로 쪽은 날씨가 좋아 보였다. 밤인데도 대기는 한낮인 것처럼 훈훈했다. 아, 참 여긴 '열대지방' 이지, 하는 생각이 들었다.

세관 절차를 마치고 환전을 하고 나서 공항 근처의 호텔을 알아보려고 했다. 그런데 비행기 옆 좌석에 탔던 이들과 마주쳤다. 남자가 하는 말이 그 역시 약혼녀와 함께(사실 그들은 결혼한 상태는 아니었다) 다음 날 디에고 수아레즈로 갈 예정인데 비행기 출발 시간 때문에 공항 벤치에서 잘 계획이라고 했다. 그들은 가방에서 담요를 꺼내 대기실 벤치 위에 폈다. 남자는, 원한다면 담요 한 장과 쿠션까지 빌려줄 수 있다고 했다. 만약을 몰라 하나씩 더 가져왔다는 것이다. 난 완전히 마음을 놓을 수가 없어서 그러겠다고 했다. 그리고 나서는 잠깐 얘기를 나눴다. 여자는 말을 많이 하지 않았는데 수줍음을 타고 조심성 있어 보였다. 남자는 자기도 마다가스카르에 온 건 처음이지만 앞으로 눌러 살 계획이라고 했다. 그는 서너 해 전에 혼자 됐다. 두 사람은 프랑스에서 만났는데 머지않아 곧 결혼할 것이다. 이미 집도 정해 두었고, 각자의 소지품과 함께 이삿짐이랑 자동차도 곧 도착할 것이다. 남자는 아직 집을 보지 못했다고 했다. 그 나이에도 그렇듯 낭만적일 수 있다니 참 멋지다는 생각이 든다. 이윽고 두 사람은 내게 잘 자라고 인사를 한 뒤 벤치로 가서 나란히 누웠다.

한 행상이 자신이 직접 만든 물건들을 내게 팔고 싶어 했다. 난 아주 잘 만들어진 알루미늄 재질의 작은 비행기 하나를 샀는데 돌아가면 루이에게 줘야겠다. 그럼 그 아인 플라스틱 장난감 대신 그걸 갖고 놀겠지. 상인 말로는 아이들 학용품과 의료보험에 들어가는 돈을 마련하기가 힘들다고 했다. 난 마다가스카르 돈으로 25,000프랑짜리 지폐 두 장을 냈는데 거의 8유로에 해당하는 돈이었다. 상인은 고맙다는 말 한마디 없이 돈을 받았다. 당혹스러워서 그런 건지 내가 준 돈이 생각보다 적어서 그런 건지는 알 수 없었다. 어쩌면 내가 순진해 보여서 이를 이용한 건지도 모르지만 아무래도 상관없다. 어쨌든 그 50,000프랑이 더 절실한 사람은 나보다는 그 사람이었으니까. 그건 옷차림만 봐도 금방 알 수 있었다.

그러고 나서 곧바로 정반대의 일이 벌어졌다. 양치질을 하려고 물을 찾다가 우연히 공항 수위 두 명을 만났다. 그중 한 명이 자리에서 일어나 기다리라고 하더니 2분 후에 작은 생수 한 병을 내밀었다. 정말 친절하구나 싶어서 얼마냐고 물었더니 그의 동료가 '그냥 드리는 겁니다. 제 마음이에요.' 하는 게 아닌가.

오늘 아침 잠에서 깨고 보니 여기저기 모기한테 물린 자국 투성이였다. 햇살을 받은 공항은 눈에 띄게 옹색해 보였다. 이윽고 디에고를 향해 출발했다. 비행기를 타고 가는 동안 창문을 통해 밖을 내다보았다. 눈앞엔 오로지 자연경관뿐. 마을 하나 도로 하나 눈에 띄질 않았다. 대지는 붉은빛이었다.

디에고에 도착할 때쯤 되어서는 강풍으로 인해 비행기가 요동을 치듯 흔들렸다. 하지만 도착한다는 사실만으로도 너무 벅차서 조금도 겁나지 않았다. 저만치 아래로 맑디맑은 쪽빛 바다가 눈에 들어왔다. 슈거로프를 보자 또다시 소름이 돋았다. 마치 전에 본 적이 있기라도 하듯 말이다.

디에고 공항은 아주 조그맣다. 공항은 사람들로 붐볐다. 이곳 사람들은 대부분 까무잡잡하다. 날이 말도 못하게 더웠다. 적어도 스무 명은 돼 보이는 택시 기사들이 나를 향해 달려들었다. 나는 그중 맨 처음 본 기사의 차에 탔다. 하늘이 바다만큼이나 파랬다. 왁자지껄한 소리에다 프랑스와는 다른 이질감, 그리고 시차 때문에 정신이 하나도 없었다. 그저 달리는 차에 몸을 맡길 뿐. 꼭 꿈을 꾸고 있는 것 같았다.

공항 밖은 빈곤 그 자체였다. 냄새에 먼지에 빈민굴에 도로변을 맨발로 활보하는 사람들하며. 마을로 들어서니 만들다 만 보도에다 지저분하고 낡은 건물 외벽에 여기저기 녹이 슬고 멀쩡한 데라곤 단 한군데도 없었다. 마치 영원히 끝나지 않을 공사현장을 보는 듯, 머나먼 서부에 와 있는 느낌이었다.

어쨌든 지금 당장은 이곳에 온 게 후회스럽지 않다. 꿈이여 계속되기를! 이만 줄여야겠다. 엉뚱한 소릴 늘어놓게 될까봐 겁이 나니까.

11

플리뷔스티에 카페의 안쪽에서 나온 남자는 테라스에 앉은 필립을 향해 뚜벅뚜벅 걸어갔다. 오십대 후반인데도 열 살은 더 들어 보였다. 훤히 벗겨진 이마를 벌충하려는듯 얼마 남지 않은 희끄무레한 머리칼을 그럭저럭 한데 묶어 꽁지머리를 한 남자는 '**만만디의 나라에서는 천천히**'라는 글자가 찍힌 지나치게 헐렁한 러닝셔츠에다 플라스틱 슬리퍼를 걸치고 있었다.

"덥지 않수?"

첫마디에 어떤 대화가 전개될지 짐작한 필립이 대꾸했다.

"아, 네. 그러네요."

남자는 남쪽 억양이 짙은 말투로 말했다.

"그래도 바람이 불 땐 참을 만하다우. 헌데 여기 분이 아니쇼?"

"아뇨, 아닙니다."

필립은 서서히 짜증이 나기 시작했다.

"오늘 도착했수?"

"네."

"허! 관광하러?"

"아니오."

"주제넘은 소리긴 해도 디에고엔 그럼 뭘 하러 오셨수?"

남자는 막 도착한 사람에게 좋은 인상을 주려는 듯 했지만 정작 은 말이 걸고 싶었던 것이다."

"현장의 소리 청취 및 고통분담이라는 단체에서 파견되어 왔습 니다."

"아, 청취 및 분담. 거긴 구호활동 같은 거 하는 데 아니우?"

"네, 맞아요."

필립은 저도 모르게 얼른 내뱉듯 대답해버렸다. 상대의 어깨 위 에 굵은 비듬이 위태위태하게 매달려 있는 광경이 머릿속에서 떠나 질 않았던 것이다. ('비듬이 저절로 떨어지기 전에 털어내야 해. 어 서! 이건 지상명령이야.')

"아, 그래, 어쩐지 이상하다 싶었수. 관광하러 온 게 아니면, 그러 니까 내 말은, **멀쩡한** 사람이 대체 무슨 일로 디에고엘 왔나했지. 왜 냐하면, 아부가 아니라, 용모를 보아하니 여자나 어떻게 해볼까 해 서 온 건 아니다 싶었거든. 그런 건 60대에 키는 땅딸막하니 대머리에다 허풍깨나 떠는 축들한테나 어울리지. 뭐, 나처럼!"

그의 목과 입술은 웃고 있었지만 눈은 아니었다.

이윽고 남자는 목소리를 낮추고는 공모를 하는 것 같기도 하고 보기에 따라선 음모를 꾸미는 것 같기도 한 표정을 지어 보이며 앞으로 몸을 숙였다.

"말이 났으니 말인데, 오늘 타나에서 온 축들은 아주 물이 좋아. 여느 때 같지가 않다우. 저기, 공책에다 뭔가 끼적거리는 저 아가씨 봤수? 저 아가씨도 처음 보는 얼굴이야. 내 생각엔 같은 비행기를 타고 온 게 틀림없는데 못 봤수?"

필립은 슬그머니 옆으로 빠져서 문제의 젊은 여자를 흘낏 보고는 얼른 자세를 고쳐 잡으며 고개를 가볍게 끄덕였다.

"네, 있었어요."

"그럼, 그렇지. 저렇게 이쁜 바즐린은 디에고에서는 좀처럼 보기 힘들다우. 아주 드물어."

"바즐린이요?" 필립은 눈살을 찌푸렸다.

"아, 바즐린? 하하! **바자**vazaha의 여성 형이지. 레위니옹 여자 친구가 그렇게 부릅디다. 정말 딱 맞는 말 아니우? 그 여자야말로 남한테 그런 표현을 갖다 붙일 처지가 못 되지만. 하하하!"

남자는 어깨를 들썩여가며 웃어댔다. 셔츠 위의 비듬이 위태위태하게 굴러 내렸다. 필립은 순간적으로 자기와의 약속을 어길 위험에 처해 있었다. 그는 불안감에 사로잡혔다.

"앉아도 되겠수?"

남자는 한 옆의 다른 의자를 가리키며 은근슬쩍 앉으려들었다.

"네, 그럼요."

그길 만이 행동에 옮길 수 있는 유일한 기회라고 생각한 필립은 마음에도 없는 소릴 했다.

필립이 자리에서 일어서자 상대는 그것을 예의를 차리느라 그러는 것쯤으로 받아들였다.

"진짜 괜찮은 거유? 왜냐면 서서 얘기하는 건 한계가 있으니까."

필립이 전혀 불필요한 동작으로 도중에 남자의 어깨를 살짝 스치면서 비켜나자 남자는 지나치게 세심한 배려를 하는 것으로 받아들였다.

"어이쿠! 이거 죄송합니다. 저쪽으로 비키실 거라 생각했거든요. 괜찮으세요?"

휴! 비듬은 사라지고 없었다. ('잘했지, 안 그래?')

"아이구, 이까짓 거 갖고 뭘 그러우."

필립의 수작을 조금도 눈치 채지 못한 남자는 잽싸게 자리를 잡았다.

남자는 자리에 앉으며 필립의 앞에 놓인 맥주잔을 가리켰다.

"허! 이미 여기 사람이 다 됐구먼. 차디찬 Three horses 맥주라, 이런 더위에 이보다 나은 건 없지! 자, 그럼 나도 한잔 주문해볼까?"

그는 의자에 앉은 채 조심스럽게 웨이터를 소리쳐 불렀다.

"어이, 조제! 나도 같은 걸로, **아자파드**azafady."

아자파드는 마다가스카르 말로 'please'나 'excuse me'를 뜻하는 말이라고 남자는 설명했다. 어쩐지 남자가 허세를 부린다 싶었던 필립은 차가운 어투로 마다가스카르 말을 한 지는 오래됐냐고 물었다.

"뭐, 솔직히 말을 한다고 할 순 없다우. 듣는 건 좀 들어도 말은 두세 마디 웅얼거리는 정도니까. 마다가스카르 말을 한다는 건 당치도 않은 소리지. 오히려 여기선 죄다 프랑스 말을 하니까 여기 말을 배우고 싶은 마음이 당최 안 든다우. 게다가 마다가스카르 말은, 뭐 헐뜯자고 하는 얘긴 아니지만, 마다가스카르나 마요트 섬 외엔 아무 데서도 안 써. 그래서 배우고 싶은 마음이 별로 안 생기지."

그는 디에고 수아레즈에 산 지는 8년째라고 덧붙였다. 그럼 뭘 해서 먹고 살았냐고? 그저 '이 일 저 일'을 하며 살았다고 했다. ('말하자면 사업 같은 건데 대단한 건 아니고 여기저기 친구들 도와주고 돈 받는 뭐 그런 거') 남자는 도착했을 당시만 해도 만 하구에 위치한 유명한 어촌, 라멘에서 작은 모터보트 임대 사업을 했다. 그곳에 별장을 소유하고 있던 전직 대통령 라치르크의 똘마니들, 그러니까 그의 경호원들이 "거 뭣이냐 배를 빌려줌으로써 마다가스카르 공화국에 봉사를 하는 것이고, 후에 라치르크 대통령이 보답을 할 거"라고 종용하면서 배를 **'빌려가기'** 전까지는. 남자는 당시만 해도 '마다가스카르 식으로 말해서' 어수룩했기 때문에 시키는 대로 했다. "어찌되었건 선택의 여지가 없었으니까. 마다가스카르 사람들 치고 정치 갖고 장난을 치는 법은 없어. 사실 '정치'라고 하는 것 자체가 과분한 표현이지. 그보단 차라리 이면 공작이니 부패니 뒷거래니 삐까번쩍하게 뽐내기니 이빨까기니 하는 말들이 어울린다구!" 도로를 건설하고 도시를 정비하는 것 따위는 그들에게 요구해선 안 되는 일이었다. "하지만 뼈 빠지게 일하는 사람 등쳐먹는 일은 아주 아무렇지도 않게 하지!" 그래서 그는 전직 대통령의 경호원들에게 배를 내주었다. 맹세코 돌려주겠노라고 했던 것이다.

"일주일이 지났는데 아무것도 없었어. 배고 뭐고 아무것도. 열흘을 기다렸는데 여전히 아무 소식이 없었지. 그제서야 내가 당했구나 하는 생각이 들더라고. 읍사무소에, 도지사한테 따지러 가고, 변호사까지도 접촉을 해봤는데 모두들 도와주겠다는 거야. 그런데 시간이 지나도 웬걸, 아무 소식도 없는 거야. 깡그리 겁쟁이에다 최소한의 윤리 의식도 없는 놈들 같으니! 왜냐하면 내 미리 말해두지만 마다가스카르 사람들은 순 겁쟁이들이라우. 두고 보소. 금방 알게 될 테니. 아 그래, 이런 나라에서 사상자도 소요도 없이 정권 교체가 조용히 이뤄지는 게 괜히 그런 줄 아쇼? 자기네는 그걸 아주 자랑스럽게 여겨서 이런 말을 하기까지 하지. '여긴 아프리카가 아냐. 우린 미개인이 아니라고.' 하지만 그들이 다른 아프리카 사람들보다 똑똑하고 현명해서가 아냐. 그렇게 생각해선 안 돼! 암 안 되고말고! 그저 겁쟁이들이라서 그러는 거야! 총알, 구타, 피, 감옥, 죽음이 두려운 거라구! 낡아빠진 사냥총을 찬 군인만 봐도 무서워서 똥을 다 지린다니까! 겉으로 보면 울뚝불뚝한 근육에 건장한 것 같아도 알고 보면 간이 콩알만 하다고!" 그러고 나서 남자는 자기 얘기를 증명하기 위해 아무런 보호 장비도 착용하지 않고 맨손으로 싸우는 전통 격투기인 **모랭그**의 규칙을 늘어놓기 시작했다. 경기에 나선 선수들은 고통을 견디기 위해 시합 전에 마취 성분이 든 카트를 씹을 뿐만 아니라("카트가 뭔지 아쇼?") 심판들은 한술 더 떠서 주먹을 내지르기 무섭게 경기를 중단시킨다는 것이다("게다가 선수들은 또 얼마나 벌벌 떠는지!").

아무튼 그 배 사건은 석 달이나 이어졌다.

"자그마치 석 달이우! 아무것도 못하고 석 달이 지나 빈털터리가 됐다는 게 상상이나 가쇼? 벌 수도 있었는데 놓쳐버린 돈은 그만두고라도 말이오! 어찌 됐건 간에 밥은 먹고 살아야 할 것 아뇨? 난 집세를 내야 했수! 직원들 월급도 줘야했고!" 그렇게 석 달이 지나 마침내 그들로부터 배를 돌려받을 수 있었다. "세상에! 그 꼬락서니하고는! 난파선이 따로 없더라니까! 석 달 만에 놈들이 배를 아예 못쓰게 만들어 놨습디다. 꼭 50년은 된 배 같았지. 갑판이고 철제난간이고 모터고 할 것 없이 단 한번도 담수로 씻어내지 않았다는 게 상상이나 가우? 바깥쪽 여기저기 녹슨 자국에 프로펠러는 두 개나 부러지고 닻은 달아나버렸지 선미 조타 석은 깨지고 측면 쿠션은 찢어지고 사방에 음식물 자국에 부스러기들하며 내벽은 기름 자국 천지더라고. 거기다 냄새는 또 어떻고. 뭐 그 얘긴 관두자고. 어차피 차차 알게 될 테니. 마다가스카르 사람한테는 특유의 냄새가 있수. 톡쏘는 게 아주 역겹지. 그뿐인 줄 아쇼? 어떤 이들은 구취가 난다구! 하지만 그렇다고 해서 그게 그 사람들 잘못은 아니우. 충분히 먹질 못해서 그런 거니까. 그게 밴지 돼지우린지, 나 원 참!"

필립은 그저 묵묵히 듣고만 있었다. 때때로 혹시나 남자가 털어놓는 얘기를 누가 듣는 건 아닌지 확인하기 위해 조심스런 눈길로 주위를 둘러보았다.

"아냐, 내가 봤을 땐 마다가스카르 사람들 손만 닿았다 하면 다 부러져. 조금이라도 복잡하고 기술적인 건 그들하고는 안 맞지. 부유목재를 댄 원시 카누, 그거라면 문제없어. 막 다뤄도 되니까. 하지만 배가 조금만 세련돼도 얘기가 달라져. 그들 손에 맡겨둬선 안 된다고. 물론 내 배가 무슨 호화 유람선도 아니고 아주 새 거라곤 할 수 없지만 아무리 그래도 그렇지! 아 진짜 이 나라를 뜰 뻔 했수!"

"말이 나왔으니 하는 얘긴데 그럼 왜 떠나지 않으신 거죠?"

"여기 남은 이유가 뭐냐고? 뭣 하러 안 가고 있냐 그 말이우? 글쎄, 프랑스로 돌아가서 그 지긋지긋한 일상을 또 겪는다…… 추위에 세금에 사방에 깔린 주차요금 미터기에 신호등 하며 공해에다 사람들은 허구한 날 인상을 찌푸리고 있지, 자고 나면 오르는 물가에 실직에 여자들은 어쩌다 가슴을 슬쩍 쳐다보기만 해도 죽일 듯이 덤벼들고, 그런 걸 또 겪으니 아무리 연금이 쥐꼬리만 하고 하는 일이 보잘 것 없어도 나 같으면 이곳을 택하겠수. 바다, 태양, 평온함 그리고 1989년식 똥차를 타고 벽돌집에 살아도 좋아라하는 예쁜 아가씨들이 있는 이곳 말이우. 왜냐하면 마다가스카르 사람들은, 도착해서 도로 위를 눈여겨 봤는진 모르겠소만, 나무나 함석으로 지은 판잣집에서들 살지. 그것도 돈이 있는 사람들이. 모든 게 선택의 문제유. 물론 여기도 괴로운 점이 없지 않아 있지. 느려터지고 게으르고 무질서한데다 뇌물 정치가 판을 친다우. 어떨 땐 엉덩이를 냅다 걷어차고 싶다니까! 뭐, 물론 레위니옹 섬도 있긴 한데 난 이미 거기서 10년이나 살아봐서 레위니옹이라면 구석구석까지 다 알지. 그곳이라면 속속들이 알고 있어서 지겨울 정도라고. 거긴 아주 작아. 원주민들 하고 이주민들 간에 분위기가 아주 험악해. 늘 교통이 혼잡하고 툭 하면 파업에다 해변에는 상어가 시도 때도 없이 출몰하고 최근 들어선 무서운 십대들이 판을 치기 시작했지. 아냐, 레위니옹은 더 이상 대안이라고는 할 수 없어."

필립이 빈정거리는 투로 물었다.

"그렇다면 행복한 분이시군요. 대체 뭐가 불만이시죠?"

남자는 상대의 빈정거림에 개의치 않고 답했다.

"아니, 그러니까 내 말은, 여긴 적응만 하면 아주 지낼 만하다 그 거유. 이곳은 처신만 잘 하면 한마디로 자유 그 자체라우. 아무도 성가시게 하지 않을 테니까. 한데 여기 사는 프랑스 인들은 적응하는 데는 영 서툴지. 난 아주 간단하다우. 이곳에선 날 모르는 사람이 없지만 난 집구석에 틀어박혀서 아무하고도 트고 지내지 않아. 영사관에 등록을 안 한 지가 한 오년쯤 되나. 난 프랑스 인이우. 오리지널 백 퍼센트 마르세이유 놈이라구. 완전 토종이란 말이우. 토종! 그런데 영사관 기념 파티에 초대받은 적이 단 한번도 없다니 그게 말이나 되우? 개나 소나 다 가는 대혁명 기념일에도! 교포를 그런 식으로 대해도 되는 거유?"

"아, 그럼 안 되죠."

필립은 얘기가 끝났음을 표시하려고 테이블 위에 지폐 한 장을 내려놓으며 대꾸했다.

필립의 얼굴 언저리 어딘가를 멍한 눈빛으로 바라보며 자신이 느끼는 고독감을 큰 목소리로 되새김질하던 상대는 얘기를 그칠 줄을 몰랐다.

"아니, 나한테 프랑스 사람 얘기는 꺼내지도 마쇼. 말만 들어도 토할 것 같으니까. 게다가 어찌나 인종차별들을 하는지. 아직도 식민지 시절인 줄 착각하는 인간들이 얼마나 많은지! 정말 중증인 자들이 있다니까! 내 말은, 그럴 땐 간단해. 적응하지 못하겠으면, 사사건건 트집이나 잡을 거면, 지네 나라에서 살아야지, 안 그렇수?"

12

필립은 샤워를 했다. 크롬 도금한 수도꼭지에서는 따끈한 온수가 콸콸 쏟아져 나왔다. 비누에선 기분 좋게 향긋한 냄새가 났고 뽀송뽀송하니 반듯하게 개켜진 타월이 반짝반짝 윤나는 선반 위에 놓여 있었다. 제3세계에서 사는 것도 그런대로 나쁠 건 없다는 생각이 들었다. 단, 현대식 편의 시설만 갖춰진다면. 흐르는 강물에 몸을 씻는 건 노 땡큐. 마찬가지로 인도네시아나 아이보리코스트의 우기에 파헤쳐진 도로보다는 매끈하게 잘 닦인 고속도로가, 짚을 섞은 벽토와 바나나 나뭇가지 보다는 벽돌과 기와가, 맨바닥의 돗자리보다는 매트리스 깔린 침대가, 손으로 집어먹기보다는 포크질이, 허리춤에 대충 두른 파뉴보다는 정장 차림이, 물건을 살 때 깎는 것보다는 정찰제가, 현지 TV뉴스보다는 CNN이, 기타 등등……. 사정은 그랬다. 그것이 그가 속한 문화였고 그가 받은 교육이었다. 필립은 어느 누구도 함부로 평가하려들지 않았고 아무것도 폄하하지 않았으며 그 무엇도 쉽게 예찬하지 않았다. 수많은 세월을 보내고 나서 오늘날 그가 확신할 수 있는 것은 어느 한쪽의 절대적 진리나 다른 한쪽의 무지몽매함, 아니면 어느 한쪽의 전적인 위선이나 다른 한쪽의 절대적인 순수함 같은 건 없다는 것. 르노의 구식 똥차와 빈민굴과 파헤쳐진 도로로 가득한 이런 도시는 '개발', '지체', '시대 착오', '관리 불능', '격차' 따위의 단어들과는 거리가 멀고, 오히려 '오해'나 '일방통행식의 대화' 나아가 서방 국가들과 제 3세계 국가들 간에 수세기에 걸쳐 유전처럼 이어져 내려오는 '시스템의 양립 불능상태' 같은 단어들을 떠올리게 한다는 것이다.

주변의 적토로 인해 벌겋게 변한 비눗물이 필립의 양쪽 발을 타고 배수구로 흘러들어갔다. 이런 계절에는 바람이 불 때 가벼운 산책만 해도 옷 구석구석과 피부 모공에 먼지가 달라붙었다. 한마디로 골 때리는 도시였다. 필립은 이곳에선 카메룬이나 페루, 태국에서처럼 강한 냄새가 나지는 않는다고 생각했다. 그런 나라들은 비행기에서 내리기가 무섭게 대지와 식물이 뿜어내는 숨 막히는 열기가 온몸의 감각기관을 엄습하기 마련이었다. 그가 머물던 호텔 방에서는 늘 갖가지 냄새가 나곤 했었는데 보통은 모기 방지 로션이나 그 지역의 비누 향기에 그 나라 특유의 냄새가 뒤섞여 나는 그런 냄새였다. 결국 머리칼이나 옷가지, 여행가방의 나일론 한 올 한 올

에까지 스며드는 것은 다름 아닌 냄새였고, 프랑스로 돌아와 단순히 여행가방에서 T셔츠나 쓰다 남은 로션을 꺼내기만 해도 아련한 향수에 젖어 다시금 맡게 되는 것 또한 냄새였다. 예를 들어 호랑이 기름이 그랬다. 필립은 호랑이 기름을 15년 전 키토에서 파견 근무를 할 때 처음 알게 됐다. 그런데 그때 이후로 다카르나 캘커타, 프리타운으로 파견 나가 관자놀이나 코 밑에 호랑이 기름을 바를 때면 늘 키토가 생각나곤 했다. 경험을 통해 그는 도착한 첫날부터 계속해서 따라다니게 될 냄새가 어떤 것인지 식별하는 법을 알게 되었다. 단정 짓기엔 너무 이를지도 모르지만 어쩌면 이번에는 그럴 만한 냄새가 없을지도 모른다는 생각이 들었다.

필립은 물을 잠그고 타월을 집어 천천히 몸의 물기를 닦았다. 무슨 까닭인지는 몰라도 서글프고 씁쓸한 기분이었다. 그는 여행을 자주 했고 자신이 지구 끝에서 수행할 임무를 마음대로 계획하곤 했다. 그가 하는 일이란 결국 능숙한 솜씨를 발휘해 이런 나라 사람들로 하여금 그들의 나라를 필립의 나라와 비슷하게 만들려고 애쓰는 것이 그들 자신을 위해서도 좋은 일이라고 믿게끔 하는 것이었다. 더욱 좋은 건 그런 나라들이 있기에 오늘날 자신의 식구들이 파리의 커다란 아파트에 살 수 있고 앞날을 위해 저축을 하며 매년 아이들에게 바다, 산, 이집트 혹은 멕시코에서 안락한 휴가를 보내도록 해줄 수가 있었다. 세상 따위는 그에게 아무 의미도 없었던 것이다.

이렇듯 평소에는 안중에도 없던 거지 같은 도시와 그곳 사람들에게 새삼 관심을 갖다니 대체 어찌된 영문일까? 머지않아 마흔이 될 그는 분명히 깨닫고 있었던 것이다. 자신을 위해 선택했다고 믿었던 그 직업이 결국 자기 자신을 발전시키는 데 별 도움을 주지 못했다는 사실을. 하긴 자신이 하고 있는 일을 통해 자아를 실현하는 사람은 극히 드물었다. 은행원, 판사, 대형마트의 점장, 자동차 영업소장, 헤드헌터, 약사, 변호사 혹은 의사 같은 이들이 어찌 그들의 직업을 통해 자아실현을 할 수 있겠는가? 열정이 없는데 어떻게 기쁜 마음으로 일할 수 있겠느냐 말이다. 경찰관이 수영복 차림으로 해변에서 엉뚱한 짓이나 하고 동료들과 술판을 벌이며 밤에는 나이트클럽으로 여자를 꼬이러 가는 것 따위는 도저히 상상도 할 수 없는 일로 보였다. 아니면 학교 수업 시간에 카페 테라스에서 땡땡이를 치는 학생이나 그런 학생을 목격한 선생이나 따지고 보면 별반 다를 게 없었다. 그런 이들은 **실제로** 어떤 사람들일까? 그들의 의무감은 어디까지며 어디쯤에서 멈춰야하는 것일까? 우리는 직업의 틀 안에서 진정 진지해질 수 있을까? 서양에서 말하는 성공이란 게 그런 거였나? 사람들에게 자신의 직업을 스스로 선택할 수 있다는 인상을 심어준 것?

필립은 이런 생각을 했다. '누구든 자신이 뭔가를 마음대로 창조해내지 못하면 이내 **따분해지기 마련**' 이라고. 결국 언젠가는 내가 지금 뭔 짓거리를 하고 있나 하는 의문을 품게 되고 그저 밥벌이를 위해 꼭두각시 노릇을 하고 있다는 인상을 지울 수 없게 되는 거라고. 직장에 다니는 이들은 다른 봉급생활자나 일반인들을 하찮은 멍청이로 여기는 위선자들이었다. 왜냐하면 어느 날 조직이 모두를 바보취급 해버렸으니까. ('대체 내가 왜 이러지? 꼭 늙은 무정부주의자 같군.') 필립은 내게도 타고난 재능이 있었더라면 좋았을 텐데 하는 생각을 했다. ('글쎄, 잘은 모르겠지만 음악가, 화가, 연출가, 작가, 아님 운동선수나 재능 있는 미장공, 뭐 이런 사람……') 만약 그랬더라면 적어도 다른 사람들로부터 자신의 직업에 대한 사명감을 인정받느라 십오 년을 허송세월하진 않았으리라.

가만있자, 〈난 예술가가 되고 싶었어〉란 노래를 누가 불렀더라? 발라봔Daniel Balavoine 아니었나? 그때까지 그 노래에 특별한 관심을 기울여 본 적이 없던 필립은 그날 저녁에야 비로소 깨달았다. 〈난 예술가가 되고 싶었어〉란 곧, '내 인생에 의미를 부여할 뭔가가 있을 거라고 믿고 싶었어.' 라는 뜻임을. 아니면 직업은 아니더라도 참된 열정을 쏟아 부을 뭔가가 있었으면이란 뜻임을. 자신의 일이 지닌 중요성을 지나치게 과대평가하지 않음으로써 좀 더 효율적으로 일하게끔 만드는 열정, 그 열정 덕에 더 이상은 속지 않음으로써 자신의 일로부터 거리를 둘 수도 있을 그러한 열정 말이다. 그렇다, 만약 예술가였더라면, 비록 유명하진 않더라도, 그저 그런 재능의 아마추어 화가였더라도 자신의 일을 사랑했을 것이다. 왜냐하면 지나치게 몰두하는 일은 없었을 테니까. 애당초 운이 없게도 아무런 재능을 타고 나지 못한 다른 사람들처럼 자신의 직업이야말로 자아를 실현하기 위해 꼭 거쳐야만 하는 과정이라며 자신을 속이진 않았을 테니까. 일을 마치고 돌아가면 자신에게서 최고로 중요한 뭔가가 이젤, 책상, 종이 한 장 위에서 기다리고 있다는 사실을 늘 염두에 두었을 테니까. 그러면 엄청난 부자라서 기분 내킬 때에만 일을 하는 것과 별반 다를 게 없었으리라.

그리도 간단한 걸 이제 와서야 깨닫다니 참 어이가 없었다. 생각이 거기에 이르자 마음은 한결 가벼워졌지만 이와 동시에 현실은 더욱 더 우울하고 터무니 없으며 헛되고 아무런 희망이 없어 보였다. 적어도 그날 밤은 아무 생각 없이 잠들어버리지는 않을 터였고 그것만으로도 상당한 일이었다. 〈이만하면 됐어. 이만하면 됐다고〉, 이건 알랭 수송Alain Souchon이 부른 노래 아닌가?

13

아니, 이럴 수가! 도착해서 쓸 때를 대비해 미리 준비한 연장가방 속에 드릴상자도 넣었어야 했는데. 대체 어쩌다가 빠뜨린 걸까? 가방 안에 연장들을 넣을 때까지만 해도 분명히 기억하고 있었는데 말이다. 그는 속으로 말했다. '이봐, 목재와 콘크리트 드릴 세트와 작은 드릴도 넣었어야지. 트렁크 안에 자리를 많이 차지하는 것도 아니고 그게 있어야 고장 난 데가 있으면 고칠 거 아냐.'

이런 빌어먹을, 애당초 먹은 생각을 따라야 했던 것이다! 하지만 이렇게도 말할 수 있을 것이다. 도착한 첫날부터 현관 자물쇠를 고치게 되리라고는 미처 생각지 못했었다고. 어쨌든 내용물에 빠진 게 하나도 없다고 생각하다니 어리석기 짝이 없는 일이었다. 떠나오기 전 공구함 속에는 온갖 드릴이 산더미같이 들어 있었다. 사이즈 별로 모두 다. 하지만 그는 연장가방 속에 꼭 필요한 것들만 챙겨 넣었던 것이다. 큼지막한 일자드라이버니 십자드라이버, 망치, 노루발, 큰 펜치, 작고 예리한 절단 펜치니 몽키 스패너, 유사시에 쓸 송곳 몇 개와 나사 몇 개, 약간의 전선과 연결 잭, 육각 렌치 등등을 넣고는 그걸로 땡. 드릴이나 드릴 날은 넣지 않았던 것이다. 어휴 이런 바보 같으니!

뭐, 하는 수 없지, 괜찮아. 없으면 없는 대로 어떻게든 해봐야 했다. 피델리스의 조카 쟈크노가 시내에 가서 드릴을 사오겠다고 했다. 하지만 네 시에 출발한 사람이 일곱 시가 다 되도록 감감 무소식이었다. 날은 저물었고 방금 전에 산 자물쇠를 달려면 문을 뚫어야만 했다. 자물쇠는 그리 견고해 보이지 않았고 아주 낡은 상태였다. 그래도 하루 이틀 정도는 그럭저럭 버틸 수 있으리라. '일요일인데 그거나마 구할 수 있어서 다행이야. 이 나라는 이래서 좋다니까. 뭐든 안 된다는 말을 하는 법이 없거든.' 자물쇠는 그런대로 해결되었지만 드릴이나 드릴 날이 문제였다. 뭐, 다 가질 수는 없는 일이니까. 그가 직접 나서서 주변에 알아봐야 했다. 그렇지만 아직 아는 사람도 없는데 폐를 끼칠 수는 없는 일이었다. 게다가 외출했던 피델리스가 그때까지도 돌아오지 않고 있었기 때문에 혼자서는 나가고 싶지가 않았다. '그렇다고 맹꽁이자물쇠조차 채우지 않고 잘 수는 없잖아?'

피델리스네 식구들은 어떻게 자물쇠도 없이 석 달씩이나 이 집에 있었을까? 적어도 모리스한테 전화로 일러주었더라면 하나 가져왔을 텐데 말이다. 그는 할 일이 그렇게 많으리라고는 꿈에도 생각지 못했을 것이었다. 사방에 밑칠도 다시 바르고, 페인트도 다시 칠해야 했다. 뒤뜰 담장도 수리해야 했고, 방마다 배선도 새로 깔아야 했으며, 집 여기저기에 콘센트 자리도 내야 했다. 욕실 배관도 손봐야 했고, 차고 입구도 넓혀야 했다. 그래가지고는 르노 21이 지나가지도 못할 게 빤하니까. 무엇보다도 절대 차에 흠집을 내어서는 안 될 일이었다. 이 나라에선 펄이 들어간 도료는 구할 수도 없을 테니까. 뿐만 아니라 조경도, 진입로의 포석도, 잔디도 새로 심어야 했다. 적어도 지루할 틈은 없으리라. 그걸 다 하자면 정신이 하나도 없을 테니까.

그리고 또 막상 오기 전에 생각하기로는 그 가격이면 좀 더 큰 집일 거라 상상했었다. 하긴 모리스는 그런 일엔 도무지 깜깜인데다 다른 집들과 비교해볼 수도 없었다. 피델리스는 자기 사촌들을 믿으라고 했다. 그러니 그들을 믿지 않을 도리가 없었다. 그들이야 자기네 나란데 모리스보다는 사정이 훨씬 밝을 게 아닌가. 게다가 바닷가에 인접해 있었고, 디에고 수아레즈는 관광지역이 아니던가. '그럴 경우엔 항상 더 비싸지. 그럴 수도 있어. 프랑스의 코트 다 쥐르도 그렇잖아.' 도시도 그 꼴일 거라고는 전혀 생각지 못했다. 물론 마음에 들지 않았던 것은 아니었다. 예쁘고, 평온해 보이는데다가 날씨도 좋았고 바람도 제법 불었다. 하지만 그럴 거라고는 꿈에도 생각지 못했던 것이다. 피델리스가 설명한 대로라면 훨씬 더 상태가 좋고 더 크고 좀 더 관리가 잘 된 집일 것으로 알았다. 하긴 도착한 지 얼마 안 되니 섣부른 판단을 내리긴 일렀다. 게다가 도로나 건물 외벽을 수리할 돈을 한 푼이라도 주는 사람이 없다는 게, 어디 그들의 잘못이겠는가.

어쨌든 피델리스는 만족하는 눈치였고 그거면 된 거였다. 그녀가 도착해서 처음으로 한 일은 옷을 바꿔 입은 거였다. 바지와 블라우스를 벗어 던지고는 마다가스카르 전통 천을 걸치고 플라스틱 슬리퍼를 꺼내 신었다. 예쁘고 색상도 알록달록한 것이 이곳 기후엔 더 적합했을 것이다. 게다가 그렇게 차려 입으니 다른 사람들, 그녀의 자매나 사촌들과 다를 게 없었다. 이거야 원, 집 안엔 젊은 애, 노인, 계집애들, 사내 녀석들 할 것 없이 그들을 맞이하는 사람들로 복닥거렸다. 그들은 좋은 사람들 같아 보였고 제법 사람을 대접할 줄 알았다. 음식이 차려져 있었고 바닥에 돗자리를 깔고 다 같이 둘러 앉아 먹었다. 의자 같은 건 아예 없었기 때문이다. 모리스가 처음 당도해 아주 조금 거슬렸던 점은 모두들 마치 제 집인 것같이 아무거나 만지고 이리저리 집 안을 헤집고 돌아다닌다는 것이었다. '하긴 그럴 수도 있지. 어쨌건 석 달이나 우릴 기다리며 이 집에 살고 있었으니.' 그는 그저 그들이 허구한 날 온종일 집에 들러붙어 있지 않기만을, 이따금씩 피델리스와 자신이 둘만의 오붓한 시간을 조금은 가질 수 있기만을 바랄뿐이었다. 예를 들어 그날 저녁 피델리스는 여자 친구네 집엘 간다고 나갔다. 뭐, 그럴 수도 있는 일이었다. 그들은 지난 2년 동안 그녀를 그리워했으니까. 그녀는 고향과 제 식구

들을 다시 찾은 것이다. 게다가 그녀는 아직 젊지 않은가. 그러니 할
일이 오죽 많겠느냔 말이다.

  2주 후에 이삿짐이 도착하게 되면 모리스가 첫 번째로 할 일은 소
파와 TV탁자, TV를 거실에 들여놓는 일일 것이다. '그동안 전기 배
선도 새로 하고 칠도 새로 해서 멋진 거실을 만들어야지. 그 정도면
램프니 소파니 TV니 하는 것들을 놓을 준비는 되겠지. 2, 3주 후면
거실이 몰라보게 달라질 거야.'

14

　호텔 방은 쥐 죽은 듯이 조용하고 어두컴컴했는데 꿈 때문인지 잠이 덜 깨서 그런 건지는 몰라도 아모리는 찝찝한 느낌에 번쩍 눈을 떴다. 왼쪽 다리에 뭔가 근질거리는 느낌이 들었던 것이다. "잠깐, 이게 뭐지? 종아리 위야? 아니면 침대 시트에 뭔가 들러붙은 거야? 내가 잠을 자고 있었나? 아니면 지금 꿈을 꾸고 있는 거야? 스위치가 어디 있었더라? 블라인드를 쳤더니 깜깜해서 아무것도 안 보이네. 아, 추워! 왜 이렇게 추운거야? 에어컨 때문에 그런가? 대체 뭣 때문에 잠에서 깼지? 에이, 썅! 종아리가 근질거리는 게 맞아! 대체 뭐지?"

　아모리는 벽을 더듬거리며 스위치를 찾아보았다. 처음엔 눈이 멀었다고 생각했을 정도로 실내가 깜깜했기 때문에 표시가 될 만한 것들이 몽땅 사라져버리고 없었다. "이 망할 놈의 스위치가 어딨지? 스위치 같은 건 침대 옆에 붙어 있으면 어디 덧나?" 벽이 끝도 없이 이어지는 것 같았고 침대 바로 옆에 있는 걸로 기억하는 협탁은 온데간데없이 사라져버렸다. 침대 시트 밖으로 몸을 살짝 빼보았다. 발이 맨바닥에 가 닿았다. 러그도 사라져버렸다. 아무것도 알아볼 수가 없었다. 손끝에 와 닿는 주변은 온통 낯설고 기괴하게만 느껴졌다. 자꾸만 똑같은 벽을 더듬고 있거나 허공을 휘젓고 있었다. 무중력 상태에 빠진 기분이었다. 악몽이 따로 없었다. 공포에 질리고 방향감각을 잃어버린 채 다시 침대로 돌아오자 침대 또한 너무나 크게 느껴졌다. 길게만 느껴지던 몇 초가 지나자 침대 머리맡인 줄로만 알았는데 실은 침대 발치라는 걸 깨달았다. 대체 어떻게 해서 자신도 모르는 사이에 거꾸로 자고 있었을까? 마침내 전선줄 하나가 만져졌고 그 끝에는 머리맡 스탠드가 있었다. 스위치를 켰다. 새벽 3시 17분이었다. 방은 원래 모습을 되찾았다. 그는 종아리를 샅샅이 살펴보았다.

"설마…… 그건 아니겠지! 아냐! 그건 아냐! 이럴 수가! 안 돼! 에이, 씨발!! 이거 망할 놈의 모기새끼한테 물린 자국 아냐? 이 거지 같은 나라에서 자는 첫날 밤부터 그 더러운 열대모기한테 종아리를 물어뜯긴 거야? 말도 안 돼! 이러다 죽는 거 아냐? 아무래도 말라리아에 걸린 게 분명해! 이젠 끝장이야! 이러다 정말 개죽음당하는 거 아니냐고! 대체 어쩌자고 이 빌어먹을 놈의 파견 근무를 하겠다고 했을까? 내 이럴 줄 알았어! 에라 나도 모르겠다, 내 죽기 전에 저 새끼들한테 대가를 치르게 하고야 말겠어! 이 엿 같은 청취 및 분담 새끼들! 내 가만 놔두나 봐라! 두고 봐, 개고생 시키고 말테니! 쟝 아저씨, 날 여기로 보낸 건 바로 **아저씨잖아요**! 아저씨가 대체 무슨 짓을 저질렀는지 알기나 하세요? 울 엄마가 아저씰 가만 놔두지 않을 걸요? 저런! 큰일 났네! 아무리 여동생이지만 아저씨 상판을 갈겨버릴 거라구요! 그 새끼들, 지들이 뭔데, 응, 사람 목숨을 가지고 이딴 식으로 장난이나 치고 말이야! 문명국가에서 편안히 살면서 의술을 위해 몸을 바치는 사람에 인간의 평균 수명을 늘려보자고 땀 **빼**고 있는 학자들이 있는가 하면, 중세시대에서 썩어버리라고 열두 시간이나 비행기를 타게 만든 세 마리 얼빠진 씨발 새끼들이 있질 않나, 창녀에 거지에 다 쓰러져가는 집에 똥차에 말라리아에 그따위 것들만 우글거리는 이 빌어먹을 놈의 나라에 말야. 내가 오고 싶어서 왔냐고! 이게 다 쟝 아저씨랑 칼로랑 샹셀 탓이야! 그러고도 프로야? 쳇, 놀구들 자빠졌네! 이건 있을 수도 없는 일이야, 빌어먹을! 어디 내가 가민 놔두나 봐라! 죽기 진에 죄다 불어버릴 테니! 내가 죽고 나서도 내 얘길 할 거야, TV에서도, 신문에서도, 여기저기서 내 얘길 떠들어 댈 테니 두고 보라구! 아이고, 이러다 죽겠네! 벌써 열이 오르는 게 느껴져! 거짓말이 아냐, 느껴진다고! 봐, 얼마나 뜨거운지! 만져보라니까! 한번 만져보란 말이야!" 아모리는 자신의 이마가 펄펄 끓는 것만 같았다. 두 다리를 쩍 벌린 채 맥없이 침대 가장자리에 걸터앉아 있었다. 고환 하나가 트렁크 팬티 밖으로 축 늘어져 있는 게 보였다. 산다는 게 그야말로 엿 같았다. 팔루드린 만이 마지막 남은 희망이었다. 사력을 다해 말라리아에 대항하려면 단번에 추가로 서너 알을. 부작용이 생기거나 말거나, 머리카락이 다 빠지거나 말거나 대체 무슨 상관이냔 말이다. "그러거나 말거나 상관없어. 내일 아침 날 프랑스로 돌려보내지 않으면 호텔에 불을 지르고 샹셀을 죽여버리고 말 테야!"

그는 벌떡 일어나서 욕실 쪽으로 달려가 불을 켠 다음 화장품 케이스를 움켜쥐고는 팔루드린 두 판을 꺼냈다.

"이 망할 놈의 모기가 대체 어떻게 해서 날 물은 거지? 창문은 닫혀 있었고 에어컨에 모기장에 협탁 위엔 모기 쫓는 허브에 모기향도 두 개나 켜놨고 전자매트도 꽂아놨고 몸에는 모기 쫓는 스프레이까지 뿌렸는데 말이야. 이 거지 발싸개 같은 모기 새끼가 대체 어디서 온 거야? 이 씨발놈의 모기가 대체 어디로 들어온 거냐고? 에잇, 망할 놈의 스프레이! 망할 놈의 모기향! 망할 놈의 모기장! 망할 놈의 전자매트! 에잇, 빌어먹을 놈의 제약회사! 빌어먹을 놈의 세상! 이 호모 같은 새끼 대체 어딨어? 이 고자 같은 새끼, 씨를 말려버릴 테다! 어디 빨아먹을 게 없어서 맑디맑은 내 피를 빨아먹어? 왜 하필이면 나야? 왜 내 피냐고? 엄마! 엄마 아들이 개죽음 당하게 생겼어!"

그는 공포에 사로잡힌데다 화가 치민 나머지 알약을 세면대 수챗구멍에다 빠뜨리고 말았다.

"에잇 빌어먹을! 이러다 죽겠네! 죽겠어! 이러다 죽겠단 말이야! 여태껏 조심하고 체력도 관리하고 마약 같은 건 일절 하지 않고 담배도 피지 않고 술도 안마시고 몸에 좋은 것만 먹고 일주일에 두 번 생 클루까지 달리기를 하고 웨이트 트레이닝에 스쿼시까지 했는데, 그 모든 걸 겨우 이 거지 같은 모기새끼 한 마리 땜에 죽으려고 한 거냐고! 이런 염병할 놈의 밤! 내 인생 최악의 순간이야!"

수납장에 놓인 플라스틱 컵에서 칫솔을 꺼내 들다가 거울에 비친 맥 빠진 자기 모습을 발견한 아모리는 어떤 당혹감 같은 걸 느꼈다. 극도의 수치심이 일자 눈을 내리 깔았다. 이윽고 수도꼭지를 틀어 컵에다 물을 가득 채운 뒤 알약을 집어 입에다 털어 넣고는 숨을 멈추고 고개를 뒤로 젖힌 다음 컵 속의 내용물을 단숨에 들이켰다. 약이 잔뜩 든 물이 목구멍을 타고 내려가는 게 느껴졌는데 머지않아 약 성분이 피 속에 퍼질 테니 만에 하나 목숨을 구할지도 모를 일이었다. 선반에 컵을 내려놓으며 코로 숨을 내쉬었고, 그렇게 조금 있으니 뒷맛이 감지되었다. 어렴풋하게나마 뭔가 이상한 느낌이 들었다. 물맛이 평소와는 달랐던 것이다. 처음에는 뭔가 싶다가 이윽고 자기가 한 짓을 깨달았다. 거울 속에도 공포에 질린 표정이 확연했고, 띠라서 본능적으로 뒤로 움찔 물러섰는데 그것만 가지고는 충분치가 않았다.

"으악! 꺅!! 아!!! 이럴 순 없어! 내가 지금 대체 무슨 짓을 한 거야? 말도 안 돼! 이러면 안 돼!! 내가 방금 수돗물을 마신 거야? 설마, 내가 그렇게 바보란 말야? 아!! 수도! 물! 수돗물! 이 컵에다! 그것도 한 컵 가득! 이런 천치바보! 침대 옆에 생수를 10병이나 두고도 이 빌어먹을 놈의 호텔에 있는 망할 놈의 욕실에 염병할 수돗물을 한 컵 가득 마셨다고? 내가 그런 바보 같은 짓을 저질렀단 말이야? 내가 지금 죽으려고 용을 썼단 말이야? 내가? 수돗물이라니, 대체 뭐냐고! 아니 내가 철부지 애들 마냥 찔찔 짜려고 하네! 이건 너무 하잖아! 누구야? 누가 대체 날 이 지경으로 만든 거야?"

그는 혼비백산해서 방으로 달려가 전화기를 움켜쥐었다.

"여보세요! 여보세요! 여기 108혼데요! 빨리 의사 좀 불러줘요! 내가 지금 독극물을 마셨단 말예요! 뭐라구요? 에이 쌍, 의사요! 으-이-사! 닥터! 아프다구요. 상태가 안 좋아요. 더 이상 감각이 없단 말예요. 유럽행 다음 비행기는 몇 시에 있죠? 하나 예약해줘요! 객실의 욕실 수돗물은 정수한 거예요? 뭐라고? 정수했냐고! 정수!⋯⋯ 관둬, 아무것도 이해 못하는구만! 샹셀 씨 방으로 연결해! 그래, 지금 당장! 빨리! 그래, 샹셀, 215호⋯⋯ 그래, 맞아, 자고 있더라도. 그렇다니까! 뭐라고! 뭐? 일단 전화를 끊어야 한다, 그 말이야? 뭐? 원, 하나도 못 알아듣겠네! 당신 지금 불어하는 거야? 이게 대체 불어야, 뭐야? 뭐? 2번을 먼저 돌리라, 그 말이야?"

화가 난 아모리는 수화기를 으깨져라 내려놓았다가("멍청한 새끼! 머저리 같은 발음하고는!") 다시 집어 들고는 2,2,1,5를 차례대로 누른 후 상대가 받기를 기다렸다. ("받아! 샹셀! 받으란 말이야! 난 알 바 아냐! 당신이 날 엿 먹였으니 이젠 당신이 책임질 차례야! 당장 침대에서 기어 나와 어서 날 프랑스로 보내달라고! 그러고 나서 당신이 마다가스카르로 돌아오든 말든 그건 당신 문제야. 하지만 날 가르슈Garches 병원에 데려다 달란 말이야!")

벨이 서너 번 울린 끝에 마침내 샹셀이 전화를 받았다.

"여보세요? 나에요, 아모리. 네…… 네, 알고 있습니다…… 나도
깨 있었다구요…… 무슨 일이냐면 모기한테 물렸단 말예요, 게다가
나도 모르게 수돗물도 한 컵 가득 마셨구요. 그러니 제발 내 말 좀
들어보세요. 난 이 나라에 단 1분도 더는 못 있겠어요. 아시겠지만
여기 병원들은 허접하잖아요? 당장 프랑스에 가서 검사를 받아봐야
겠어요. 프랑스 병원 말예요. 날 본국으로 돌려보내달라구요. 그게
당신 일이니까. 난 보험이 있거든요? 만약 그렇지 않으면, 우리 할
머닌 프랑스 적십자 이사회 임원인데 별의별 직책에다 별의별 협회
회장을 도맡고 있죠. 할머닌 내가 본국으로 돌아가지 못하면 온 나
라를 떠들썩하게 만들 걸요. 그렇게 되면 국제파견 업무가 중지될
수도 있겠죠. 할머닌 영향력 있는 분이니까 청취 및 분담을 물고 늘
어질 수도 있어요. 게다가 우리 집안엔 판사니 변호사도 수두룩해
요. 전부 프리메이슨 단원이죠. 시라크Jacques Chirac하고도 친하구요.
정말 제대로 걸린 거죠. 당신이 아는 쟝 삼촌 말고도 말예요. 삼촌은
하루아침에 협회 세좌를 동결시켜버릴 수도 있어요. 내일 아침 당
신이 누구랑 회의를 하건 말건 그건 내 알 바 아니고, 그러니까 난
떠난다구요. 당신이야 이미 아프리카에서 말라리아에 걸려봤을지
도 모르지만 그건 어디까지나 당신 문제죠. 내 생각에 당신은 NGO
니까 누구보다도 내 케이스를 이해하고 행동에 나서줄 수 있을 거
라 믿어요."

15

　방은 널찍했다. 안쪽 칸막이벽에 높다랗게 걸린 마르크 라발로마나나 대통령의 초상화는 정중앙에 맞춰져 있긴 했어도 살짝 기울어져 있었다. 벽 위에는 낡고 소음이 나는 에어컨에서 물이 방울방울 맺혀 바닥에 놓인 플라스틱 용기로 떨어지고 있었다. 오랫동안 쉬지 않고 사용한 탓으로 습기가 말라붙은 칙칙한 둥근 얼룩이 천장까지 퍼져 있었고, 몇 군데는 생선비늘처럼 칠이 벗겨져 있었다. 창문에는 인조비단 커튼이 드리워져 있었는데 주름 장식은 어딘가 모르게 마을 회관이나 청소년 문화센터 같은 인상을 풍기고 있었다. 꼼꼼하게 왁스칠을 한 커다란 나무 책상 위에는 보험회사에서 준 달력과 전화기, 2003년 스탠드 스케줄러, 갱지에 타자기로 친 제대로 소인이 찍혀 있는 행정우편물, 그리고 각양각색의 도장들이 달린 철제 회전대가 있었다. 옆의 원탁 위에는 덮개가 씌워진 컴퓨터와 복사기 및 그저그런 우승컵 두 세 개가 놓여 있었다. 방 한 쪽에 꾸며놓은 응접 코너에는 낮은 테이블 위로 나일론 조화가 꽂혀 있는 작은 꽃병이 놓여 있고 그 주위로 짝이 맞지도 않는 두 개의 일인용 소파와 카나페가 빙 둘려져 있었다.

전화벨이 울렸다. 프뤼당은 몇 초간 벨이 울리게 하고 나서야 전화를 받았다.

"여보세요? 그래! 뭐라고? 아, 사람들이 도착했다고? 세 사람 모두? 좀 더 참고 기다리라고 해, 글라디스. 아직 일이 좀 남아서 말이야……그래, 그렇지."

프뤼당이 알고 있기로는 프랑스에선 책임자나 고위층에 있는 사람은 늘 방문객을 한참 기다리게 만든 후에야 접견을 한다고 했다. 따라서 청취 및 분담 사람들은 조금도 고국을 벗어난 느낌이 들지 않을 것이었다. 게다가 이를 통해 바자라고 해서 그가 다른 사람들보다 빨리 자기 방에 들이진 않을 거라는 사실을 분명히 깨닫게 되리라. 더 이상 식민 통치 시절이 아니라는 사실을 수긍해야만 했던 것이다. 특히 프뤼당에게 아무런 소득도 없는 단순한 의례 방문일 경우에는. 하지만 면담을 요청한 것은 그들이고, 이는 이쪽의 편의에 따라 맞추겠다는 뜻이었으므로 프뤼당은 그들의 면담 요청을 거절할 수 없었다.

그들이 사무실로 들어올 때 컴퓨터가 켜져 있는 게 눈에 확 띄어야만 했다. 프뤼당은 회전의자에서 일어나 모니터와 자판의 덮개를 벗기러 갔다. 프뤼당은 컴퓨터 본체의 작동버튼을 눌렀다. 일전에 일러준 바로 그 버튼을. 하지만 기계는 꿈쩍도 하지 않았다. 난처해진 그는 수화기를 집어 들었다.

"글라디스, 필레몽 좀 오라고 하게. 어서!"

5분 후에 청년 하나가 헐레벌떡하면서도 공손한 태도로 쪽문을 통해 사무실 안으로 들어왔다. 프뤼당을 통해 신속하게 상황을 파악한 청년은 벨트에 부착된 소형 휴대폰의 전원을 껐다. 정신을 집중한 채 컴퓨터로 다가가, 별 희망은 없지만 익숙한 손놀림으로 작동 버튼을 눌러보고는 눈살을 살짝 찌푸리며 원탁 아래로 몸을 굽히더니 무릎을 꿇고 전선을 향해 손을 내밀어 이리저리 주물럭거리고는 일어나 다시 한번 작동 버튼을 눌렀다. 컴퓨터에 불이 들어왔다.

"플러그가 꽂혀 있질 않아서 그런 겁니다. 기계를 작동시키기 전에는 플러그를 꼭 꽂으셔야 해요." 청년은 차근차근 설명했다.

청년을 돌려보내기 전에, 프뤼당은 하드 디스크에서 파일을 여는 절차를 다시 한번 일러달라고 했다. 일단 청년이 자리를 뜨고 나서는 이런 생각을 했다. '전체가 빼곡하게 채워진 문서에다 화면을 고정시켜야지. 그러면 학구적인 느낌이 날 거야.'

그들이 들어오면서 이내 알아채지 못할까봐 드러내놓고 모니터 화면을 문 쪽으로 돌려놓았다. 마찬가지로 휴대폰은 눈에 띄게 책상 위에 올려놓았다. 자신의 휴대폰이 값비싸고 여기선 좀처럼 보기 힘든 에릭슨 제품이란 걸 그들이 알아채도록 언제고 한번은 느린 동작으로 아닌 척하면서 꺼내 보일 것이었다. 게다가 전원을 꺼놓지 않을 작정이었다. 접견 도중에 벨이 울리게 되면 휴대폰을 꺼놓지 않은 것에 대해 아주 간략하게 사과의 말을 건네면 되리라. 마찬가지로 에어컨도 세게 틀어놓을 필요가 있었다. 마다가스카르에서 방이 서늘하다는 것은 언제든 인상적인 일이었던 것이다. 그렇게 함으로써 파견 나온 관리는 마다가스카르에도 재정이 넉넉한 부서들이 있음을, 프랑스 협력단의 돈이 다는 아님을 확인하게 되리라.

양복 저고리를 걸칠 것인가? 아니면 와이셔츠에 넥타이 차림으로 있을 것인가? 제일 중요한 건 뭐니 뭐니 해도 넥타이였다. 그는 방문자 중 한 사람만큼은 자기처럼 넥타이를 매고 왔으면 했다. 나머지 두 사람은 초면이었다. 하지만 에르베 무아장은 안면이 있었는데 그가 자신을 만나러 올 때 단 한번도 넥타이를 매고 온 적이 없음을 눈여겨보았던 것이다. 에르베 무아장은 지나칠 정도로 차림 따위엔 무관심했다. 사흘 동안 면도를 하지 않아 덥수룩한 수염에 와이셔츠는 벌어져 있기 일쑤였다. 심지어 언젠가 한번은 T셔츠 차림으로 온 적도 있었다. 이는 소홀하고 불손하며 오만한 느낌을 주었고 프뤼당은 그의 그런 점이 마음에 들지 않았다.

심시숙고한 끝에 그는 자신의 윗옷을 일인용 소파 등받이에 걸쳐두었다. 그렇게 하는 건 프랑스나 미국영화에서 본 적이 있었다. 그편이 사무실 분위기를 내는 데는 안성맞춤이었던 것이다. 그들이 들어왔을 때에는 책상 앞에 앉은 채로 그 즉시 쳐다보지도 않을 것이었다. 환영의 말은 뭐라고 하면 좋을까? '어서들 오시오.' 라고 할까? '잘 오셨소.' 이렇게? 아니면 '편히 앉으시오.' 라고 할까? 이런 경우 프랑스 사람들은 뭐라고 하지?

이윽고 그는 손님들에게 그 자그마한 응접실의 소파에 앉으라고 권하면서 자판 위에 마지막 글자를 두드릴 것이었다. 그러고 나서 천천히 여유 있게 컴퓨터를 끄리라. 아니면 그냥 켠 채로 놔둘지도? 회전의자를 빙그르르 돌려 자리에서 일어나 안경을 벗어 다리 한쪽 끝을 지그시 물었다가는 책상 위에 내려놓으리라. 그러고는 그들이 있는 쪽으로 다가가 그대로 앉아 있으라는 시늉을 하면서 그들이 자신을 올려다보며 말하도록 선 채로 인사의 말을 건네리라. 그는 에르베 무아장의 이름을 부르지도 않고 최대한 거리를 둔 미소만을 지어보이리라. 그저 단순히 그로 하여금 자신을 기억하고 있음을 확인하는 기쁨을 누리지 못하도록. 그리고 나서는 말을 더 듣지 않기 위해 호흡을 가다듬고 암송과 강조에 열과 성을 다하면서 노골적으로 나머지 두 사람을 향해 돌아서서 자신이 애써 외운 말들을 늘어놓으리라.

'여러분은 청취 및 분담에서 나온 분들이요, 안 그렇소? 그러니 우선은 내가 여러분이 하는 얘길 청취해봐야 우리가 무엇을 분담할 수 있을지 알 거 아뇨!'

그러고는 입을 다물고 그들에게 말할 기회를 주리라. 요직에 있는 사람이라면 으레 상대의 말을 신중하고(고개를 끄덕이며) 주의 깊게(얼굴을 슬쩍 돌리고) 듣기 마련이므로. 또한 그로서는 자신이 불어에 서툴다는 것을 들키지 않을 최선의 방법이었다. 분명 무아장이 먼저 말을 꺼내리라. 그로서는 누워서 떡먹기만큼이나 간단한 일이었다. 프뤼당은 그가 자신을 향해 걸어올 때 지나치게 꼿꼿한 자세를 하는 것 하며 너무나도 무신경한 그 걸음걸이, 빈정거리는 듯한 그 미소가 마음에 안 들었다. 늘 두 다리를 쫙 벌린 채 의자 끄트머리에 걸터앉아 자신의 눈을 똑바로 쳐다보면서 마침내 먼저 굽히고 들어오기를 기다리는 그런 그의 방식이 마음에 안 들었다. 자신의 말허리를 중간에 뚝 자르고 끝에 가서는 늘 마다가스카르와 마다가스카르 사람들에 대한 흉으로 얘기를 끝맺음하는 그의 이야기 방식 또한 마음에 들지 않았다. 프뤼당은 무아장의 여자 문제를 그런 식으로 얼렁뚱땅 넘어가도록 놔두지는 않을 것이었다. 바자들은 겉으로는 겸손한 척, 마다가스카르 사람들을 돕고 싶은 척했지만 속으로는 경멸하고 있었다.

만반의 준비가 갖춰졌다. 더 이상 그들을 오래 참고 기다리게 만들 이유가 없었다. 프뤼당은 심호흡을 한번 크게 하고는 다시 수화기를 집어 들었다.

"글라디스? 청취 및 분담 사람들한테 이젠 들어와도 좋다고 전하게. 그들을 만나볼 테니."

16

| 마틸드의 일기 |

  '하늘을 지상에서 가장 아름다운 곳으로.' 에어프랑스의 말이 옳다. 여행에서 가장 멋진 순간은 비행기를 타고 가는 동안이다. 떠나오기 전에 내 마음을 설레게 만들었던 디에고의 사진들을 다시 생각해보면 솔직히 살짝 실망스러운 마음이 든다. 사진만 보고 모든 것을 파악할 수는 없기 때문이다. 이곳은 두말할 나위 없이 아름답다. 하지만 훨씬 인적이 드물고 좀 더 고요한 그런 데를 기대하고 있었다. 모래사장은 더 많이 있고 자동차는 훨씬 적은 그런 곳이라, 도로나 상점들이 별로 없어서 '도시' 적인 느낌이 덜 나는, 개발이 덜된 그런 곳이리라 상상했던 것이다. 여기서 휴대폰이니 컴퓨터니 청바지를 입은 사람들이니 지천에 깔린 콜

라니 하는 것들을 보게 되리라곤 꿈에도 생각 못했었다. 해군 호텔도 실망스럽긴 마찬가지였다. 그 자체로는 아름답지만 내가 본 사진에는 도로도 바로 곁의 은행도 없다. 그리고 무엇보다도 실내가 기름기 묻은 휴지들하며 배설물로 가득 찬, 그렇게 더러운 곳으로 보이진 않는 것이다. 디에고라는 이름만 떠올려도, 뭐라 딱 꼬집어 말할 수는 없는 색다른 어떤 곳을 상상했었다. 각지를 떠돌다 정착하고 눌러 앉은 나이 든 모험가와 금을 찾는 사람들, 하얀 담장, 천장에는 환풍기가 돌아가는 바닷가 오지 같은 그런 데 말이다. (내가 지금 무슨 소릴 지껄이고 있는 거야!)

17

웨이트리스가 김이 모락모락 나는 피자를 양손에 하나씩 받쳐 들고 오자, 필립과 에르베가 나누던 대화는 일시에 중단되었다. 두 사람은 피자를 테이블 위에 내려놓게끔, 각자 공손하게 뒤로 물러나 앉았다. 서빙을 마친 종업원이 맛있게 드시라고 하자 그들은 마치 합창이라도 하듯 동시에 고맙다고 했고, 그녀가 미소를 지어 보이자 그들도 미소로 화답했다. 이윽고 종업원은 돌아서서 엉덩이를 살랑거리며 주방을 향해 걸어갔는데 머릿속으로, 어쩌면 그들이 자신의 엉덩이나 허리를 바라보고 있을지도 모른다는, 딴에는 그럴법한 상상을 했다.

에르베는 그럴싸한 변명들을 늘어놓았다.

"이봐, 나도 알아! 다 안단 말이야! 자네도 여기서 한번 살아봐. 그럼 알게 될 테니. 여긴 아프리카 같지 않아. 자네가 알고 있는 거랑은 다르다고. 또 다른 데라니까. 아프리카 여자들도 끌리는 데는 있지만 틀려. 흑인 여자라고 다 같진 않단 말야. 백인을 대하는 태도도 다르고 접근하는 방식도 다르다고."

필립과 에르베는 3년 전에 베넹에서 함께 파견 근무를 한 덕에 서로 알고 지냈다. 당시에는 필립이 상대에 대해 조심스럽긴 해도 지속적인 반감을 품고 있었기에 두 사람은 공적인 관계 외에는 그저 예의바른 동료애만을 유지하고 있었다. 에르베로서는 필립을 진정한 친구로 삼지 못하는 것이 늘 아쉬웠지만 그렇다고 그를 원망하거나 하지는 않았다. 그날 밤의 재회만 해도 에르베가 심정을 토로하는 계기가 되었는데 전에는 결코 없던 일이었다.

"하여간, 한 달이면, 자네 여기 온 지 3주째 맞지? 자네 얼굴이면, 한 달만 지나도 내 말이 무슨 뜻인지 순식간에 깨닫게 될 걸세. 내 말을 이해하려면 그저 여기서 살아봐야 해. 내가 처음 도착했을 때에도 자네가 지금 한 말이랑 똑같은 소릴 했었다구! 게다가 한 2년 지나면 여기 파견 나온 사람들의 가족을 만나볼 기회가 얼마든지 있을 걸세. 그럼 그들의 애길 훤히 알게 될 거야. 내 말해 두지만 여기서 한시라도 끽소리 없이 조용했던 프랑스 커플은 보질 못했네. 이유야 늘 똑같지. 우스갯소리가 아니라 온전한 채로 귀국한 커플은 다섯 손가락 안에 꼽을 정도라니까."

에르베의 열띤 분석도 필립의 시장기를 달랠 수는 없었다. 무릎

위에 얌전히 냅킨을 얹고 식기를 손에 쥔 채 스타트라인에 선 스프린터처럼 음식을 향해 다소곳이 상반신을 기울인 필립은 에르베의 신호를 기다리며 공손하게 머리를 끄덕였다.

"여기 오기 전에 만나는 사람마다 한마디씩 했을 테지. 디에고는 커플들의 무덤이니, 남자들은 전부 유혹을 뿌리치지 못한다느니, 조심해, 네 마누라 참 안됐네! 하면서 말이야. 그럼 자넨 그런 말들 쯤은 귓등으로 흘려들었을 테지. 자네야 여기저기 안 가본 데 없이 다녀서 인생을 조금은 아니까. 갈 데까지 가봤기 때문에 자신이 원하는 게 뭔지 아니까 말이야. 문제가 생기면 아내하고 수도 없이 대화를 나누고 문제를 해결하려 노력했기 때문에 그런 건 그저 남의 일로만 아는 거지. 그런데 늘 자신이 누구보다도 영리하다고 믿다가 어느 날 갑자기 아내와의 사소한 말다툼 끝에 퇴근 후 밤에 혼자서 클럽엘 가게 되는 거야. 웬 여자가 와서 꼬드기면 무슨 일이 일어나는지도 모르는 채 2시간 후엔 호텔 침대에 함께 기어들어 가게 되는 거라고. 머릿속으로는 뒤로 물리기엔 너무 늦었다는 생각을 하면서 말이야. 한 번, 두 번. 여기서 끝내자고 스스로에게 다짐을 하고나선 나쁜 버릇을 고치지 못하고 되풀이하게 되는 거지. 자신의 의지로는 안 되는 일이니까. 아내에게 숨기게 되고, 거짓말을 하기 시작하고, 툭하면 저녁 미팅이 있다거나 오지로 출장을 가게 됐다고 둘러대게 되는 거야. 저질 영화에서처럼 말이야. 사람들이 호텔 주차장에 세워둔 차를 알아보고—여기서 자동차는 신분증이나 마찬가지니까—수군거리기 시작하지, 마누라는 다시 의심을 품기 시작하고,

부부관계는 틀어지기 시작하지, 집안 분위기는 금방이라도 터질 것
마냥 긴장감이 감돌고, 그쯤 되면 어쩌겠나? 잊기 위해, 그 분위기에
서 탈피하기 위해, 점점 더 여자들을 가까이 하게 되는 거지."

"이제 그만 드시죠?"

검지로 앞에 놓인 접시를 가리키며 필립이 애타게 말했다.

에르베는 다급한 속내를 털어놓는 데 급급한 나머지 필립이 점점
더 짜증스러워한다는 걸 미처 알아차리지 못하고 있었다.

"걔네들한테는 사람 마음을 홀리는 뭔가가 있다니까. 모르겠어,
그게 눈빛 때문인지, 거동 때문인지, 말하는 방식 때문인지는 모르
겠다고. 무슨 주술에라도 걸린 게 아닌 이상 말이야."

필립은 테이블 위에 소금이 없는 걸 알아차리고는 살짝 눈살을
찌푸렸다.

이를 눈치 못 챈 에르베는 동문서답을 했다.

"진짜야, 농담이 아니라고! 오래 있으면 별걸 다 믿게 된단 말이
야! 여기서 오래 살다보니까 이 나라 주술사들이 꼭 뭔가를 꾸미는
것 같더라니까! 위다에서 함께 봤던 바로 그런 자들 말이야, 자네 기
억 하니? 바로 그자들 짓이야. 뭔지는 모르겠지만 하여간 이상하단
말이야."

"안 드실 겁니까?"

필립이 이번엔 에르베 앞에 놓인 음식을 가리키며 마치 최후의
통첩을 하듯 내뱉었다.

"있잖아, 여기 여자들은 누구나 할 것 없이 바자랑 결혼하려고 주

술사한테 간다네. 내 이 나이 먹도록 백인 남자에 대한 집착이 그렇게 깊이 뿌리박혀 있고 또 여자들 사이에서 그런 생각이 이토록 일반화 돼 있는 도시는 본 적이 없다네. 여기 가시내치고 바자를 마다할 여잔 아무도 없을걸. 특별히 돈 많은 위인이 아니더라도 말야. 과장이 아니네, 단 한 명도 없다니까! 오죽하면 백인하고 결혼한 여잘 두고 '구세주를 만났다'는 말을 다 하겠냐고. 특히 젊은 것들은 아주 만반의 준비를 하고 있으니 두고 보게. 그리고 만약 데이트하러 갈 때 나이트에 가게 되면 앞에 놓인 술잔에서 눈을 떼지 않도록 유의하게. 춤추는 동안 고것들이 자네 잔 속에다 완전히 중독에 빠지게 만드는 뭔가를 탈지도 모른다구."

"아, 그래요?"

필립은 무심결에 대답하고는 웨이트리스에게 살짝 미소를 지어 보였다.

"우스갯소리가 아니야, 진짜 진짜 조심해야 한다니까! 도저히 믿을 수 없는 얘길 들었단 말이야. 그리고 뭐 이런 말까지 한다는 게 좀 뭣하긴 하네만, 막상 침대에선 그리 화끈한 것도 아니더라고."

"아, 그렇습니까?"

이번엔 관심을 보이며, 필립은 같은 말을 되풀이했다.

"아가씨, 여기 소금, 아자파드!"

탁월한 기억력과 청음으로 인해 언어 능력이 탁월한 필립은 마다가스카르 억양을 흉내 내보았다.

"그만 드셔야지 이러다 음식 다 식겠어요."

필립은 여자가 가버리고 난 뒤 두 사람 앞에 놓인 음식을 가리키며 말했다.

"그래, 사실 좋긴 해. 뭐 굉장히 좋을 수도 있지. 하지만 그 이상도 그 이하도 아니야."

에르베는 그칠 줄도 모르고 계속해서 지껄여댔다.

"그 점에서 볼 땐 인정할 건 인정해야 하는 게 아프리카가 훨씬 나았다니까! 예를 들어, 내 말이 좀 거북하다 싶으면 지체 없이 말하게, 여기 여자들은 빨아주진 않아. 하여간 지네들이 알아서 하진 않는다고. 왜지 아나?"

웨이트리스가 소금을 가져왔다. 또 한번의 침묵. 양쪽에서 보내는 또 한번의 미소. 어깨, 다리, 히프, 굴곡진 허리.

"아뇨."

"왜냐하면 여기 여자들 사이엔, 특히 도시에 살게 된 지 얼마 안 된 여자들 사이엔 남자 거시기를 빨면 이빨이 빠진다는 속설이 있거든! 정말 황당하지 않나? 뭐, 이미 백인 남자들을 사귀어본 여자들은 빨지. 백인은 그걸 좋아한다는 걸 알거든. 하지만 대개는 해달라고 할 때에만 하지."

두 사람 사이의 대화는 필립을 점점 더 불편하게 만들었다. 물론 약간의 위선이 섞여 있긴 했지만, 에르베가 너무 말을 가리지 않고 지껄여댔던 것이다.

"다 좋은데 전 일단 먹어야겠어요!"

필립은 접시를 움켜잡고 작심한 듯 말했다.

"하기야 자넨 여기서 예쁘장하니 잘빠진 여자애를 꼬이는 게 얼마나 쉬운지 상상도 못할 테니까. 상대가 아무런 저항도 안 하니까 꾀려고 애쓸 필요도 없어. 그러다 보니 재미도 없지. 그냥 저절로 알아서 다 되니까. 결국엔 여자애들이 아양을 떨어도 그냥 아무 느낌이 없을 정도가 된다네, 어쨌든 넘어오게 돼 있으니까. 여긴 돈만 좀 더 쓰면 콘돔 없이도 여자랑 잘 수 있네. 그것 역시 문화적인 차이지. 대개가 에이즈는 백인들이 지어낸 거라고 생각하거든. 여기선 섹스가지고 우리나라처럼 호들갑을 떨지 않아. 정확히 말해서 아주 개방적이지. 섹스가 너무나 자연스러운 나머지 짜릿한 느낌이 사라질 정도야. 우리나라에선 섹스가 왜 그렇게 문제가 되는지 모르겠다 싶을 정도라니까. 그렇게 간단한 걸 가지고 말야. 여기선 바자이기만 하면 누구든 얼마든지 기회가 있다네. 외모 같은 건 따지지 않으니까. 일전에 이 점에 관해 어떤 자식이 웃기는 얘길 하더라고."

"여기선 너도 폴 뉴먼이야, 프랑스에 돌아가면 못생긴 폴 프레부아 Paul Préboist지만."

에르베의 말 중에 '섹스'라는 단어가 과하다 싶을 정도로 되풀이되는 것에 기분이 언짢아진 필립은 웃음이 나오려는 걸 참았다. 한쪽에선 그의 입을 다물게 하고 싶은 강한 충동이, 다른 한쪽에선 변태적인 호기심이 일었다.

"지금 드셔야지 안 그러면 피자 맛이 떨어질 걸요."

한쪽 입을 비죽거리며 힘 빠진 소리로 필립이 말했다.

"프랑스니 스위스니 벨기에니 하는 데서 2, 3주 동안 그 짓을 하자고 일부러 찾아오는 배불뚝이 역겨운 놈들이 있을 테니 두고 보라구. 왜냐하면 자네도 알다시피 그렇다고 소문이 자자하게 나질 않았나. 그런 녀석들은 경로를 훤히 꿰고 있지. 그런 놈들은 열여덟, 스무 살짜리 어린 계집애들을 품에 끼고 다니는데 그렇다고 그 애들도 별로 싫어하는 것 같지 않아. 내 일찍이 그런 꼴은 보질 못했네. 걔들 스스로도 싫지 않다고 말한다니까. 그게 바로 문화적 차이라는 거야. 서양에서나 외모나 나이를 신경 쓰지 여긴 그렇지 않다고. 여기 여자들은 그걸 개인적인 모욕으로 여기지 않아. 우리나라에서처럼 사회적으로 소외되지도 않고. 심지어 그 반대라고 할 수 있지. 제 부모 손에 돈벌이로 내몰리는 경우가 허다하니까. 호텔마다 '섹스 관광 중지'라는 간판을 내걸고 있지만 그건 어디까지나 형식일 뿐이고 실제로는 아무도 그런 것 따위는 신경도 쓰질 않지. 여기선 그 짓이 모녀지간에 대물림 된다네. 이 도시의 역사가 그들을 그렇게 만들지. 여긴 열대 항구이자 주둔지니까. 그런데 우리야말로 유럽에서 위선떠는 짓거린 그만둬야 해. 열두 살 적에 이미 자기 삼촌이나 사촌 오빠한테 처녀성을 잃어버린, 몸이 익을 대로 익은 열여섯 살짜리 계집애들을, 즈네들이 좋아서 하는 건데도, 그런 애들을 데리고 잤다고 소아성애자니 뭐니 하며 비난을 퍼붓고, 신문마다 야단법석을 떨면서 그런 놈들을 법정에다 세우고 하는데, 사람들은 자기네가 무슨 말을 하는지도 몰라. 알지도 못하면서 돌팔매질을 하는 셈이라고. 역겨운 일이지. 미안한 말이지만, 그건 일종의 문화적 개입이야. 그거야말로 둘도 없는 간섭이라고!"

청취 및 분담에 소속돼 있다는 기본 원칙에 철저히 위배되는 에르베의 얘길 들으면서도 필립은 그다지 충격을 받지 않았다. 오히려 자신이 앞으로 어느 분야로 이직할 수 있을지 모색하고 있었다. 교육? 언론? 장 쟈크가 힘 써볼 수 있는 파리 시청의 문화과?

에르베는 지칠 줄 모르고 지껄여댔다.

"지들이 뭔데 이래라 저래라 하는 거야? 그것도 다 성에 대한 콤플렉스 때문에 그러는 거지! 여기 여자애들은 지들이 좋아서 그걸 하는 거야, 즐긴다고! 이를 테면, 정말 돌겠는 건, 걔들은 축축하게 젖어. 농담이 아니야, 젖는다니까! 그건 그렇다 치고 어찌나 크게 신음소릴 내는지, 열이면 열은 목이 터져라 신음 소릴 내. 어떻게나 비명을 질러대는지 굉장하다고! 물론 그렇게 소릴 내는 거야, 지나치게 순진한 사람이 아니라면 걔들이 연기를 하는 거라 생각할 수도 있겠지. 하지만 흥건하게 젖는다니까! 게다가 더하자고 덤빈다고! 한번 갖고 성에 차지 않는다 싶으면 그런 티를 여지없이 낸다니까! 만약 피곤해 하는 기색을 보이면 자길 더 이상 사랑하지 않는다며 토라지지. 그러면 선택의 여지가 없어, 무조건 한번 더 해줘야 한다니까!"

아파트를 팔고 파리를 떠나 방돌Bandol로 가서 도미니크를 거들어 포도 농사를 짓는다? '아니, 그건 아냐. 로르가 골을 낼 걸. 따라오지도 않을 거라고.'

"그러면 콤플렉스 있는 유럽인한테는, 뭐, 나도 예외는 아냐, 인정해. 굳이 숨기진 않겠네. 우리 같이 섹스에 강박증이 있는 인간들한테는 예상치 못한 일이고 둘도 없이 소중한 경험이 되는 거야. 말 그대로 생생하게 살아 있는 느낌이라고. 게다가 흑인 여자들은, 뭐 자네가 내 말에 찬성할지는 모르겠네만, 이루 말할 수도 없이 저절로 기운이 솟아나게 만들어. 물론 성격이 좋다고는 할 수 없지만 까다롭지도 않고 재밌는가 하면, 웃고 춤추고 먹고 즐기고 섹스 하는 걸 좋아한다고. 아주 기발한 구석이 있는데다 우리네 여자들처럼 뻣뻣하지도 않고, 우리네 여자들처럼 궁둥이가 펑퍼짐하지도 않고, 젖가슴이 바람 빠진 풍선마냥 축 처져 있지도 않고, 생전 툴툴거리지도 않아. 우리네 여자들같이 사내새끼처럼 굴지도 않고, 자기네 여성성을 있는 그대로 내 보이지. 흑인 여자들은 단순하고 속물스럽지도 않고 비비 꼬이지도 않았고 사람 마음을 편하게 하는데다 너그럽지. 남자를 건사할 줄도 알고, 또 그러는 걸 좋아해. 삶을 사랑한다고나 할까. 흥, 난 말야, 이제 백인 여자들은 봐도 거시기가 서질 않아. 일전에 어떤 남자랑 얘길 나눈 적이 있는데, 그자가 하는 말이 프랑스에선 다들 어떻게나 놀려대는지 나이가 예순 여덟밖에 안 됐는데 나이트클럽에도 못가고 헬스클럽에도 못가고 그러고 살았다는 거야. 알잖아, 사람들 인정머리 없는 거. 그리고 그자가 한마디 했는데, 그 말이 평생 뇌리에서 떠나지 않을 것 같아. 여기 여자애들에 대한 얘길 하면서 이러는 거야. "그게 다 착각이란 건 알고 있소. 하지만 그런 착각이 날 기운 나게 만든다오. 그렇다면 그건 착각만은 아니오." 정말 기분 더럽게 꿀꿀하지 않나? 그런 자들이야말로 더 없이 행복한데다 여기 여자들을 존중해, 대체 뭐가 문제야?"

직장에 사표를 내고, 아파트를 세주고, 교외로 가서 로르가 벌어오는 돈으로 살면서 다프네랑 애기나 돌본다?

"사실 이렇게 말할 수도 있지. 여기 여자들은 백인 남자를 좋아해. 물론 어디든 비열한 작자들은 있네. 미친 인간들도 있고. 종종 변태 같은 자식들이 와서 여자들을 함부로 다루고 역겨운 매춘 행위를 하게끔 만들기도 한다고. 여기도 그런 치들이 있는 건 사실이야. 하지만 여기 여자들은 그래도 너 나 할 것 없이 마다가스카르 남자보다는 백인 사내가 잘해준다고 할 걸. 여긴 자네도 알다시피 감상주의적인 데라곤 없어. 사랑 같은 감정 따위 안중에도 없다고. 지들이 곧 사랑이라는 거지. 먹고 살려고 발버둥을 치다보면 사랑 따위 뒷전으로 처지게 마련이니까. 사랑은, 말하자면 이타적인 거고 일종의 사치야. 마다가스카르 사람들은 결혼 같은 건 웬만해선 안 해. 결혼을 한다 해도 두 사람의 수입이 공동의 몫으로 돌아가게 하는 데에나 쓸모가 있을 뿐이지. 여기서 사랑은 순정 소설이나 엉터리 멕시코 드라마에서나 나오는 얘기야. 그 이상도 그 이하도 아니라고. 여기 남자들은 여자한테 막 대해. 위생상의 사전 준비도 없이 그저 치마만 둘렀다 하면 자빠뜨리려고 덤빈다니까. 자기 여자더러 바자랑 데이트하러 나가도록 부추기는 것도 바로 남자들이야. 밤이면 어떤 택시 기사들은 제 여자를 백인 남자 손님이 있는 호텔까지 직접 태워다주기도 해. 다음날 아침엔 택시를 몰고 여자를 데리러 가고. 여기선 흔한 일이야. 게다가 아무한테도 문제될 게 없고. 남자들이야 여자가 얼굴 팔아먹고 받은 돈을 고스란히 갖다 바치니 그렇고, 여자들은 또 그네들대로 그렇게 큰돈은 필요 없으니 제 일가붙이한테나 줄 뿐이고, 여기 여자들은 상대가 젊던 늙던 간에, 바자건 아니건 간에 거시기 하는 걸 좋아하니까. 원래 태생이 그렇거든."

일단 사표부터 내는 거다. 그 다음은 두고 보면 알게 되겠지.

"우린 훨씬 자상하고 훨씬 다정다감하고 상상력도 훨씬 풍부하고 훨씬 친절하고 공손하며 세련된 남자로 여겨지는 거야. 우리랑 있으면 칭찬에, 환심을 사려고 알랑거리는 말에, 자잘한 선물이니 하는 것들을 알게 되니까. 그런 게 그녀들의 마음을 녹이는 거야. 그런데 익숙하지 않으니까. 자기들을 보면서 진짜 예쁘다고 생각해주는 게 좋은 거지. 그저 고깃덩어리로 보는 게 아니라. 여기 사내들이 여자들을 얼마나 우습게 여기는지 한번 봐야 해! 어떤 식으로 말하고 어떤 눈으로 보는지 직접 봐야 한다고! 그네들은 존중받고 자신의 육체가 사랑받는다는 사실에 감동하는 거야. 자신의 육체가 백인 남자한테 가하는 자극에 의해 흥분되는 셈이지. 가끔은 우리가 좀 별난 구석이 있는 데다 이상한 강박관념이 있다고 생각하면서도 말이야. 이를 테면 길거리에 사람들이 보는 앞에서 키스를 한다든지 하는 것 말일세. 여기선 절대 그러지 않아. 그건 충격 그 자체야. 뭐 그렇긴 해도 여자들은 애무도 하지 않고 들이 덤비는 남자들보던 그런 설 더 좋아하지. 그런 놈들은 집어넣기 무섭게 사정을 해버리는 데다 지네가 기분이 좋지 않다거나 술에 취하기라도 하면 여자들을 두들겨 패기 일쑤거든. 팔팔한 이십대조차 말이야."

에르베는 잠시 말을 끊고는 되는대로 포크와 나이프를 쥐고 미리 잘라놓은 피자 조각을 떼 내려 했다. 차갑게 식어버린 반죽은 꿈쩍도 하지 않았고 그뤼에르 치즈는 아예 녹아서 토마토소스 위에 매끌매끌하니 얇은 판처럼 척 들러붙어 있었다. 그렇다고 단념할 그가 아니어서 에르베는 접시를 내려놓고 손으로 한쪽을 척 집어 들었다. 입을 벌렸다가는 한입 베어 물지도 않은 채 피자 조각을 도로 내려놓았다. 얼굴이 굳어 있었다. 근심스러운 표정이 역력했다.

"그러게 제가 뭐랬습니까."

필립이 얼른 끼어들었다.

"이제 먹긴 틀렸네요. 시간을 너무 오래 끌었어요."

에르베는 필립의 말은 듣는 둥 마는 둥 하고는 자기 앞에 놓인 접시만 뚫어져라 보고 있었다. 그리고는 말없이 필립을 바라보더니, 요즘 더할 나위 없이 비참한 처지에 놓여 있고 정신적으로 고갈된 상태인데다 그런 속마음을 털어놓을 상대가 아무도 없으며 계속 그러고 있다가는 얼마 안가 돌아버리고 말거라고, 대뜸 속마음을 털어놓기 시작했다. 필립이 그저 눈썹을 살짝 치켜뜬 것뿐이었는데도 그는 최근에 조세핀이라는 젊은 여자와 사귄 이야기를 했다. "내 얘기가 지겨운 건 아니지? 이렇게 말이라도 하고 나면 속이 좀 후련해질 것 같아서 그러니 자네가 이해해주게."

빵빵한 가슴에 보기 드물게 탱탱한 엉덩이하며 깊은 눈매를 가진 조세핀은 무척이나 예뻤다고 했다. 그는 여자를 나이트클럽에서 만난 게 아니라 시장에서 우연히 알게 되었는데, 이는 즉각 반 순응주의적인 증표로 여겨졌다. 그는 여자를 꼬여내어 술을 마시러 가자며 은밀히 도심 외곽으로 데려갔다. 두 사람은 오래도록 주거니 받거니 했다. "아주 멋진 밤이었지. 그녀가 속내를 털어놓는 거야. 자기 식구들이며 자기가 하는 일에 관해 이런저런 얘기도 하고. 어떻게 해서 자기가 혼자 힘으로 난관을 헤쳐 왔는지, 어떤 식으로 혼자서 2년째 학비를 감당하고 있는지 등등 말이야. 완전 감동 먹었지. 우아하고 세련되고 말도 못하게 똑똑하고 다정다감하기 그지없는 여자애구나 싶은 거지. 나도 나름의 생각을 말해주고 이런저런 속내를 털어놓게 되더군. 어린 여자애랑 그렇게 진지하게 얘길 나눠보긴 난생 처음이야."

저녁식사를 마치고 밖으로 나온 에르베는 여자에게 키스를 한다. 하지만 그러고 나서 여자는 그를 따라 호텔에 가기보다는 그냥 집으로 가겠다고 한다. 첫날 밤엔 그러지 않았으면 좋겠다고, 그에게 점점 끌리고 있다는 느낌이 든다고, 그가 다른 바자 같지 않고 어딘가 모르게 남다른 데가 있으며 둘이 나눈 대화를 통해 많은 생각을 하게 됐다고, 아무렇게나 대충 하고 싶진 않으니 좀 더 생각할 시간을 달라고. "나야 물론, 자네 한번 생각해봐, 그 말을 듣고 내 가슴이 얼마나 철렁했겠나. 그러라고 했지. 얼마든지 생각할 시간을 줄 수 있다고." 두 사람은 다음날 같은 식당에서 만나기로 한다. 이튿날 재회한 두 사람은 얘기를 나누고 또다시 헤어져 각자 집으로 돌아간다. 이번에 에르베는 그녀가 자기한테 넘어오기 일보 직전이라는 느낌을 강하게 받는다.

"다음날 그녀가 왔는데, 화장을 싹하고 미니스커트에다 말도 못하게 근사하고 섹시한 거야. 우린 술을 마시고 좀 더 얘기를 나눴어. 엄청 가까운 사이가 됐지. 나도, 그녀도, 이 얘기 저 얘길 끝도 없이 한 거야." 그 후, 디에고에서는 여간해선 드문 일이지만, 여자는 에르베를 자기 집으로 데려간다. 초라하기 짝이 없는 집이다. 아무것도 없이, 어떤 편의 시설도 눈에 띄지 않고, 문에는 자물쇠마저 없다. 그는 아연실색한다. 그때 여자는 술을 한잔 내오고 에르베는 서두르지 않고 한 모금 한 모금 천천히 음미하며 마신다. 두 사람 사이에 무언가가 서서히 싹트기 시작한다. 이윽고 너무나도 자연스럽게 두 사람은 사랑을 나누기에 이른다. "정말이지 그 열정이며 배려하며 그 낭만적인 분위기 하며, 절대 가벼운 감정이 아니었어. 그녀는 완전히 흥분해서 모든 걸 내 맡기는 거야. 난 미치는 줄 알았지." 에르베는 아내에게 연락도 하지 않고 여자의 집에서 밤을 지새울 정도로 다른 여자들과는 사뭇 다른 그녀에게 매료되었다.

이튿날 아침, 잠에서 깬 두 사람은 서로를 끌어안고 또다시 사랑을 나눈다. 얼마 지나지 않아 그가 가야 할 시간이 되자 여자는 남자 품에 안기어 사랑한다고, 지난밤은 너무도 근사했으며 이런 느낌은 처음이라고, 처음부터 다시 시작하고 싶으니 또 만났으면 한다고, 그는 생전 본 적도 없는 아빠처럼 자신에게 많은 걸 준다고, 매일 밤 그를 기다리겠노라고 한다. "왜 있잖아, 그런 거." 에르베의 말을 빌리자면 그 일로 인해 엉망진창이 되었다고 한다. 마침내는 집에 돌아와 아무 말도 않는 아내 크리스틴에게 거짓말을 하고 말았다는 것이다. 그는 샤워를 하고 무의식적으로 일터로 향해 오전 내내 조세핀 생각으로 시간을 보내며 심각하게 이혼을 고려하기 시작한다. 11시 30분 기진맥진해진 그는 조세핀에게 휴대폰으로 전화를 걸어 그녀 없인 안 되겠다고, 더 이상 견딜 수가 없으니 만나야겠다고 한다. 그녀는 자기도 그래야겠으니 시내에 있는 호텔에서 만나자고 한다.

이튿날 그들은 다시 만나 미개인처럼 벌건 대낮에 사랑을 나눈다. 그런 식으로, 다음날도, 그 다음날도, 또 그 다음날도. 온종일 그들은 각자 휴대폰으로 열정적인 사랑의 문자를 주고받는다. 에르베에게는 조세핀의 서툰 불어마저도 몹시 에로틱한 느낌으로 다가온다. 그들은 서로 작은 선물을 주고받으며 함께 할 내일을 꿈꾼다. 그로부터 일주일 후, 그는 충동적으로 사무실을 박차고 나와 집으로 직접 찾아가 여자를 깜짝 놀라게 해줘야겠다는 생각을 한다. 그렇게 그녀의 집 문을 두드렸을 때 그는 낯선 사람들과 맞닥뜨리게 되는데 그들은 조세핀이 나가고 없다고 전한다. 그는 여자의 휴대폰으로 전화를 걸어 약속을 한다. 그렇게 해서 만난 여자는 전보다 차갑고 거리가 멀게만 느껴진다. 그가 무슨 일이 있냐고 묻자 여자는 자못 딴청을 피우며 말한다. "자, 이제 매일같이 섹스를 한 지도 일주일이 지났으니까 70만 마다가스카르 프랑 내놔요. 거기다가 첫날은 밤새 같이 있었으니까 30만 디해서 백만 프랑. 난 현금이 좋아요."

에르베는 바닥에 털썩 주저앉은 채 그녀를 바라보지만 여자는 몰라보게 변해버린 뒤다. 그녀의 얼굴 표정은 더 이상 전 같지 않고, 그는 그런 그녀에게 농담을 하는 거냐고 묻는다. 그러자 여자는 아니라며 또다시 돈을 요구한다. 이번엔 그가 안 된다고, 그럴 순 없다고 한다. 솔직히 너무나 실망해서 마음이 아프고, 둘 사이엔 뭔가 있다고 생각했으며 그렇게 믿게끔 행동한 건 그녀 자신이라고, 자기 얼굴에 침을 뱉은 거나 다름없으니 한 푼도 줄 수 없다고 말한다. 그는 말이 나온 김에 디에고에선 한번 하는 데 십만이 아닌 오만 프랑임을 상기시킨다. "그야말로 등신 중에 상등신이 된 것 같은 기분이더군." 그리고 나자 의기소침해져서 더 없이 불행하고 죽고 싶은 심정이 된 그는 사춘기 소년처럼 그대로 줄행랑을 치고 만다.

"그 갈보 같은 년들은 이루 말할 수도 없이 대단해. 정말 대단하다고! 그년들은 어떻게 하면 되는지를 알아. 남자란 그저 추켜세워주면 좋아라한다는 걸 안다고. 몸이 끝내준다는 둥, 밤일을 잘한다는 둥 하면서 말이야. 그년들은 상대의 약점이 뭐고, 심리 상태가 어떤지를 잽싸게 파악하지. 게다가 일말의 양심의 가책도 느끼지 않고 상대를 마음껏 가지고 노는 거야. 정말이지 고도로 숙련된 거짓말쟁이들이 있다니까! 게다가 여기선 너 나 할 것 없이 거짓말을 해, 그런 식으로 말이야. 난 추호도 일반화하고 싶은 생각은 없네. 자네도 알다시피 인종차별주의자는 아니라고. 하지만 진짜야, 마다가스카르 사람들은 타고난 거짓말쟁이들이야. 뭐 딱히 잃을 것도 없고, 생존본능이나 돈에 대한 집착 말고는 달리 지켜야할 것도 없으니 거짓말을 하는 거지. 자넨 지금 속고 있는 거야. 조심해야 한다는 생각도 별로 안 한다고. 그들도 자네처럼 최소한 인간으로서의 품위와 자존심이 있고, 그리고 그들에겐 감정이란 게 제일로 중요하다고 생각하니까. 하지만 천만의 말씀, 여긴 그런 건 존재하지도 않아.

그들은 어떤 일에도 동요하지 않아. 아무리 양심에 걸려도 결코 물러서는 법이 없다고. 왜냐하면 그들에게 자존심 같은 건 없으니까. 그들은 밑 빠진 독이나 마찬가지고, 피도 눈물도 없다는 걸 최근에 와서야 깨달았네. 그들을 있는 그대로 받아들여야 해. 선택의 여지가 없단 말이지. 그들에겐 삶이 그렇게까지 중요하지 않거니와, 이곳에서 삶이란 그저 스쳐지나가는 것에 불과해. 만약 남의 등을 칠 수 있으면 더 바랄 게 없는 거고, 남한테 당하더라도 그리 심각한 건 아니야. 그게 바로 키포인트지. 완전히 다른 게 있다면 죽음에 관한 문제 정도야. 내 생각엔 그거야말로 도저히 이해할 수 없는 것들에 대한 설명이라네. 그들의 진정성? 그건 그들이 하는 거짓말 속에나 있다고 보면 될까? 그들이 거짓말을 할 땐 그 속에 그들의 진실한 마음이 담겨 있네. 그들이 연기를 할 때, 이를 테면 뉘우치는 척하고, 눈물을 흘리는 척하고, 까르르 웃는 척하고, 친한 척하고, 연민을 느끼는 척 할 때 그 속에 진솔함이 담긴 것처럼 말일세. 게다가 우리랑 같은 언어를 쓰니 더욱더 충격적이지―뭐 같은 말이라도 어법은 다르지만―그게 믿겨지진 않지만 여기선 서로 간에 다 그런 식으로 처신한다네. 그게 바로 게임의 법칙이요, 시스템이고, 눈에 보이지 않는 지배란 거지."

다시 조세핀 얘기로 돌아가서, 그녀는 그 후로 연락을 끊는다. 그러던 어느 날(지난 화요일이었다) 에르베의 사무실에 약속에도 없는 두 사내가 들이닥친다. 그가 19세 미만의 미성년("여기선 21세가 돼야 성인일세.")을 강간한 혐의로 고소당했고, 증인이 있으니 법정에 서게 될 것이며, 구금될 수도 있음을 알리러 온 사복경찰이었다. 미성년자란 조세핀을 두고 하는 말이었다. "첫날 밤, 그 싸구려 식당에서 분명히 자기는 스물한 살이라고 했단 말이야." 설왕설래 끝에 사복경찰은 고소를 취하시키기 위한 합의금으로 700만 프랑을 제시했다. 경찰들한테 사정 얘기를 한다는 건 애당초 무리였다. 에르베는 제시한 금액을 지불하지 않을 도리가 없었다.

"자네도 알겠지만 사기를 당한 거나 수치심 따윈 문제가 아니네. 문제라면 크리스틴의 입을 통해 그간의 일을 소상히 알고 있다는 얘길 듣게 되는 거, 바로 그거지. 여기선 남몰래 뭔가를 한다는 게 불가능하단 말일세. 라므나에서 재채기를 하면 1분 안에 디에고에 있는 사람들이 전부 훤히 알고 있을 정도지." 더 고약한 건 크리스틴이 그 틈을 타서 '그런 식으로 미리 예고도 없이' 6개월 전에 애인이 생겼다고 알려온 일이었다. 다시 말해서 그가 여자들하고 놀아나기 시작했던 바로 그때쯤의 일이었다. 처음엔 어리석게도 보복하려는 마음에서였다. 자신이 그를 기다리다 지쳐 무너져버리도록 놔둘 수는 없었기에. 그러던 것이 나중에는 시간이 흐르면서 마침내 진정한 연인 사이로 발전하게 되었고, 이혼 소송을 하러 프랑스로 돌아가기에 이르렀다.

에르베의 눈에서 눈물이 주르륵 흘렀다. "그게 어떤 기분인지 모를 걸. 자넨 앞으로도 영원히 모르길 바라네. 삶이 그런 식으로 일순간에 송두리째 사라져버리는 거라고. 자넨 몰라. 속으로 그럴 테지. 말도 안 된다고. 아내를 알게 된 지 18년째니 그녀에 관한 거라면 속

136

속들이 알고 있다고. 아내가 그러다니 말도 안 되는 얘기라고. 배신 당한 느낌이 들면서 아내가 다른 남자랑 잔다는 건 상상조차 할 수 없겠지. 하지만 그게 현실로 일어나는 거야. 한마디로 끔찍하지. 마누라가 자신을 생판 모르는 이방인 대하듯 하고, 그런 마누라도 낯설게만 느껴지는 거야. 마누라가 한번도 본 적 없는 새 옷을 걸치고 새 보석을 끼고 있게 되는 거지. 그럼 그 자식한테 얻어 가진 게 아닐까하는 생각을 하게 되는 거라고. 크리스틴은 머리 모양도, 태도도 달라졌어. 브래지어 개수가 많아졌지. 그녀가 나이트클럽엘 가고 헬스클럽에 등록했으며 마치 자유부인처럼 맘껏 활개를 치고 있다는 걸 알게 되는 거야. 그녀가 확 달라졌다는, 내게서 떨어져 나갔다는 느낌이 드는 거야. 더 이상 척하는 법도 없이 될 대로 되라는 식인 거지. 더 이상 내 여자가 아니구나, 내 품에서 달아나버렸구나 하는 걸 그제서야 깨닫게 되고, 이건 조금도 예상치 못했던 일이며 그녀가 다른 남잘 마음에 둘 수도 있구나, 내가 그녀를 사랑했구나, 이젠 너무 늦었구나 하는 깨달음이 오는 거지. 그쯤 되면 우주 전체가 자네 위로 떨어져 내리는 듯한 기분이 든다네."

크리스틴의 애인은 에르베도 잘 아는 사람이었다. 이름은 리샤르, 프랑스 고등학교 교사였는데, 두 사람은 2년 동안 함께 매주 월요일 아침마다 스쿼시를 치던 사이였다. 한동안은 심지어 두 가족이 함께 주말을 보내기도 했다. ─리샤르에게도 가정이 있었다─그들은 바닷가로 가서 각자의 자녀들과 호텔에서 묵곤 했다. 그해엔 리샤르가 에르베의 장남인 르낭의 담임이었다. "운명의 장난이 따로 없다니까!" 에르베는 그 일로 르낭이 지나치게 동요하는 일이 없기를 바랐다. 그 아이 그해에 바카로레아를 치르기로 돼 있었던 것이다. 한 해 동안 제출해야 할 작문이 15개나 되었고 에르베는 아이가 부모들의 스캔들로 인해 손해를 보는 걸 바라지 않았다. "르낭은 내일 개학이야. 그 아인 무척 예민해."

그즈음 들어 연애 스캔들의 주인공들은 소리 소문 없이 각자 차를 몰고 시내에서 주기적으로 만나고 있었다. "만나지 않는 척, 모르는 척 하자고. 그래도 난 그가 매일 크리스틴이랑 잔다는 걸 알아. 그냥 모르는 척하는 거지. 넷이 만나 머릴 맞대고 그 문제를 논할 시간적 여유도 없고, 또 그럴 만한 용기도 없으니까. 모두 광기에 휩싸여 점점 이성을 잃어가고 있는 거지. 디에고야말로 사람을 미치게 만드는 데야. 아주 썩을 놈의 동네지. 전체 분위기가 그래. 한번 살아보면 피부로 느낄 거야. 공기가 탁해. 해롭다고. 그년들은 악독하고 돈밖에 몰라. 악독하고 돈밖에 모르는데다 육식성이지. 디에고는 자신이 누군지 잊어버리게 만드는 동시에 마약처럼 헤어나질 못하게 만들어. 빠져들고 있다는 걸 알면서도 여간해선 여길 뜨고 싶은 마음이 생기지 않게 되는 거라고. 디에고는 바로 그런 데야."

필립에게 속마음을 털어놓은 에르베는 기분이 한결 나아졌다. "자네야 어디까지나 예외지. 이곳에 잠시 머무는 것뿐이니까. 게다가 자넨 믿음직스럽고, 매사에 탁월하지. 이를테면 분별력이 있다고나할까. 자네의 그런 점이 숨 막히도록 난잡한 이곳에 조금이나마 숨통을 트게 해줄 걸세." 물론 필립은 자신의 임무를 기꺼이 받아들이고 싶었을 터였다. 이것저것 계획을 세워보는 일이 한결 좋았으리라. 하지만 며칠 전부터 자신이 그리 프로답지는 않다는 것을, 더 이상 그 일에 적합한 인물이 아니라는 것을 깨닫고 있었다. "자넬 얼간이로 만들진 않겠지만 열심히 일하는 척하지도 않을 걸세. 어처구니없는 짓일 테니까. 제기랄, 우선 사람이 살고 봐야 할 것 아닌가!" 이 사건의 긍정적인 점을 들라면, 한 일이 년, 필립이 열심히 일하는 걸 멈추기로 했다는 점이다. 이번 임무를 끝으로 칼로에게 사표를 내리라.

　"이런 식으로 자넬 궁지에 몰아넣게 돼서 미안하네. 하지만 어쩌겠나, 더 이상 할 수가 없는데. 분위기를 전환할 필요가 있다는 생각이 드네. 나 자신을 되찾고, 무엇보다도 먼저 사태를 파악해서, 처음부터 다시 시작해야 할 필요가 있네. 까놓고 말해서 청취 및 분담에선 내가 할 일이 더 이상 아무것도 없네. 내겐 좀 더 중요한 일이 있어. 자네 같은 사람이 볼 땐 쪽팔리는 일이란 건 알아. 하지만 사람들이 다 자네 같진 않다고. 다 자네처럼 엄격하고 직업의식이 투철한 건 아니란 말이지. 정말이지 날 용서해 줘, 잠시라도 입장을 비꿔놓고 생각해보라고. 날 너무 나쁜 놈으로 여기진 말란 말이야."

18

지난 6월 이후 처음으로 교정에 발을 들여 놓자, 르낭은 초·중학생 시절, 프랑스에서 개학을 맞이하던 때가 기억났다. 라볼La Baule 에서는 8월 중순부터 이미, 새 학년 준비 기간을 맞아 대형 상점마다 내거는 판매촉진 광고들과 함께 개학이 시작되었던 것이다. 반바지 차림에 샌들엔 모래 알갱이를 잔뜩 묻힌 채 초코과자 봉지를 들고 계산대에 서 있던 자신의 모습이 떠올랐다. 그에게선 향기로운 썬 블록 크림 냄새가 났다. 산악용 자전거는 바깥 현관 유리문 앞에, 백화점의 지나치리만치 센 에어컨 바람을 피해 한낮의 후끈한 열기 속에 세워두곤 했다. 사촌들은 해변에서 축구를 하며 그를 기다리고 있었고, 집에선 누군가가 점심에 먹을 바비큐를 준비하고 있었다. 집은 사람들로 북적거렸고, 날씨는 쾌청했으며, 밖에는 식구들이 다 같이 식사를 할 수 있는 커다란 테이블이 놓여 있었다. 어른들은 밤이면 클럽엘 갔고, 르낭은 제 또래의 수영복 입은 여자애들을 욕정이 가득한 눈길로 바라보곤 했는데, 그러기엔 그 애들이나 자기나 너무 어리다는 걸 알고 있었다. 라디오에서는 여름 히트곡들이 흘러나오고 있었다. 요컨대 여름방학이었던 것이다. 상점에 나붙은 책가방이니 필통이니 하는 것들의 사진이 떡하니 눈에 들어오고 나면 그때부턴 모든 게 엉망진창이 돼버리곤 했다. 그 사진들은 아직 남아 있는 십여 일의 여름방학을 단숨에 상쇄시켜버려서, 아직 방학이 끝나지 않았다고 자위해봤자 쓸데없는 짓이라는 걸 상기시키곤 했다. 어쨌든 개학이 코앞에 와 있었던 것이다.

그건 불가피한 일이어서, 그때부터는 개학에 대한 생각만 하면서 시간을 보냈다. 조금씩 조금씩, 상점들마다 새 학용품 냄새가 진동하기 시작했다. 풀, 공책, 지우개, 연필, 종이 등등. 세월이 가도 그 냄새보다 참기 힘든 건 아무것도 없었다. 그리고 브레스트의 개학날에는 또 한 가지 냄새가 풍기곤 했는데, 교정의 플라타너스의 동그란 열매들 냄새가 섞인 그런 냄새였다. 잿빛으로 물든 하늘, 바람, 다시금 싸늘해진 공기, 가을비, 긴 바지, 그리고 흔적도 없이 사라져버린 구릿빛 피부로 인해 그는 울고 싶은 심정이 돼버리곤 했다. 개중에는 개학을 좋아하는 애들도 있었다. 하지만 르낭은 개학이 다가오면 불안해지기 마련이었고, 개학날은 늘 그를 긴장시켰다. 매번 열 달간 혹독한 전쟁을 치르러 나가는 심정이었던 것이다. 언젠가 학교를 잊고 자유로운 기분을 맛볼 수 있는 날이 올까?

대체 왜 그런 기분이 드는지 르낭은 도저히 이해할 수 없었다. 국어 성적만 빼고는 우등생이었다. 열등생이었던 적도 없었고, 낙제를 한 적도 없었다. 그를 가장 맥 빠지게 했던 건, 플라타너스나 슈퍼마켓이 없는 디에고에서도, 반바지와 샌들 차림의 구릿빛 피부로 가득한 이 햇살 가득한 교정에서 마저도, 2년째 개학 때만 되면 프랑스에서 수입한 신상품 공책 커버니 하는 것들의 그 영원한 냄새가 진동했다는 점이다. 이곳에선, 선생님들마다 이름이 뭔지도 알고, 어디 사는지도 알고, 토요일 밤 레스토랑에서 옆 테이블에 나란히 앉을 때도 있고, 누구누구는 사생활이 문란하다더라 하는 것까지도 알고, 해변에서 수영복 차림으로 마주치고 보니 어떠어떠한 신체적 결함이 있더라 하는 것까지 안다고는 해도 어디까지나 교장은 교장이고, 낙제는 낙제고, 대학입시에서 떨어진 건 떨어진 거였다.

게다가 르낭은 새로 전학 온 애들이 싫었다. 프랑스에서 갓 도착한 애들. 이곳에서 신참이란 학교뿐만 아니라 마다가스카르에, 디에고에 처음 왔다는 뜻이고, 이곳 생활에 대해서는 전혀 아는 바가 없다는 얘기였다. 그는 새로 온 애들의 어리둥절한 표정을 하고 있는 그 꼬락서니가 싫었고, 신참이 도착함으로써 모두가 서로를 알고 있던 교실에 이는 그 술렁거림이 싫었다. 그는 친절을 베푼답시고 새로 온 애들이랑 지체없이 소꿉동무처럼 지내는 애들이 싫었다. 그 뿐만 아니라 전학 온 애들을 모르는 척하며 따돌리고 무시하면서 지네들끼리만 놀던 축들도 싫었다.

르낭은, 프랑스에 살 적에도 그렇게 입었다고 믿어주기를 바라는 듯 말끔하게 차려입은 그 애들의 새 옷이 싫었다. 그 애들이 프랑스에서 가져온 새 장난감이 싫었고, 새 휴대폰, 따끈따끈한 CD니 DVD니 최신 플레이스테이션이니 알려야 알 수 없을 그 애들의 프랑스 단짝 친구들이니 하는 그 모든 게 끔찍하리만치 싫었다. 르낭은 그 애들이 얼간이 같다고 느껴졌기 때문에 싫었고, 게다가 항상 곁에서 그 애들의 말이라면 무조건 따르는 마다가스카르 장학생들이 부러운 마음으로 가득한 채 최신 후부 T셔츠나 나이키 운동화가 아닌, 그저 개학을 맞아 10,000마다가스카르 프랑이나 주고 시장에서 특별히 산 빳빳하게 주름잡은 새 셔츠와 새 통을 차려입고서, 그렇게 해서라도 그들 곁에 서 있을 만한 자격이 되기를 바라고 있는데 반해, 그 애들은 그런 사실을 깨닫지도 못한다는 게 부당한 일로만 여겨졌기 때문에 그 애들이 싫었다. 그리고 언제 어디서든 모습을 드러내며 별거 아닌 일에도 펄쩍 뛰던 땀범벅의 교장선생님도, 아무것도 아닌 일에 까르르 웃곤 하다가도, 학생이 아닌가 싶을 정도로 긴장한 모습을 하고 불안에 떨던 선생님들도 지긋지긋했다.

그는 자신이 멜뤼진을 보지 않으려고 그렇게 안간힘을 쓰는 게 싫었다. 그녀는, 르낭이 초등학교, 교무실, 주차장, 농구장 등등 혹시라도 그녀가 있을 만한 데를 눈으로 찾아 헤매기를 멈추자마자 마치 우연처럼 눈앞에 나타나곤 했던 것이다. 멜뤼진은, 전교생이 다 아는 사실이듯, 여름방학 하기 전 알리앙스 프랑세즈의 연극 공연이 끝나고 미셸네 집에서 벌였던 파티 때 아킴과 처음으로 그걸

143

했다는 걸 르낭도 알고 있었다. 그날 밤 무대 의상으로 입었다가 미셸네 집에까지 입고 갔던 그녀의 그 미니 스커트 자락 속으로 그녀를 만지는 아킴 녀석을 상상만 해도 르낭은 우울해서 돌아버릴 것만 같았다. 그녀의 두 다리 사이로 손을 밀어 넣어 언젠가 해변에서 젖은 수영복 사이로 드러나던 그녀의 치모를 만지고, 그녀의 동그스름한 젖가슴을 어루만지며, 너무나도 어여쁜 그녀의 입술과 새하얀 치아 사이로 혀를 밀어 넣어 키스를 하는 녀석의 모습을 상상하는 것만으로도. 만약 자기한테 멜뤼진을 안을 수 있는 기회만 주어졌더라면 자기는 아킴 녀석이 멜뤼진을 애무하고 입맞춤한 것보다 훨씬 잘했을 텐데 말이다.

그걸 하면 어떤 느낌일까? 르낭이 세상에서 제일 하고 싶은 건 바로 그거였다. 얼마 안 있어 스무 살이 될 르낭은, 누구나 해봤거나 살아가면서 적어도 한번은 그걸 할 거라는 느낌이 들었다. 자기만 빼고. 남자 애들이라면 누구나 어느 날인가 여자를 만나 그걸 하는데 성공했던 것이다. 자기보다도 못생긴 놈이든, 멍청한 놈이든. 그래서 르낭은 길거리에서 만난 그 애들의 우울해하는 모습을 보면서, 그들은 자기네가 그걸 하는 행운을 누렸다는 걸 미처 깨닫지 못하고 있다는 느낌을 받았다. 만약 르낭이라면, 혼자 힘으로 기꺼이 그걸 해줄 여자를 만들어 가졌더라면, 그는 결코 우울해 하진 않았으리라. 그동안의 모든 걱정 근심은 더 이상 별것 아닌 듯싶었다.

"만약 스물한 살에도 그걸 하지 못한다면 그땐 죽어버릴 거야." 창녀? 그건 절대 안 되지. 어쨌든 지구상의 수십 억 여자들 중에 자기랑 그걸 하고 싶어 하는 여자가 한 명쯤은 있지 않을까? 르낭은 그걸 하리라 확신하면서, 서두르지 않고, 그렇다고 반발도 하지 않고, 어딘가 틀림없이 있을 그 여자 애의 몸을 소중히 여겨보는 것이었다.

아킴 녀석이 자기보다 나은 게 대체 뭐란 말인가? 연극? '녀석은 그리 뛰어나지도 않아. 연기가 형편없다고.' 그럼 뭐지? '녀석의 입심? 항공모함만한 녀석의 아디다스 운동화? 울룩불룩한 녀석의 근육? 혹시 팔뚝만한 녀석의 거시기?' 아! 멜뤼진! 멜뤼진! 허구한 날 그 자식이 그녀 생각을 하면서 제 물건을 흔들어 댄다는 걸 안다면, 그래도 그녀는 그 자식 생각을 할까? 치욕이 따로 없도다!

한편 아킴은 저편에서 농구를 하고 있었다. 마치 아무 일도 없었던 것처럼. 그 학교에서, 그 도시에서, 전 세계에서 제일 예쁜 여자애의 젖가슴에 사상 최초로 입맞춤을 하다니, 그게 얼마나 커다란 행운인지 새까맣게 잊어먹은 것처럼. '자식은 아무렇지도 않은 것 같단 말이야. 녀석이 새대가리라서 그런 건지, 아니면 그저 우습게 여기는 건지.' 마치 그깟 공이 멜뤼진보다 더 중요하기라도 한 것처럼. 마치 지구상엔 멜뤼진보다 디 중요하고, 너 중대한 그 무언가가 있을 수도 있다는 듯 말이다. 돼지 목에 진주 목걸이가 따로 없었다. '게다가 그 멍청한 자식은 그녀를 멜뤼라고 부른단 말야.' 그렇게 예쁜 이름을 소중히 여기지 않는 건, 멜뤼진을 제대로 사랑하는 게 아니었다.

그녀는 녀석이 자기를 바라보게끔 농구 코트 옆을 지나갔지만 그 멍청한 자식은 그녀를 쳐다보지도 않았다. 자식은 그놈의 친구들이랑 그놈의 공이 더 좋았던 것이다. 그녀는 그 자식이 자기랑 어울리는 상대가 아니란 걸 모르는 걸까? 그녀는 왜 그 점에 관해선 그토록 집요한 걸까? '멍청한 거야, 뭐야?' 그녀는 아킴의 시선을 눈으로 쫓지 않는 척했지만, 티가 나도 너무 났다. 그가 자신을 바라봐주기를, 그것만을 기다리고 있다는 게 훤히 보였던 것이다. '쟤들 지금 뭐하는 거야? 그새 사랑이 식었나? 어쩌면 녀석이 저딴 식으로 딴 짓을 하니까 그녀가 그토록 집요하게 나오는 걸까?'

그녀가 달라졌다는 게 르낭의 눈에도 훤히 보였다. 전보다 가볍기는커녕 더욱더 심각해져 있었다. 처녀성을, 동정을 잃은 자들의 시선, 결국 선을 넘어버렸음을 알고 있는 자들의 시선, 그것이 틀림없었다. 르낭은 그녀에게서 그런 눈길이 엿보이는 것이 견딜 수가 없었다. 의심의 여지라곤 없이 확신으로 가득 찬, 자기 따위는 안중에도 없다는 듯, 완전히 다른 애들은 배제해 버린 그런 눈길이. '그녀가 바라보는 대상이 왜 난 아닌 거야? 그날 미셸네 집에서 〈치후 아후아〉에 맞춰서 춤추던 애들은 족히 30명은 됐잖아.'

그날 미셸네 집엔 적어도 서른 명은 되는 애들이 있었지만, 마치 자기네 둘밖엔 없는 것 같았다. 둘이서 밤을 보낼 것이 틀림없어 보일 정도로. 두 사람이 주고받던 눈길엔 뭔가가 있었다. 더할 나위 없이 평온한 서로에 대한 확신이. 어떤 수를 써서라도 그 둘의 관심을 딴 데로 돌려본들, 어딘가에서 단 둘이만 있게 될 그 순간을 최대한 늦추려고 애를 써본들 모두 헛수고일 터였다. 어쨌든 그들은 그걸 할 것이고, 그건 이미 정해진 일이었으니까.

그날 이후로 르낭은 〈치후아후아〉란 곡을 듣기만 해도 도저히 참을 수가 없었다. 마치 우연처럼, 여름방학 내내 라디오나 TV 음악 채널에선 그 노래가 흘러 나왔고, 그럴 때마다 그의 머릿속엔 미셸네 집 테라스에서 아킴을 뚫어져라 바라보던 멜뤼진의 단호한 시선이 떠올랐다. 자정 무렵, 차갑게 식어버린 피자 조각이 수북이 쌓여 있던 접시들과 담뱃재가 수두룩하게 쌓인 금이 간 플라스틱 컵, 미지근하니 김빠진 콜라 병들, 각양각색의 조명등, 배경음악처럼 들려오던 바닷소리와 디에고 수아레즈 만을 떠나가는 참치 잡이 배의 불빛, 한낱 엑스트라에 불과한, 완전히 뒤로 쳐져 있던 서른 명 애들의 한가운데에 있던 그 모든 것들과 함께. 심각한 듯하면서도 어딘가 모르게 근심 어리고 욕망으로 가득 찬 눈빛, 어쨌든 더 이상은 주저할 수 없다는 듯한 그 눈빛과 함께.

르낭은 그해 담임이 엄마의 애인인 리샤르 선생님인 것도 싫었다. 다른 애들처럼 담임선생님을 바라보려고 노력해야 하고, 마치 선생님과 엄마 사이에 아무 일도 없었던 것처럼 행동하려고 애를 써야 하고, 선생님이 불편해 한나는 설 알면서도 다른 선생님한테 하듯 연기를 하려고 노력해야 한다는 게 화가 났다. 몸짱처럼 울룩불룩한 근육질에, 그 셔츠에, 주름이 두 개 잡힌 복고풍 비지에, 빈들반들하니 윤이 나는 구두에, 8대2로 정확히 탄 가르마와 교사용 주차장에 세워둔 위세스럽고 집채만한 픽업트럭에, 그는 한마디로 생쇼 그 자체였다. '대체 픽업트럭이 무슨 소용이람? 안에다 뭘 넣고 다닐 것도 아니면서.' 리샤르, 그가 아무리 경망스럽다고 한들,

엄마아빠의 침대에서, 엄마를 등 뒤에서 껴안고 있던 자신의 벗은 몸을 보고 르낭이 소스라치게 놀랐었다는 사실마저 잊어버릴 리는 없었던 것이다. 당시 르낭의 아빠는 암반자에 파견 나가 있었고, 두 사람은 르낭이 그날 오후, 토마와 함께 **댕고디에고**에 갈 거라 생각했었다.

'엄마아빠의 침대'라니. 그렇게 말하는 것 자체가 어색한 일이긴 했다. '엄마 아빠가 서로한테 더 이상 좋은 감정일 수 없다는 걸 누구보다 잘 알고 있었어, 하지만 그래도 그렇지.' 그도 부모님의 사이가 끝났다는 걸 받아들이고는 싶었지만, 아무리 그래도 그렇지. 정말이지 개떡 같은 여름방학을 보낸 것이다. 멜뤼진에게 말을 건넬 수만 있었어도, 그 모든 것, 그가 느낀 모든 감정들을 그녀에게 말할 수만 있었어도 또 모른다. '너 그거 아니? 난 이젠 더 이상 작년의 그 애송이가 아냐. 네가 질다한테 말했던 것 기억 나? 내가 애송이라고? 널 얻기 위해서 내가 얼마나 잘 하고 싶었는데, 어쩌면 너 또한 날 원했을지도 모른다는 생각을 지금 내가 얼마나 많이 하고 있는데. 넌 그런 걸 알기나 하냐고!'

19

　필립은 뤼도빅의 개학 소식을 알아보기 위해 전화를 했다. 정확히 말해 전화를 건 것은 뤼도빅이었다("아빠!"). 뤼도빅은 중학교가 마음에 든다고 했다. 시간표도 나왔는데 그날 첫 수업은 영어시간이었다("굿모닝, 대디! 아 참, 이건 아침 인사지! 굿 이브닝, 내디!"). 자기 반에 같은 초등학교 출신은 두 명밖에 없지만 나머지 애들도 좋아 보인다고 했다.

　필립은, 뤼도가 새로운 친구들을 만나고 있을 때쯤, 자신은 르낭이랑 차에 타고 있었고("르낭 기억나지? 있잖아 왜, 에르베 아저씨 아들"), 르낭도 입학하는 날이었는데, 중학교가 아닌 지구 반대편의 프랑스 고등학교라는 얘기를 들려줬다. 그 고등학교를 보니 라바의

코토누에 있는 학교에 뤼도빅을 데리고 갔던 일이 떠오른다고("그 학교는 온통 하얀색이었는데 커다란 운동장엔 나무 몇 그루와 꽃들, 흑인, 메티스, 인도인, 중국인, 너 같은 백인 애들을 포함해 온갖 피부색의 아이들로 넘쳐 났었지."). 르낭이 다니는 고등학교는 진입로가 무척 좁았는데, 부모들이 모두 한꺼번에 애들을 차로 통학시키는 바람에, 그리고 모두 가능한 한 현관 가까운 곳에 차를 대려고 하는 통에, 주차 공간이 턱없이 부족해서 교통이 말도 못하게 혼잡했었다고. 여기 사람들은 파리 사람들보다 짜증을 덜 내며, 교통이 혼잡해도 클락슨을 울려대지 않고, 운전을 할 때도 결코 욕을 하는 법이 없다고. 아들이 차에 관심이 많다는 걸 알고 있는 필립은 디에고는 르노 4L("르노 4L은 너도 알지?")이 많기로 유명한 도시라고 말해줬다. 대부분이 프랑스에서 배로 실어 온 중고차인데 마다가스카르 사람들이 수리를 하고 새로 칠을 해서 타고 다닌다고. 이때 컨테이너엔 4L뿐만 아니라 닛산이니 도요타니 미쯔비시니 하는 일제 차들과 사륜구동도 있고, 체로키 같은 지프차들도 있다고. 필립은 전화카드가 얼마 남지 않았다고 하면서 뤼도에게 키스를 보내며("뤼도, 아빠 널 많이 많이 사랑해") 다프네에게도 한마디 하게 바꿔 달라고 했다("여보세요, 아빠야, 다프네. 아빠 목소리 들려? 아빠야, 아빠. 여보세요? 그래, 그래. 아~압빠, 아~압빠, 옳지!"). 아이는 수화기를 바닥에 떨어뜨렸고, 로르가 이를 집어 들었다.

필립은 "여보, 잘 있었어?" 하고 말을 건넨 뒤, 초음파 결과는 어떻게 나왔는지 즉각 물어보았다("아들이야? 야호! 자기 이제 만족해?"). 필립은 그녀에게 보고 싶다고, 그리고 파견 근무를 그만둘 계획이라고 털어놓았다("돌아가는 대로 칼로에게 이 사실을 말할 거야. 내게도 생각이 있어. 꼭 얘길 해야 해."). 이제는 즐겁게 살고 싶고("난 수첩에다 일상의 자잘한 것들을 메모해 두고 있어. 언젠가 내 책을 내겠다는 생각에서가 아냐, 전혀 그런 건 아냐. 내게 작가로서의 재능 같은 건 없어. 그저 기분전환 삼아 해보려는 거지. 지금 말하다 생각난 건데, 이제부터 슬슬 요리책을 써볼까 하는데, 당신 생각은 어때?") 이젠 깨달았노라고. 자유란, 앙골라 여성들의 교육수준에 대한 통계수치를 냄으로써 얻어지는 것이 아니며, 그러고서 한 달에 45,000프랑씩 받는다고 해서 얻어지는 것도 아님을. 그는 이제 더 이상 일하고 싶은 마음이 들지 않는다, 아니 그저 단순히 시간을 낭비하고 싶은 생각이 없다는 말은 하지 않았다. 어쩌면 이건 중년의 위기일지도 모른다는 그런 말은.

("당신, 괜찮아?") 그는 첫날 밤 타나에서 초특급으로 순식간에 전화를 마친 것에 대해 미안하다고 했다. 하지만 아모리가 모친에게 전화를 거느라 자신도 안 써본 새 카드를 바닥내 버렸던 것이나. 아모리가 잘 적응해 나갈지 걱정이라는 로르의 말에 필립은 그녀를 안심시켰다. ("차차 나아지고 있는 듯해. 처음엔 좀 성가시게 굴었어. 모기에 영 직응을 놓했거든. 어떻게 해야 좋을지 모르겠더라구. 근데 점점 나아질 거라는 느낌이 들어.") 아침에 에르베하고 스쿼시까지 친 걸 보면 알 수 있었다. 에르베의 비서가 녀석한테 다정한 눈길을 보내고 있었던 것이다. 그는 시내로 산책을 나가서 피자도 먹

고, 심지어는 제 또래의 프랑스 인 친구도 만들었다. ("에르베? 뭐 그냥 당신한테 하려고 했던 말이 있긴 한데, 아, 그 얘길 해야겠다. 그 사람 여자 문제로 아주 죽을 지경이야. 나중에 얘기 해줄게. 크리스틴은 그자 곁을 떠났어. 맞바람 피우는 걸로 복수를 하겠다고 결심한 거지. 그래, 맞아. 그렇다니까! 나중에 얘기 해줄게. 아주 드라마가 따로 없다니까. 그자는 여전히 쫀쫀하고, 굼뜨고, 상스러운 것도 여전하고, 제 앞가림도 못해. 그래서 좀 힘들지. 이젠 그자 얘길 더 참고 들어 줄 수가 없어. 아무리 측은해 보여도 그렇지.")

디에고? 썩을 대로 썩은 곳이지. 말하자면, 코트 디 부아르나 세네갈에서 함께 가보았던 ("그랑 라우나 그랑 바상 같은 도시들 기억나?"), 옛 식민지 시절의 해외 상관들 같은, 하지만 분위기는 음산한 그런 곳. 서구 신경 쇠약증의 진정한 배출구이자, 비유적으로나 지리적으로나 표류하는 영혼들의 종착지야. 필립은 일주일 만에 제법 많은 사람과 얘길 나눌 수 있었다고 했다. 자신에게는, 사람들한테 말을 하도록 하고 그들의 얘기를 들어주는 성향이 있음을 새삼 깨닫게 되었던 것이다. 개중에는 과거 식민지 시절에서 한 치도 벗어나지 못한 퇴역 장교들도 있었는데, 그들은 디에고를, 그 거리나 인도, 지천으로 피어있는 꽃들, 지린내가 나지 않는 병원들로 인해 제2의 파리라 부르던 시절에 대해 말하곤 했다. 또한 1965년식 르노 소형 화물차를 몰고 다니며 체제를 비판하는, 이른바 현대판 돈키호테들, 기초 생활 수급자들, 탈세자들, 뭔가 수상한 냄새가 나는 작자들, 비즈니스를 하는 벨기에인들, 유배당한 이탈리아 마피아의 잔당들, 소아성애자 조직의 공급책인 두 명의 스위스 인들, 전과자, 우울증 환자, 낙오자, 직종을 바꾼 자, 도주 중인 마르세이유나 코르스 섬 출신 부랑자들, ("성형 수술을 한 것으로 의심되는 사람도 있었는데, 그 사람 턱이랑 그 주변 언저리가 꼭 미키 루크를 닮았어.") 디에고는 열대 불어권에 차려 놓은 저질 영화의 세트장 같은 곳이었다.

그런 자들은 하나같이 프랑스와는 철저하게 단절돼 있기 마련이었다. IT업계에 종사하거나, VIP 인사들로 프랑스에 가정을 둔 기혼자들이 디에고에 와서 아무런 구속 없이 독신으로 지내면서 식당을 운영하거나 관광업에 종사하는가 하면 사륜구동 임대업이나 보잘 것 없는 자금을 털어서 숙박업소를 경영하기도 했다. 그런 치들은 에디 바클레이 행세를 하면서 스무 살짜리 마다가스카르 여자 애들과 놀아나곤 했는데, 그게 다 그들이 15년도 안된 자동차를 굴리는 데다가, 프랑스 위성 방송인 카날 사트Canal Sat의 수신자들이었기 때문이다. 그 모든 게 2002년의 내란으로 지칠대로 지치고, 완전히 폐허가 된 채 사람이 살지 않는 도시, 바다로 둘러싸였지만 어느 모로 보나 바다 같지 않은 그런 항구도시 안에서 이루어졌다. 모두들 하나같이 찢어지게 가난했고, 장인들은 한 오십 년은 됐음직한 도구들을 쓰고 있었다. 시골 사람들처럼 서로가 서로를 염탐했고, 한결같이 서로를 증오했는데 너 나 할 것 없이 서로를 헐뜯고 비방했다. 간단히 말해서, 일종의 계급사회라고 할 수 있는데, 카란 상인들("여기선 인도네시아 계 사람들을 그렇게 불러.")이 부를 거머쥐고 있었다. 그들은 프랑스 국적으로 바닐라, 쌀, 목화나 리치의 수출권

을 쥐고 있으면서 자신들의 집이나 냉방장치가 된 최신식 사륜구동
엔 일절 출입을 못하게 했다. 마다가스카르 사람들은 그들의 종업
원으로, 상인들이 자기네들을 마치 노예처럼 취급했기에 그들을 증
오하고 두려워했다. 상인들 또한 마다가스카르 사람들을 깔보는 한
편 늘 조심했는데, 이는 양심에 찔려서가 아니라 그저 도둑을 맞을
까봐, 그 사람들한테 몰매를 맞을까봐, 그리고 박해받던 시절에 대
한 보복을 받을까봐 겁나서였다. 한편 마다가스카르 인들은 고원
지역 사람들과 해안 지역 사람들 간에 어떤 증오심 같은 게 있었다.
고원 지역 사람들은 동양계의 이목구비를 하고 있었는데 주로 관청
이나 은행에서 일하는 화이트칼라였다. 그들은 해안 지역 사람들을
아프리카계의 얼굴을 한 흑인들이라 깔보곤 했다. 그 두 지역 사람
들은 서로 피가 섞이는 걸 거부했다. 두 지역 간의 결혼은 금기시 됐
던 것이다. 필립은, 해안 지역 사람들이 고원 지역 사람들에게 상대
적으로 마음을 열고 있었지만, 하도 무시를 당하는 바람에 그들 또
한 고원 지역 사람들을 미워하기에 이르렀다는 인상을 받았다. 물
론 해안 지역 사람들 사이에도 빈부 간에 생기기 마련인 적대감은
있었다. 하지만 그들은 워낙 수가 적었으므로 함부로 까불진 못했
다. 거의 모든 군소 집단들이 다국어를 자유자재로 썼는데, 언제나
그렇듯이 프랑스 인들만은 예외였다. 인디아계 사람들은 자기네끼
리는 인도 아리아어에 속하는 귀라티로, 고원 지역의 마다가스카르
사람들과 프랑스 사람들, 중국계한테는 불어로 말했는데, 중국계 사
람들은 인디아계와 프랑스 사람한테는 불어로, 해안 지역 마다가스

카르 사람들한테는 마다가스카르어로, 자기네끼리는 만다린이나 광둥어로 말했다. 한마디로, 사륜구동이나 휴대폰, 위성 방송 수신처럼 불어는 여전히 사회적 선별도구였던 것이다. 프랑스 인들끼리도 사정은 마찬가지였다. ("생각해봐. 한쪽에는 잇단 사업실패로 고생고생하며 허덕이는 루저들이 있고, 다른 한쪽에는 안정된 직장에다 한 달에 오만 프랑씩 받는 국제 협력봉사단들이 있는 거야.") 프랑스 고등학교는 통상적으로 교포나 주재원 자녀, 그리고 계약직 자녀의 세 파벌로 구성돼 있는데, 그야말로 난장판이었다. 가내 수공업의 수준은 말 그대로 제로여서 창의적인 데라곤 없었고, 시내에 있는 공예품 가게들은 인도네시아에서 물건을 들여와 팔았다. 요리 수준도 마찬가지여서 라프투투ravitoto나 루마차프romazava 외에는 프랑스 요리에서 착안한 음식들과 감자튀김을 곁들인 스테이크, 프렌치드레싱으로 맛을 낸 샐러드밖에, 뭔가 좀 독특한 음식은 하나도 없었다.

여자? 물론 꽤 많았다. 개중에는 아주 독특하고 개성 있고 눈이 부실 만큼 예쁜, 갸름한 얼굴의 끝내주게 예쁜 여자들도 더러 있기는 했나. 그것도 아시아와 아프리카의 절묘한 만남 같은 그런 얼굴로. 여기 여자들은 일반적인 아프리카 여자들보다 훨씬 작고 날씬하기 해도 아주 편에 막은 듯하고 호리호리한, 영락없는 아프리칸의 체형이었고, 걸음걸이로 봐도 그랬다. 필립이 생각하기에 아시아계다운 면모는 극히 일부분에 불과한 듯했다 ("있잖아, 그 부분에 관해선 딱히 뭐라고 말하기가 좀 그래."). 그렇긴 해도 전통적으로

브래지어를 하지 않는 맨 젖가슴에 타일랜드에서 수입한 지나치게 딱 붙는 옷차림 탓에 여기 여자들이 너무 헤퍼 보인다는 느낌이 들었다. 제아무리 여기서는 그게 별 무리 없이 받아들여지고, 희한하게도 프랑스에서 느끼는 것처럼 그렇게 상스럽게 느껴지지는 않는다 해도, 그것 때문에 욕구가 반감되는 느낌이 들었던 것이다. 매춘 행위는 관습이나 마찬가지여서 한참 지나고 나면 결국 아무렇지도 않게 보일 정도였고, 일시적으로 머물다 가는 관광객들 말고는 아무도 대수롭지 않게 여겼다.

아, 삐이 소리가 났다. 이제 통화도 얼마 안 가 끊어질 것이었다. 그래도 몇 초의 시간 여유는 있었기에 필립이 말했다. "당신 얘길 좀 해봐. 뭘 하고 지내는지, 애들한텐 아무 일 없는지. 당신은 한마디도 안 했어. 줄곧 나만 떠들어댔지. 당신, 뭐 물어…"

20

"무슨 일로 여기 와서 눌러 살게 된 거죠?"

업무 관련 미팅을 마친 필립은 콜베르 거리의 카페 테라스에서 짐짓 순진한 척하면서 계속해서 질문을 해댔다.

일자로 꼿꼿한 예순 다섯 살 가량의 남자는 수염이 무성했고, 살집이 투실투실했으며, 목소리가 낭랑했다. 그의 셔츠는 모터 기름으로 얼룩져 있었다.

"나로 말하자년, 일찍이 별거 아닌 일로 툭하면 치고받고 싸웠던 놈이오. 그런덴 아주 이골이 났지! 어렸을 적부터 중독이 됐다고나 할까. 이미 학교 다닐 때부터 작은 애들을 가지고 못살게 구는 덩치 큰 자식들을 보면 두들겨 패곤 했소. 난 부당한 일이라든가 생김새가지고 놀려대는 멍청이들을 보면 참을 수가 없었지. 프랑스에 있을 땐 늘 좌파였소. 그것도 극좌파, 어이 동지! 노동청 동맹과 프랑스 민주 노동동맹에서 투사로 활동했지. 그래서 여기서도 다를 게 없소. 지금은 은퇴해서 한가하니까 어디든 갈 수 있지. 왜냐하면 어디든 제대로 돌아가고 있는 게 당최 없다보니까 어딜 가든 늘 할 일이 있을 거 아뇨? 게다가, 당신이 아는진 모르겠지만, 디에고는 마다가스카르 노조의 요람이오. 세상에 우연한 일이란 없지, 안 그렇소? 내가 레위니옹에 살았을 적엔 자동차의 기형적인 확산이 불러 일으키는 공해 방지운동을 벌였소. 여기서 내가 노상 떠드는 건, 불법 쓰레기장 문제요. 난 매일 아침 5시면 일어나 캠핑카로 개조한 낡아빠진 1965년도 르노 화물차를 끌고 환경오염 주범자들의 사냥에 나선다오! 보쇼, 사진을 찍어뒀소. 여기, 수백 개도 넘는 조그만 빨간 것들이 보이오? 이건 폐건전지라오. 이게 직사광선을 받으면 바다에서 50미터 떨어진 곳에까지 오염물질을 확산시킨다오. '깨끗한 디에고를 위하여' 라는 문구를 써 붙인 트럭이 이런 불법 쓰레기장에다 이런 것들을 버젓이 쏟아 붓고 간다오. 그래서 내가 아주 대문짝만하게 사진을 찍어놨지. 그런 건 절대 놓칠 수가 없다니까! 게다가 늘 똑같소. 공직자건 대기업이건 개인이건 할 것 없이 모두들 허섭쓰레기들을 버리러 온다오. 어떤 처벌도 받지 않고 말이오. 물론, 한 번도 같은 장소에다 버리는 법이 없소. 그러면 쉬워도 너무 쉽지. 그래서 일개 시민인 내가 행동에 나선 거라오. 트럭에 탄 채로 숨어서 현행범의 사진을 찍고, 시간대별로 통과 지점의 운행일지를 적어서,

자동차 번호를 기록해, 국제 환경 보호 연맹에 보낼 서류를 작성하는 거지. 레위니옹의 그쪽 분야에서 제법 한 자리하는 믿을 만한 몇몇 노동총연맹 친구들도 있소. 디에고 시의회에다 편지를 보내는 건 그만뒀소. 일절 답이 없었거든. 시청에서 한참 회의 중인 그들을 찾아갔소. 그 졸개들이 보는 앞에서 다른 누구도 아닌 그들의 부서장을 문제 삼았지. 하나같이 입을 쑥 빼물더군. 아, 나야 무서울 게 없는 놈이니까! 말 그대로 자유인이잖소! 나보고 입 다물고 있으란다고 해서 내가 입 다물고 조용히 있을 것 같소?"

"하지만 여긴 어쨌든 그들 나라 아닌가요?"

"뭐? 그들 나라?" 그들 나라란 게 대체 무슨 뜻이오? 그럼 여긴 남의 나라다, 그 말이요? 그런 반동적인 말이 대체 어됬소? 나한테 사진을 찍힌 자들 중에 하나도 그 비슷한 말을 한 적이 있소. 내가 그랬지. 당신이 한 짓은 도저히 있을 수 없는 일이라고. 그랬더니 그 멍청한 자식이 한다는 소리가 "어이, 바자, 당장 니네 나라로 가버려, 난 여기서 태어났으니까, 내 맘대로 할 수 있다고!" 하는 거야. 그 말을 듣고 났는데, 그냥 피가 거꾸로 솟는 것 같더라니까! 내가 그랬지. "너 어떻게 된 거 아냐?" "왜, 네 그 낯짝에 내 주먹맛을 보고 싶어? 인종차별적 발언을 했다고 국제 인권위원회에 고소당하고 싶냐고, 이 멍청한 새끼야!" 흥, 어디 한번 칠 테면 쳐보라고 그래! 쫓아낼 테면 쫓아내보라고! 감옥에 가둘 테면 가둬보란 말이야! 총으로 쏴 죽이거나 말거나 내가 꿈쩍이나 할 거 같아? 난 할 말을 한 거야! 아무리 위협을 해도, 난 하나도 겁날 거 없어! 어디 올 테면 와

보라구! 이미 2002년에 내란이 벌어졌을 때 군인 하나가 나한테 총 부리를 들이댄 적이 있었지. 내가 겁 대가리 없이 그의 상관한테 욕을 했거든. 우리 동네 사방에서 공포에 떨게 만들었던 천하제일의 몹쓸 놈한테. 그는 완전 넋이 나가 있었지. 벌벌 떨더라구. 내가 입고 있던 셔츠를 척 걷어 올리고는 가슴팍을 내밀며 말했지. "자, 쏠 테면 쏴봐. 쏴라구! 어디 빗맞기만 해봐! 정확하게 가슴을 쏴란 말이야! 네 놈이 인간이면 어디 쏴보라구!" 나로 말할 것 같으면 알제리에서 총을 들고 싸웠던 놈이오. 게다가 내 나이쯤 되고 보면 죽는 것쯤은 아무렇지도 않지. 난 다른 사람들하곤 달라. 흑심을 품고 여기온 게 아니란 말이오. 난 소아성애자도 아니고, 포주도 아니고, 중개인도 아니고, 기업가도 아니오. 성가신 인간이긴 해도 뒷거래를 하진 않는단 말이오! 이따금씩 젊은 여자랑 잠자릴 하긴 해도 아무에게도 상처를 주진 않소, 오히려 그 반대지! 성인군자는 아니지만 천하에 몹쓸 놈도 아니란 말이오!"

21

|마틸드의 일기|

불평불만을 삼가야 한다. 어쨌든 나머질 잊고 바라보면 꿈꾸게 만드는 아름다운 것들이 있지 않은가. 그곳은 유적지는 아니어도 몇 시간이면 갈 수 있는 곳들이다. 그런 곳들은 나로 하여금 뭔가를(뭐?) 생삭하게 만들기 때문에 난 그런 곳을 높이 산다. 그런 곳들은 뭔가 다른 것, 행복한 느낌만으로 이루어진, 이상향에 대한 욕구를 내게 심어주었다.

'어둠이 내리기 직전의 '리츠' 극장 옆 거리. V자형 가로등이 있는 이 거리는 약간 경사져 있다. 아래쪽에서 바라볼 때면 하늘과 이어지는 것 같은 느낌이 들기 때문에 난 이 거리가 좋다. 자신이 어디에 있는지 더는 알 수 없게 되는 것이다.'

'알리앙스 프랑세즈 옆, 콜베르 거리의 아래쪽. 르노 4L 택시들이 헤드라이트를 켜고 줄지어 그 거리를 내려가는 광경을 보는 것이 좋다. 그리고 바람에 만물이 흘러간다. 이곳에서 바다는 보이지 않지만, 테라스가 바다를 생각나게 하는 어떤 집의 지붕 쪽으로 나 있다.'

'정오의 대학로. 바람, 태양, 구름 한 점 없는 하늘, 청록색 바다, 그리고 슈가로프. 마치 영화 속 배경 같다. 게다가 그 풍경을 보고 있으면 영화들이 생각난다. 아주 오래 전에 봤지만 기억은 가물가물한 옛날 흑백 영화를 생각나게 한다.'

'태평양 호텔. 작은 길이 끝나는 곳에 바다를 바라보고 높이 솟아 있는 새하얀 건물. 도심에 있는데도 불구하고 호텔을 바라보노라면 인적 드문 곳에 와 있는 듯한 착각이 들 것이다.'

'조프르 광장으로부터 6시 방향으로 디에고 곶 언덕 쪽 전망. 붉은 언덕과 석양, 바오밥 나무들, 매번 열대 사바나를 떠올리게 된다.' (한번도 본 적은 없지만)

'합동 회식 클럽. 군부대 지역에 있는 한 식당이다. 울긋불긋한 네온 조명을 달아 어두침침하고, 썰렁하니 텅 빈 커다란 홀이 있다. 홀 맨 끝에는 디에고 항구 쪽으로 발코니가 나 있다. 바람에 대형 커튼이 펄럭인다. 베트남에 가보진 않았지만, 왠지 베트남을 떠올리게 한다.'

22

보내는 이: amaury_de_langle@hotmail.com

받는 이 : echekemath@mageos.com

제목   : Re : 모해!!!?

　여긴 파리가 아냐. 도시 전체에 컴이 고작 두 대라니 정말 우껴. 매일 메일을 보낼 순 없어. 여긴 가난하고 어딜 가든 전부 낡은 것 투성이야. 시장에서 파는 고기는 파리가 들끓고 태양이 내리 쪄서 얼굴이 어케 대는 거 같애…… 거린 완전 베이루트야, 첨엔 주글 마시었는데 지금은 괜차나. 심지어 모기에도 적응하고 있어. 사방에 물어 뜯겼지만 그러거나 말거나. 그렇다고 너무 고소해 하진 마. 내가 죽어도, 장담하는데, 소피는 넘겨줘도 아우딘 안 돼! 여긴 손님차가 르노 4L이든 랜드 크루저든 신경 안써. '중간 수준' 주차장도 최소한 20년은 돼쓸걸. 거기다 희아나게도 여긴 시트로엥 가튼 쩨그만 차들이 디게 많은데, 그 위엔 벨가콤 로고가 부터 이써. 꼭 벨가콤을 통째로 사들인 것처럼. 그거말곤, 에르베하고 스쿼시를 첫는데, 청취 및 분담 사람이야. 내가 저써. 그치만 그가 빌려준 라켓이 너무 자가. 난 내 꺼가 업엇거든. 짐 속에다 하나 가져올 걸 그랬나봐. 일은 짜증 나. 프랑스 가면 당장 관둘 거야. 한번은 해변엘 갔는데, 완전 엽서가 따로 없더라고. 물 온도가 26도는 되나바. 니한테 한번보여줄려고 사진도 찍었는데 전송이 안대. 매번 오류가 나지 모냐. 지금이건 니리나 컴이야. 나이트에서 본 그 비서 말이야.(얼마나 죽이는데!) 그녀도 일을 해야 해서 내가 너무 오래 질질 끌 수가 없어. 근데 끝내기 전에, 어젯밤에 비교적 쿨한 여기 프랑스 사람 하나가 해준 얘기 해주께 (머, 쓰긴 귀찮지만 하께.)

긍까 두 명의 금발 머리 여자들이 있는 대로 차를 몰고 인적 드문 시골길을 달리다가 갑자기 사고가 났는데, 두명 다 차에서 튕겨져 나가서 차에서 수십 미터 떨어진 곳에 있게 된 거야. 글구 나서 좀이따 한 명 의식이 도라와써. 옷은 아주 너덜너덜하게 찌껴나가꼬, 여기저기에 혹이 생겼대. 여자 옆에 있던 차는 뺑 터져버렸고. 여자는 완전히 정신 나가서 다른 사람보고 도와 달라고 전화를 했는데 전화 하고 하고 또 하고 울다가 있는 대로 소릴 쳐보다가 했는데 아무도 전화를 안 받는 거야. 그래서 누구없나 하고 찾아 나섰는데, 아무것도 안 보이는 거야. 깜깜한 밤이니까. 그래서 덩굴을 기어 올라가 5분, 20분, 반 시간이나 찾고 또 찾고 했대. 그렇게 한 시간쯤 지났는데, 비탈 뒤에서 몬 소리가 나는 거야. 가봤더니 모가 보이는데 가서 눈을 크게 뜨고 보니까 차에 가치 탔던 자기 친군거야. 암소 아래에 누워 있었는데 소젖 하나는 입에 물고 또 양손에 하나씩 쥐고 있드래. 그녀가 "파트리샤, 너니? 한 시간 동안이나 널 찾아다녔어. 차는 폭발했고, 아무도 안 보여. 우린 길을 잃었어. 근데 너 모하는 거야!?" 그랬더니 그 친구가 머리를 치켜들며 물고 있던 소젖을 입에서 떼고는 이렇게 말했대. "걱정 마, 조아나. 이 셋 중 하나가 우릴 데려다줄 거야."

어때? 신선하지 않냐?

머 이케 말하니까 별로 재민 없는데 어제 그 짜식은 웃겨 주글라고 하더라고.

그럼 이만 쓸게.

아모리

PS: 지금은 시간이 없지만 곧 긴 멜을 쓸 거라고 소피한테 전해줘. 잘 있으니까 걱정 말라고.

23

 정오의 햇살을 받아 번쩍거리는 택시 한 대가 바람결처럼 사뿐하게 급브레이크를 밟았다. 스포티한 크롬 도금 장식들로 탈바꿈한 외관에 검정 고무 흙받이, 비스듬히 잘린 눈썹 모양의 라이트, 빳빳이 선 두 개의 라디오 안테나 및 시원스레 한껏 높인 차체, 4L은 금방이라도 튀어오를 듯한 맹수의 옆모습을 하고 있었다. 차량은 마틸드가 있는 데로 천천히 후진을 했고, 마틸드는 배낭을 맨 채 멜빵을 부여잡고 종종걸음치며 역방향으로 달려왔다. 인디고 블루 빛 그라데이션 썬팅을 한 뒷유리에는 '일을 꾸미는 것은 인간이나, 되고 말고는 하늘의 뜻이다.' 라는 격언과 그 주위로 독수리 날개가 전사되어 있었다. 조준장치같이 앞 본네트 위로 삐죽 솟아난 금속의 벤츠 마크. 열려진 창문을 통해, 매우 감미롭고 리드미컬한 음악이 흘러나오고 있었다. 차문에 팔꿈치를 기댄 채 운전기사가 고개를 내밀었다. 선글라스를 쓰고 있었는데, 그는 이마에 성조기를 모티 브로 한 두건을 두르고 있었다. 운전기사가 젊은 여자 승객한테 꾸 임없는 미소를 지어 보였다면, 이는 단순한 예의 차원은 아닐 테지 만 그렇다고 딴 속셈이 있는 것 같지는 않았다.

"엠보라짜라!"

"네?" 여자는 공손하게 대꾸했다.

"**엠보-라-짜-라**는 마다가스카르 말로 안녕하세요, 하는 겁니 다."

"아, 네에. 죄송해요. 그러니까, **보라짜**…… 맞아요? 제가 제대로 발음했어요?"

"**이노 바오바오?**"

"실례지만, 그건 무슨 뜻이에요?"

"별일 없어요, 잘 지내요, 어떻게 지내요."

"아 아. 네, 잘 지내요. 그럼, 이건 뭐라고 해요?"

"**찌씨 바오바오**. 별일 없어요. 어디까지 가세요?"

"라므나로 갔으면 하는데, 될까요?"

"**찌씨 프로블렘**. 지금요?"

"네, 가능할까요?"

"**미시 포시블**, 야."

"얼마죠?"

"편도, 아니면 왕복?"

"편도요. 거기서 잘 거예요."

"6만이에요."

"음, 원래 그 가격이에요?"

"그럼요, 원래 그렇게 해요."

가격을 흥정해야한다는 생각은 그녀의 머리에서 나온 게 아니었다. 떠나오기 전, 만나는 사람마다 하나같이 그녀에게 '가격을 흥정해야 돼. 안 그러면 바가지를 쓰니까.' 라고 했기 때문이었다. 하지만 사실상 그녀는 그럴 용기도 그러고 싶은 마음도 없었다. 뿐만 아니라 기사의 말이 거짓이 아니라는 확신이 들기까지 했다. 그런데 사실 그는 거짓말을 한 게 아니었다. 라므나까지는 정말 그 가격이었던 것이다. 그는 차에서 내려 마틸드가 배낭을 벗는 걸 도와주었고, 트렁크를 열어 잭이니 끈이니 플라스틱 통이니 하는 것들을 재빨리 한쪽으로 치우고는 스페어 타이어 위에 그녀의 배낭을 내려놓았다. 마틸드가 뒷자석에 올라타자, 코를 찌르긴 해도 그리 역하진 않은 싸구려 향내가 훅하고 풍겼다. 남자는 내부 장식에도 세심한 신경을 써서, 아래로 내리 쳐진 차양의 이면에는 금빛 스티커로 칼이라는 자신의 이름을 붙여 놓았고, 콘솔박스 위에는 해골 그림이 딸린 동그스름한 두 개의 금연 스티커 (흡연은 건강에 해롭습니다) 및 2002년 아라스-마드리드-다카르 전 구간 랠리 참가를 기념하는 작은 배지가 있었다. 기다란 백미러에는 양 끝에다 두꺼운 머리 묶는 고무줄로 오른쪽엔 오렌지 선불 전화카드(25,000마다가스 프

랑) 쓰던 것을, 왼쪽에는 안타리스 선불 전화카드(25,000 마다가스
프랑) 쓰던 걸 묶어 놓았다. 또한 그 백미러에는 녹서스 디지털 팔
찌 시계가 둘러져 있었다. 앞 유리창에는 훨씬 아래쪽에 부착된 보
조 백미러에 플라스틱 솔방울이 걸려 있었다. 훨씬 작은 크기의 룸
미러는 순전히 장식용이어서 마틸드의 상반신과 차량 뒷자석 밖에
는 비치질 않았다. 천장에는 핀으로 기념엽서 및 타나나리브 실내
체육관의 그랜드 파티를 알리는 팜플렛을 꽂아 놓았다. 끝으로 계
기판 위에는 싸구려 고도계와 프로텍터 콘돔 한 갑이 놓여 있었다.

기사는 트렁크를 닫고는 잘해보려는 듯 열과 성을 다해 핸들을
그러쥐었다. 사이드미러를 스윽 쳐다보고 시동을 건 다음 깜박이를
키고 차량을 이동시켰다. 기어는 일단에, 차는 텅 빈 이글거리는 도
로 위에 가볍게 끼익하는 소리를 내며 스무드하게 U턴을 했다. 기
어가 2단에서 3단으로 바뀌고, 부드럽게 일정한 속도로 달리다가,
도로 위에서 퍼지는 일이 없도록 주유소에 잠깐 들리고는 다시 출
발했다.

"디에고엔 처음이에요?"

"네, 마다가스카르에 처음 왔거든요."

"언제 왔는데요?"

"9일째에요."

"그래, 어때요?"

"네, 아주 맘에 들어요."

"그래도 프랑스가 더 좋지 않아요?"

"비교를 하긴 힘들죠, 워낙 다르니까. 사실 처음엔 깜짝 놀랐지만 차차 적응해 가고 있어요. 시간이 얼마나 빨리 흐르는지! 돌아가고 싶지가 않네요."

"프랑스면 최고잖아요?"

"그거 하곤 달라요. 예를 들어, 여기서 제가 좋아하는 건, 그러니까 프랑스에 없는 건, 사람들의 미소랑 친절한 마음씨, 그거예요."

그녀가 추상적인 얘길 하고 있다고 생각한 기사는 말없이 고개를 끄덕였다.

"제 말은 여기 사람들은 가진 게 별로 없어도 웃는다는 거예요."

남자가 보인 겸손함에 말이 많아지면서 비판적이 된 마틸드가 어조를 누그러뜨리며 말했다.

"우리나라 사람들은 돈이야 있지요. 집도 있고, 차도 있고, 어떤 사람들은 두 대나 있지요. TV에 컴퓨터에 세탁기에 없는 거 없이 다 있지만 여기 사람들보다 훨씬 웃음이 적어요. 늘 우울한 표정을 하고 스트레스를 받고 이것저것 별거 아닌 일에도 불만을 터뜨리기 일쑤죠. 여기 사람들보다 훨씬 불행한 것 같아요. 그래서 전 여기 분들이 굉장히 담대한 건지 우리가 지나치게 유약한 건지 잘 모르겠어요. 아님, 행복하다는 걸 모르고 있는 건지. 어쨌든 웃는 얼굴이 사람의 행복을 재는 척도라면 여기 분들이 세상에서 제일 행복한 사람들인 건 분명해요."

여자가 하는 말의 의미를 다 알아들을 수 없었던 기사는 다시한 번 고개를 끄덕였다. 그가 듣고 싶었던 건 그런 말이 아니었다.

"하지만 도로는? 차들은 어쩌고요? 정말 좋잖아요!"

"네, 그래요. 아저씨 말이 맞아요. 도로도 그렇고 차도 여기 보다는 상태가 좋죠. 그건 사실이에요."

그녀는 생각도 해보지 않고 즉석에서 맞받았다.

남자는 고개를 끄덕였다.

"그럼, 일을 안 해도 나라에서 돈을 준다는 게 사실이에요?"

잠시 머뭇거리던 마틸드가 그제서야 알아들었다는 듯 말했다.

"아! **실직수당**이요? 네, 맞아요."

"그럼 애가 많으면 많을수록 돈을 많이 주는 것도 사실이고?"

"그거요, 그건 **가족수당**이라는 거예요."

기사의 말을 에누리해서 들은 마틸드가 재빨리 맞받았다.

남자는 감탄, 부러움, 수치심, 낙담, 그리고 체념이 한데 어우러진 웃음을 웃었다.

"약이랑 의사도, 그것도 돈 안내요?"

"**의료보험**이요? 그것도 사실이에요. 그러고 보니 아주 빠삭하시네요! 하지만 프랑스 의료보험 제도는 정부 입장에서 보면 큰 골칫덩어리죠. 별로 큰 병이 아닌데도 사람들이 약을 마구 복용하거든요. 피곤해도 먹고, 잠 안 와도 먹고, 스트레스 받아도 먹고, 기운 없어도 먹고, 우울해도 먹구요. 동시에 이 병원 저 병원 다니는 사람들도 있어요. 그것도 감기 가지구요! 그것도 다 국가가 부담을 하죠. 그래서 그 비용이 엄청나요."

"프씨가 뭐예요?"

171

"네?"

"프, 씨, 가 뭐냐구요."

남자는 약간 목소리를 높여 또박또박 되물었다.

"프씨요?"

그녀는 얼른 답을 찾아내질 못하고 있었다.

"맞아요, 프씨. 어떤 프랑스 사람이 그렇게 묻던데, 디에고에 혹시 프씨가 있냐고. 잘은 모르겠는데 무슨 의사라고 하던데요."

"아! 쁘씨psy! 죄송해요. 아저씨가 무슨 말을 하는 건지 통 모르겠더라구요. 아 아, 쁘씨요!"

여자는 사람들의 정신적인 문제를 담당하는 좀 특별한 의사라고 설명해줬다("그러니까 정신적인 게 무슨 말이냐면, 머릿속에 뭔가 문제가 있는 사람들 말이에요, 자신이 행복하다고 느끼지 못하고, 자기 문제를 혼자서 해결하지 못하는 사람들을 위한 거죠. 무슨 말인지 아시겠어요?"). 기사는 알겠다는 듯 고개를 끄덕였다. "그러니까 육체적인 고통이 아니라, 사는 게 힘들다고 느끼는 거예요. 아시겠어요?" 마틸드는 손가락으로 제 머리를 가리키며 설명했지만 뜻이 명확히 전달됐다는 느낌은 들지 않았다.

"아니 그럼, 하나님한테 말하면 될 걸 왜 그런데요?"

"왜냐하면 우리나라엔 더 이상 하나님을 믿지 않는 사람들이 보기보다 많거든요."

운전기사가 던진 질문들의 단순 명료함이 마틸드로 하여금 생각에 생각을 거듭하게 만들어, 그 어느 때보다도 명료하고 본질적인 성찰을 하도록 했다.

그에게는 이해심 많은 조심성 같은 것이 있었다. 그는 이와 비슷한 말을 들은 게 이번이 처음은 아니었다. 하지만 매번 그럴 적마다 그의 내부에선 똑같은 의구심이 일었다.

"아가씬 하느님을 믿어요?"

그가 백미러에 대고 물었다.

"저요? 글쎄요. 뭐라고 딱 잘라 말하기가 좀 그러네요. 믿는다고 할 수도 있고, 그렇지 않다고 할 수도 있고 그러니까요. 하느님을 믿지만 교회에 가진 않아요. 어렸을 적에 할머니를 따라 자주 갔었지만 지금은 안 가요. 요샌 혼자서 내 방식대로 내 집에서 하느님을 믿고 있거든요. 아무한테도 말하지 않고."

"프랑스 사람들은 부자잖아요. 그런데 왜 불행하다는 거예요?"

"모르죠. 아마 응석받이 어린애같이 너무 제멋대로라서 그런 걸 거예요. 어쩌면 모든 걸 다 가졌기 때문에 불행한 걸지도 모르구요. 자신이 원하는 게 뭔지 더 이상 알 수 없으니까요. 어쩌면 우린 바로 그게 문젠지도 몰라요. 어쨌든 우리나라 젊은이들의 문제는 어른이 되기엔 너무나 애로 사항이 많다는 것이고, 그건 맞는 말인 것 같아요."

운전기사는 공손한 태도로 그녀의 말을 인정했지만, 그는 '응석받이'란 표현이 여전히 애매모호하게만 느껴졌다.

"그렇군요. 아가씬 어디 살아요? 파리? 마르세이유? 리용? 보르도?"

"아뇨, 릴에 살아요."

"아직 학생이에요?"

"아뇨, 직장엘 다녀요. 텔레악시옹 센터요. 텔레악시옹은 온갖 회사들을 위해서 전화로 이것저것 파고들어 캐묻는 데죠."

"그럼, 구멍 파는 거 같은 거예요?"

"네?"

"파고드는 게 구멍 파는 거 아니에요?"

"아! 아니요! 그런 의미가 아니에요! 뭘 뚫는 게 아니라, 자세히 조사를 한다는 뜻이에요. 말하자면 통계수치를 내는 거라고 할 수 있겠네요. 그러니까 예를 들어, 사람들의 2/3가 바닐라 요구르트 보다는 딸기 요구르트를 좋아한다, 따라서 딸기 요구르트를 더 많이 만들어야 한다. 뭐 이런 거예요. 아시겠어요?"

운전기사는 다시 한번 알았다는 듯 고개를 끄덕여 보였다.

"제가 하는 일은 대충 그런 거예요. 제가 일하는 센터에는 천지에 책상이랑 의자, 전화가 수두룩한 커다란 방이 있어요. 한 스무 명 남짓한 사람들이 대부분의 시간을 전화기에 매달려 살아요. 사람들한테 일일이 전화를 거는 일로 말이죠. 그저 그들의 평소 습관에 대해서 아주 구체적인 질문을 하기 위해서요. 예를 들어 딸기 요구르트를 먹는지, 아니면 바나나 요구르트를 먹는지 알기 위한 질문들 같은 거요. 아시겠어요?"

주유를 하기 위해 잠시 쉬고 난 두 사람은 순식간에 도심을 빠져나와 있었다. 이제는, 뜨거운 태양빛에 여기저기 갈라진 광대한 충

174

적토 평원 한가운데에 일직선으로 죽 뻗은 제방 위를 달리고 있었다. 오른쪽으로는, 프랑스인들의 산이, 왼쪽으로는 슈가로프를 상징하는 봉우리가 맹그로브 지대 위로 솟아 있었다. 마틸드는 햇빛과 그 요소들의 위력에 매료되어 있었다.

"2,000유로면 거기선 큰돈이에요?"

한참을 말이 없던 남자가 갑자기 물었다.

깜짝 놀란 마틸드가 답했다.

"네? 2,000유로요? 그야, 때에 따라 다르죠. 뭐, 물론 프랑스에서도 큰돈이긴 하죠. 왜요?"

"내 누이가 툴롱에 살아요. 사장한테서 택시를 사려면 천오백만 프랑이 필요한데, 오래전부터 누이더러 좀 해줄 수 없겠냐고 했더니, 그만한 돈은 없대요. 매달 200유로 이상은 보내기 힘들다나."

"저기, 실례지만 누이 되시는 분은 툴롱에서 어떤 일을 하시죠? 직업이 뭐예요?"

"녹지 감독원이요."

"자녀는 있고요?"

"그럼요, 둘이요."

"누이 말고도 돈 버는 사람이 있어요?"

"무슨, 혼자 벌죠."

"저금해 놓은 돈이 많으면 모를까, 2,000유로면, 분명 월수입보다도 큰돈일 걸요? 집세에, 장 봐야지, 각종 청구서에, 대중교통 카드비에, 아이들 옷이다 학용품이다, 별로 남는 것도 없을 걸요? 게다가 매달 200유로씩 보낸다고 하셨으니까, 아무리 가족수당이 있다고 해도, 저라면 누이분이 치러야 할 희생은 감히 상상도 못하겠네요. 그야 물론 제 추측일 뿐이에요. 전 누이 되시는 분을 모르니까요. 있잖아요, 그런 생각하시면 안 되는 게 프랑스는 생활비가 엄청 많이 들어요. 누구나 차도 사고, TV도 사고, 또 컴퓨터도 사고 할 수는 있지만, 그러느라 많은 사람들이 은행에서 대출을 받는 거예요. 심지어 빚 갚다 볼일 다 보는 사람들도 있다니까요!"

어안이 벙벙해진 남자는 마틸드를 향해 고개를 돌렸다.

그의 눈은 여자와 도로 사이를 분주히 오가고 있었다.

"그게 참말이에요? 돈 없이도 뭘 살 수 있다는 게?"

"네, 그걸 두고 **신용대출을 받는다고** 하죠."

그의 얼굴이 밝게 빛났다.

"내일, 조카가 공부를 제대로 해 보려고 프랑스로 가요. 그럼 개한테 천오백만 프랑만 좀 대출을 받으라고 해서 곧 이리로 보내라고 하면 되겠네? **신용대출**이라!…… 역시 프랑스는 좋다니까!"

24

　타나나리브 공항 대기실에서 그레고리앙의 삼촌과 사촌 누이는 그를 꼭 껴안고는 마지막 당부의 말을 건넨 뒤 서둘러 자리를 떴다. 탑승 준비를 마친 그레고리앙은 나무벤치에 앉아 새 여권을 구석구석 꼼꼼히 살펴보았다. 프랑스 영사관으로부터 특별히 발부받은 비자는 그의 자부심이자, 감동 그 자체였다.

　무엇보다도 그것은 스티커 형태로 붙어 있었던 것이다. 비자를 내는 사람마다 그런 식으로 일일이 스티커를 붙여주자면 비용이 만만치 않을 터였다. 하지만 프랑스라면 능히 할 수 있었다. 이른바 강대국, 부자나라였던 것이다. 게다가 그건 흔히 볼 수 있는 그런 스티커가 아니었다. 인쇄가 깔끔하고, 코팅이 된데다, 네 귀가 딱딱 맞아 떨어지고, 모서리가 둥그스름한, 특수 기계에서 나온 특수 스티커였다. 표면을 살짝 만져보면, 다양한 질감이 느껴졌다. 작은 별들이 잔뜩 들어 있는 은빛 방패꼴 표면은 아주 매끈매끈한 것이 비춰보는 각도에 따라 반짝이는 정도가 달랐고, 사방이 매끌매끌하고 글씨를 적어 넣게 돼 있는 네모 칸은 약간 붉은 기를 띠었다. 그레고리앙은 마다가스카르 비자도 본 적이 있는데, 잉크로 찍은 스탬프가 전부였고, 질 낮은 잉크를 쓰는 바람에 번져서 글자를 알아볼 수가 없었다.

프랑스 스티커는 사람 손으로 쓴 건 하나도 없었다. 정보란 정보는 모두 인쇄되어 있었다. 심지어 영사의 사인마저도. 그렇게 해서 오류가 생길 위험이라곤 전혀 없었다. 바자들은 경솔하게 일처리를 하는 법이 없었던 것이다. 그 비자에서는 엄숙함이 느껴졌고, 숫자들은 일종의 특수 분류인 셈이었다. 그는 조직화된 나라는 마다가스카르처럼 프로인 척하지는 않을 거라고 생각했다. 마다가스카르에서는 남의 것을 따라 하기만 하면 그만이었다. 그것조차도 제대로 못했지만.

그 스티커는 가까이 들여다보면 자잘한 것까지도 다 보였다. 가는 선들이 가로 세로로 빼곡히 나 있고, 복잡한 그림에, 다채로운 색깔에, 미세한 프린트에, 꼭 유로화 같았다. 뭐가 뭔지 알아보려면 돋보기를 들이대야 할 판이었다. 틀림없이 위조방지책일 터였다. 대체 어떤 복사기이기에 그렇게 작은 글자를 찍어내는 걸까? 그렇게까지 치밀한 위조방지책을 동원해서 비자를 만든다는 것은 가짜 비자, 심지어 가짜 여권을 만들어 가지려고 하는 사람들이 수도 없이 많다는 얘기일 것이었다. 그레고리앙은 디에고에 그런 사람들이 있다는 얘긴 들어보질 못했는데, 그런 자들은 위조 비자를 손에 넣어 프랑스 땅을 밟을 수 있었다. 바자들이 제 아무리 대비를 해도 그랬던 것이다. 그레고리앙은 조금 수치스럽긴 해도 얄궂은 일이라는 걸 인정하지 않을 수 없었다. 프랑스인들은 위조 불가능한 비자 제작에 수 억을 쏟아 붓는데 반해, 땡전 한 푼 없이 초라한 마다가스카르 사람들은 그저 불알 두 쪽 차고, 영사관에 자리잡은 친구 몇몇한테 사바사바하고, 이리저리 잔대가리 굴려서 그곳에 들어갈 수 있었던 것이다.

어쨌든 그의 비자는 합법적으로 받은 것이었다. 앞으로 툴롱의 ESGCV(바르 회계 관리 고등 학교) 학생이 될 거라는 점이 비자 신청 서류에 신뢰감을 줬던 것이다. 그는 그저 프랑스라는 사회 체제의 이점을 최대한 이용해보려는 마음에 그곳에 가려는 것은 아니었다. 그는 미래의 촉망받는 젊은이로 문제가 될 만한 일을 자초하는 타입이 아니었다. 그의 짐은 정식 절차를 밟아 제대로 등록되었고, 그레고리앙의 가방 속에는 여권과 디에고-타나, 그리고 타나-파리 루아시 샤를르 드골, 그 다음 파리-오를리 쉬드, 툴롱-이에르에 이르는 비행기 티켓들과 파리 루아시 샤를르 드골과 파리 오를리 쉬드 간에 갈아타는 데 쓸(질베르 이모 말에 의하면 '15유로'라고 했다.) 20유로짜리, 5유로짜리 지폐가 각각 한 장씩 들어 있었다. 그리되면 10유로는 남을 것이고 이는 프랑스에서의 첫 출발이 순조로우리라는 징조였다. 그는 쟝 클로드 씨가 도착해서 전화할 때 쓰라고

준 전화카드도 잊지 않았고, 툴롱까지 오는 길을 헷갈리지 않게끔 세세히 설명해 놓은 이모의 편지도 빠뜨리지 않고 넣었다.

23시 23분, 타나나리브의 이바토 공항에서 온종일 기다린 끝에 유럽행 비행기에 막 오르려고 할 때였다. 에어프랑스 직원 두 명이 탑승 전에 승객들의 몸을 검색하고 있었다. 그레고리앙은 그들이 매우 건장하다고 생각했다. 그렇게 키가 큰 사람들은 마다가스카르 엔 흔치 않았다. 그들이 입고 있는 유니폼 또한 매우 인상적이었다. 남자는 와이셔츠에 넥타이를 매고 빳빳한 새 바지를 입고 있었다. 마찬가지로 여자는 스커트에 하이힐을 신고 블라우스 차림이었다. 하얀 살결에 금발의 보드라운 머리채를 쪽 지어 틀어 올려 무척이 나 예뻤다. 두 사람 다 아주 고급스러운 최신 금속 탐지기를 들고 있 었는데, 마다가스카르에서는 그 어디에서도 본 적이 없는 물건이었 다. 그들의 동작은 민첩하고 정성스러우면서도 엄격했다. 안전문제 에 있어서만큼은 철저했는데, 그들의 손에 프랑스의 치안이 달려 있었던 것이다. 그 두 사람이 있는 한 누구를 막론하고 잠입을 한다 는 건 불가능한 일일 것이었다. 그들의 손에 25,000프랑짜리 지폐 몇 장을 쥐어준다 해도 말이다. 그들의 월급은 얼마나 될까? 삼백 만? 오백만? 아주 엄격하고 자신감 넘치는 동작으로 이리저리 위치 를 바꾸고, 그럼으로써 탑승실에 어떤 품격을 부여하고 있는 그들 을 바라보고 있자니 이미 프랑스에 와 있는 듯한 착각이 들었다.

이튿날 아침, 프랑스 시각으로 10시 46분, 비행기에서 루아시 공항까지 승객의 운송을 담당하는 차량 유리창 너머로 프랑스가 눈에 들어왔다. 얼마나 장대하고 깨끗하고 넓고 신식이던지! 사람들은 저마다 새 옷을 차려입었고 차에는 좌석이 새것인 채로였다. 제복에 넥타이를 맨 운전기사는 몇 백만 프랑은 호가할 온갖 고급 장비들에 둘러싸여 있었던 것이다! 그레고리앙은 그렇게 많은 현대식 차들과 비행기가 한곳에 운집해 있는 것을 일찍이 본 적이 없었다. 그 모든 색체며 온갖 금속에 유리에 콘크리트에 땜빵한 데라곤 없는 아스팔트는 말 그대로 어마어마했다. 지저분한 데라곤 일절 눈에 띄지 않았던 것이다. 대체 뭘 어떻게 했기에 자동차가 그렇게 반짝반짝 윤이 나는 걸까? 건물들은 또 어떻고! 이렇게 유리창이 수도 없이 달린 격납고를 짓자면 얼마나 엄청난 돈이 필요할까? 게다가 안내 표지판에는 모든 게 상세히 적혀 있었던 것이다! 어떻게 이렇게까지 모든 게 제대로 관리되고 흠하나 없이 보존되며 새롭게 탈바꿈하는 나라가 있을 수 있단 말인가! 눈에 띄지 않는 자잘한 부분에서도 세심한 손길이 느껴졌다. 활주로의 비행기를 파손되지 않도록 관리하는 기술자들의 유니폼 색감도 예뻤다. 마치 깃 구입한 새 옷 같았다. 질 좋고 견고하다는 게 한눈에 보였다. 저런 모자는 얼마나 할까? 저자가 일하는 회사에서 나눠준 것일까? 아니면 자기 힘으로 저런 모자를 살 수 있을 만큼 보수가 넉넉한 걸까? 나도 일단 ESGCV의 학위만 따고 나면 그런 유니폼쯤은 자기 힘으로 살 수 있지 않을까?

11시 16분, 드디어 그레고리앙은 불어로 말할 첫 기회를 갖게 되었다.

"저어, 여기요, 저기 실례지만, 여기 화장실이 어딘지 알 수 있을까요?"

그레고리앙은 화면에서 비행기 도착시간을 보고 있는 한 남자에게 극도로 정중하게 물었다.

"아니, 그딴 걸 내가 어떻게 알아!"

"아, 죄송합니다. 안녕히 가세요."

11시 22분, 한산하기만 한 렌트카 데스크의 안내원이 말 한마디 없이 손가락으로 카페 근처를 가리켰다.

"아, 네, 감사합니다! 감사합니다!"

11시 25분, 그레고리앙은 아까 그 렌트카 데스크로 돌아왔다.

"저기 죄송한데요, 실례지만 한번 더 여쭤 봐도 될까요? 여기 화장실이 유료인가요?"

"난 아무것도 몰라요."

여자는 경계의 눈초리로 대답했다.

"아, 저기 방금 화장실에서 오는 길인데요, 문에 40센트짜리 동전을 넣으라고 적혀 있어서요. 전 5유로짜리 지폐밖에 없거든요. 실례지만 5유로짜리 지폐를 잔돈으로 좀 바꿔주실 수 있으세요?"

여자는 짜증 섞인 한숨을 내쉬었다.

"잔돈 같은 건 없어요. 난 수표랑 신용카드만 받거든요."

"아, 네. 그렇군요. 죄송합니다. 그럼, 실례지만 어디로 가면 될까요?"

"가판대요."

"저어 실례지만 가판대가 뭐예요?"

"가판대가 뭔지도 몰라요?"

"네, 죄송하지만 모르는데요."

"휴, 저기 있잖아요, 저기. 신문 파는 데."

여자는 성가신 듯 그레고리앙에게 등을 돌렸다.

"아! 죄송합니다. 제가 지금 막 마다가스카르에서 왔기 때문에 뭐가 뭔지 잘 몰라서요. 죄송합니다. 감사합니다. 감사합니다. 안녕히 계세요."

11시 28분, 신문 가판대.

"저어, 저기요……"

"줄서요, 줄! 다른 사람 줄 선 거 안 보여요?"

"아, 네…… 죄송합니다."

11시 32분, 조금 전의 신문 가판대.

"이젠 제 차례지요? 아이고, 고마워라! 저어, 소변을 보려면 40센트짜리가 필요한데요, 저한텐 5유로짜리랑 20유로짜리 지폐 한 장씩밖에 없어서요. 실례지만 잔돈 좀 바꿀 수 있을까요?"

"내가 잔돈이나 바꿔주자고 여기 있는 줄 알아욧? 자, 손님들 기다리니까 비켜요."

"네? 무슨 말씀이신지?"

"뭐든 사야할 거 아네욧! 아님 비키던지."

"아 아, 죄송합니다. 글쎄, 그럼 제가 뭘 사야하지요?"

"그야, 난 모르죠. 그리고 그렇게 배낭을 맨 채로 한가운데 떡 버티고 서있음 딴 손님들한테 방해 되잖아욧!"

"아! 죄송합니다! 정말 죄송해요. 음, 그러면, 저기, 그러니까, 이걸로 주세요."

"2유로요."

"2유로요? 전…… 그러니까, 네, 알았어요. 여기요, 2유로. 감사합니다……."

"또 뭐요? 원하는 게 뭐냐구요?"

"잔돈으로 좀…… 전 40센트가 필요한데, 저한테 주신 건 1유로짜리 세 장이라서요."

11시 37분, 그레고리앙은 카페 화장실 문 앞에서 웨이터의 동정을 살피고 있었다. 웨이터가 음식이 담긴 쟁반을 들고 지나갔다.

"저어, 여기 뭐 좀……"

"잠깐요! 지금 바쁜 거 안 보여욧!"

"아, 네. 물론 제가 기다려야지요. 죄송합니다."

11시 41분, 한손엔 쟁반을, 다른 한손엔 병따개를 든 웨이터는 그레고리앙이 애타게 부르는데도 들은 척 만 척했다.

"저어, 죄송한데요, 20센트짜리 동전 두 개를 저기 작은 선 안에 집어넣었는데요, 문이 그래도 꿈쩍도 않는데요."

"당연하죠, 고장 났으니까."

"그럼, 실례지만 어떻게 해야 하나요?"

"잠깐 기다려요. 제 몸이 두 갠 아니니까."

"아, 네. 기다릴게요, 감사합니다."

11시 46분, 화장실 문 앞에 서 있는 그레고리앙을 본 웨이터는 그제서야 자기가 깜박했다는 걸 깨달았다.

"아직까지 이러고 있었어요?"

"네."

웨이터는 간단한 손동작만으로 문의 개폐장치를 풀고는 이내 제자리로 돌아갔다. ('봤죠? 40센트 집어넣을 필요도 없었다구요.')

"아! 감사합니다. 정말 감사합니다!"

11시 55분, 그레고리앙은 비어 있는 전화기 부스가 수도 없이 많다는 걸 알아차리지 못한 채 한 전화박스 앞에서 제 차례가 오기를 기다렸다.

12시 03분, 앞사람이 통화를 마치자, 디에고에서 쟝 클로드 씨한테 받은 전화카드를 밀어 넣었다. 수화기에선 삐이 소리만이 들려왔다. 그는 카드를 다른 방향으로 집어 넣어보았다. 역시 삐이 하는 소리와 함께 '사용할 수 없는 카드'라는 메시지만이 화면에 떴다. ('사용할 수 없는 카드'라고? 분명히 쟝 클로드 씨가 한번도 쓴 적 없는 새거라고 했는데.')

12시 08분, 그레고리앙은 파리 공항의 미얀마인 청소부에게 말을 걸었다.

"저어, 실례지만 이 공항에서 일하는 분이세요?"

"네."

"저기요, 제가 이 카드를 여러 개의 전화기 안에 넣어봤는데 매번 전화기에 사용할 수 없는 카드라는 메시지가 뜨네요. 프랑스 사람이 이 카드는 한번도 쓴 적 없는 거라고 그랬는데요. 전 이제 어떻게 해야 하지요?"

"난 불어 못해요."

12시 11분. 그레고리앙은 가판대로 다시 갔다.

"저어, 아까 왔던 사람인데요. 여기 이런 전화카드 파는 거 있어요?"

"그럼요."

"전 방금 마다가스카르에서 왔는데요, 툴롱에 사는 이모한테 전화를 해야 해요. 그런데 매번 전화기에 '사용할 수 없는 카드'라고 뜨네요. 카드를 좀 바꿀 수 있을까요? 이 카드는 어떤 프랑스 사람이 마다가스카르에서 저한테 준 건데요······"

"전화카드는 교환 안 돼요. 아이 참, 좀 비켜주세요. 손님들이 줄서서 기다리잖아욧!"

"아, 네. 죄송합니다. 그럼, 실례지만 전화카드 제일 싼 걸로 하나 주세요."

"자. 7유로 50센트에요."

"7유로 50센트요? 아, 더 싼 건 없나요?"

"없어요. 대체 살 거예요, 말 거예요?"

"그 카드로 할게요. 자, 여기 20유로요. 감사합니다."

12시 12분, 그레고리앙은 남은 돈을 주머니에서 모두 꺼내 계산을 해보았다. '25에서 2를 빼면, 23······ 23에서 40센트 빼면 22유로 60센트······ 그리고 22유로 60에서 7유로 50빼면, 15유로 10센트······ 세상에! 15유로 10센트밖에 안 남았잖아!'

12시 13분, 수화기 저편에서 툴롱의 이모 목소리가 들려왔다.

"여보세요? 이모? 그레고리앙이에요······ 네, 잘 도착했어요······ 네, 괜찮아요, 이모······아뇨, 아직 파리 루아시 샤를르 드골 공항이에요······ 아뇨, 비행기는 연착 안 했어요. 짐 때문에 기다려야 해서요. 게다가 조금 헤매기도 했구요, 여긴 워낙 넓잖아요······ 네, 아직 25유로 그대로에요, 이모······ 아, 그래요? 파리 오를리 쉬드

187

까진 멀어요?…… 네, 갈게요, 이모. 지금 곧 출발할 거예요, 서두를 게요…… 네, 비행기 타기 전에 전화할 게요…… 그럼, 이따 봬요, 이모."

12시 17분, 수도권 고속전철의 승강장으로 향하다가 그레오리앙은 많은 사람들이 무료임에 틀림없어 보이는 '화장실'이란 표시가 된 곳에서 들어오고 나오고하는 것 같다는 인상을 받았다. 그는 확실히 해두고 싶은 마음에 앞 지퍼를 추스르고 있던 남자에게 말을 걸었다.

"저어, 죄송한데요, 그러니까 저기 저 화장실은 돈 낼 필요 없나요?"

남자는 어딘가 악랄해 보이는 미소를 띠고 말했다.

"뭐요? 아니, 그럼 오줌 싸러 가는 데까지 돈을 내야한단 말이욧!"

그레고리앙은 남자에게 가르쳐줘서 고맙다고 정중하게 인사를 했다. 하지만 씁쓸한 기분이 든 것은 이루 말할 수가 없었다.

12시 19분, 짐은 무거운데다 급히 왔다 갔다 하느라 피곤해진 그레고리앙이 고속전철 창구직원에게 물었다.

"여기 고속전철 타는 데 맞죠?"

"네, 맞아요."

"파리 오를리 쉬드 가는 표를 파는 데가 여긴가요? 저 거기 가는

데요."

"네, 맞아요."

"실례지만 표는 한 장에 얼마에요?"

"16유로 35센트요."

"16유로 35센트라구요? 하지만 우리 이몬 툴롱에 사는데, 한 15유로쯤 할 거라고 했는데요."

"버스를 타면 15유로죠."

"버스요? 실례지만, 그럼 그 버스는 어디서 타야 하나요?"

12시 26분, 그 시기의 시차를 감안할 때 디에고 수아레즈를 떠난 지 정확히 23시간이 지나고 나서야 그레고리앙이 루아시 에어프랑스 공항 셔틀의 종착지에서 한 여자와 엄청난 양의 대화를 주고받는 것을 볼 수 있었다.

"저어, 죄송하지만 뭐 좀 여쭤 봐도 될까요? 제가 지금 툴롱 가는 비행기를 타러 급히 파리 오를리 쉬드 공항으로 가야 하는데, 40센트가 필요해요. 버스표를 사려니까 딱 40센트기 모자라서요. 제 주머니엔 지금 15유로 10센트밖에 없는데 버스 값은 15유로 50센트거든요. 저어, 죄송하지만 돈 좀 빌려주실 수 있을까요? 아니면 대신 다 해서 2유로 주고 산 손수건 세트 세 상자를 드리면 안 될까요? 제 이름은 자오티자라 그레고리앙이라고 하는데요, 이게 제 여권이에요. 마다가스카르 여권. 제가 방금 마다가스카르에서 왔거든요. 전 아주 정직한 사람이에요. 믿으셔도 돼요. 이런 말씀 드리게 돼서 정말 정말 죄송하고 부끄럽기 짝이 없지만 비행기를 타고 가려면 도움이 꼭 필요해서요. 안 그러면 놓칠 거예요. 지금까지 여기 있는 여러 사람들한테 얘길 해봤지만 아무도 제게 그만한 돈을 안 주려고 해요. 아무래도 이 손수건들이 필요 없으신 것 같은데 돈을 빌려주시면 나중에 갚아드릴게요. 꼭이요. 돈을 빌려주시면 살고 계신 곳으로 우편을 통해 부쳐드릴게요. 절 믿으셔도 돼요. 전 얼마 안 있어 툴롱의 ESGCV에 다닐 거거든요, 바르 회계 관리 고등 학교요, 아세요?”

25

있잖아요, 전 프랑스에 있었어요, 거기 갔었죠. 말도 할 줄 알아
요. 거기서 6개월을 보냈으니까요. 카오르 연안의 멜론 농장에서 아
르바이트를 했어요. 이브리 쉬르 센의 시내에서 상품 운반 전담원
으로도 있었구요. 제가 있던 집에선 저한테 불어로 말했고 저는 타
마타브 프랑스 고등학교에서 수업을 들었죠. 전 프랑스를 해방구쯤
으로 생각했었어요. 여기서 불행했다는 얘긴 아니에요. 그냥, 뭐랄
까 좀 따분했었죠. 지금보단 혈기기 왕성했으니까요. 전 좀 다른 걸
원했었어요. 여행이 하고 싶었죠. 그리고 마다가스카르에서야 어딘
가로 떠나고 싶을 때면 으레 프랑스를 떠올리게 마련이죠. 젊은 애
들도 맨 처음 떠올리는 데는 미국이 아니라 프랑스예요. 걔네들한

테 한번 물어보기만 해도 금방 아실 거예요. 솔직히 전 행복하다는 느낌이 안 들었어요. 우린 애들끼리 프랑스 TV를 보면서 그렇게 깨끗하고 정비가 잘 된 도시에서 살고 싶었죠. 그곳은 세상의 중심이자, 모든 게 가능한 그런 데였죠. 케이블에서 본 8시 뉴스도 우리의 의지를 꺾을 순 없었죠. 우리가 본 나머지 이미지들과는 관계가 영 멀어 보였어요. 매사를 좋게만 생각했으니까요. 타나에서 학교를 다녔을 적만 해도 그래요. 타나의 애들은 자기네 도시를 작은 열대 파리로 만드는 꿈을 꾸죠. 저도 제 친구들이랑 언젠가 우리 모두 파리에 가게 될 거라고 말하곤 했어요. 처음 도착한 애가 나머지 애들한테 일거리를 찾아주고 하는 식으로 말이죠. 포르 도팽의 아버지네 무역회사에서 일하기 시작했을 땐 말끝마다 프랑스, 프랑스, 오로지 그곳만 생각했어요. 아버지가 비행기 표를 사주실 때까지 말이에요. 제 말 알아들으시겠어요? 아직 억양은 서툴러도 틀리게 말하진 않아요. 전혀요. 흔히들 말하듯 어느 사회에 통합되는 데에는 언어가 최고잖아요. 프랑스 사람들은 지하철에서 저만 보면 겁을 내요. 제가 아랍 사람인줄 알거든요. 제가 살았던 주택단지의 아랍인들은 제가 돼지고기를 먹는다고 보기만 하면 절 공격하곤 했어요. 아무리 난 아랍인이 아니라고, 난 인디아계 마다가스카르 사람이라고 해도 말이에요. 마다가스카르라는 얘긴 들어본 적도 없고 알고 싶지도 않다고 하면서 절 배신자 취급을 하는 거예요. 그보다 더 심한 건 인도 사람들이에요. 제가 타밀어도 쓰지 않고 회교사원에도 가지 않자, 절 아예 프랑스 사람 취급하지 뭐예요! 대체 그게 말이나 되는 얘기예요? 어딜 가도 적개심으로 가득 차 있다니까요! 전 사람들끼리 죽일 듯이 미워하는 걸 보고 심한 충격을 받았어요. 사실 전 죄인이나 마찬가지였어요. 더 충격적인 건, 전 거기서 하찮은 존재에 불과했단 거예요. 아시다시피 포르 도팽에서는 누군가였어요. 가족이 있는 디에고만 가도 **저는 어떤 사람이지요.** 말장난 비슷한 걸 하려는 게 아니라, 그저 존재감이 있다는 얘길 하려는 거예요. 사람들이 내가 누군지, 우리 아버지가 누군지, 우리 가족이 누군지 알고, 그러니까 절 함부로 대하지 않는다는 거죠. 길에서 마주치는 열두 살짜리 어린애가 욕을 해댄다고 생각해보세요! 솔직히 그냥 포르 도팽이나 디에고에서 사는 게 천만 배는 나을 것 같아요. 그저 한 달에 2~300 마다가스카르 프랑 정도나 벌면서, 아침이면 일하러 가기 전에 서핑을 하러 가고, 밤이면 친구들이랑 해변에 꼬치구이나 먹으러 가는 게, 철창에 갇힌 채 최저 임금이나 받자고 영혼을 파는 것보단 천만 배는 나을 것 같다구요. 프랑스는 좋아요. 고맙지만, 전 이젠 사양할래요.

26

누군가 노크를 했다. 모리스는 사포를 창틀에 내려놓고, 손등을 뽀얗게 덮고 있던 석회가루를 황급히 털어내고는 문을 향해 걸어갔다. 그의 얼굴은, 보기에 따라선 경계하는 듯한 표정이랄 수도 있겠지만 예상치 못한 방문에 당황스러워한 것에 지나지 않았다. 문간에서 기다리고 있던 사람은 모리스가 처음 보는 낯선 얼굴이었다. 사내는 프랑스 인이었다. 사내의 얼굴엔 더 이상 모리스와 대면하기를 원치 않는 기색이 역력했다.

"무슨 일이신지?"

"안녕하세요?…… 저어, 실례지만 조세핀 좀 볼 수 있을까요?"

틀림없이 그자였다. 일전에 어린 조카딸 조세핀이 피델리스에게 말했던 그자 말이다. 사내는 화난 표정을 하고 있었는데, 모리스는 그가 안으로 들어오고 싶어 한다는 느낌을 받았다. 모리스는 이를 저지하려고 드러내놓고 문을 가로막아 섰다.

"대체 조세핀한테 원하는 게 뭐요? 경찰이 댁한테 벌금을 부과한 걸로 아는데, 아뇨? 창피한 줄을 알아야지. 게다가 그앤 더 이상 댁하고 마주치고 싶지 않다고 분명히 말했을 텐데?"

모리스의 단호한 태도에 놀란 사내는 뒷걸음을 쳤다. 모리스는 생각했다. '나보다 서른 살은 어리고, 키는 20센티나 크다만, 배짱은 없군.'

"그 애가 영감님한테 무슨 말을 어떻게 했는지는 몰라도, 사실이 아니라는 말씀을 드리고 싶습니다."

"알고 싶지 않으니 그만 가시오."

"저어, 하지만……"

"썩 꺼지라고, 얼굴을 뭉개버리기 전에!"

확고부동하다 못해 몰라볼 정도로 딴판이 돼버린 모리스가 사내를 협박했다.

"가요, 간다구요."

사내는 다시 뒷걸음질을 치며 물러섰다.

모리스의 사정권 밖으로 물러난 사내가 한마디 덧붙였다.

"지금은 가지만 이 말씀만큼은 꼭 드려야겠네요. 영감님도 무사하지 않을 테니 두고 보세요. 그 인간들은 집을 팔아먹으려고 영감님 모르게 수작을 꾸미고 있단 말이에요!"

"입 닥치지 못하겠소?"

증오에 찬 표정으로 모리스는 사내에게 다가서며 말했다.

"설마 절 치시려는 건 아니겠죠?"

모리스의 기세에 눌린 사내는 잔뜩 겁을 집어먹었다. 사실을 있는 그대로 말하는 것 외에 그를 멈추게 할 수 있는 방법은 없는 듯했다.

"영감님 부인이 집을 누구 이름으로 해 놨는지 가서 보세요, 가서 보시라구요! 그럼 알게 될 테니, 영감님은 그들 손에 놀아……"

수많은 백인들이 옛 식민지에서 시골 귀족 같은 생활을 하고 있었기에 육박전이 벌어질 수도 있다는 생각은 해본 지 오래였다. 그의 오른쪽 눈가로 기세 좋게 날아든 모리스의 주먹은 사내에게 어렸을 적에, 혹은 나쁜 꿈에서 싸울 때의 막연한 느낌을 불러일으켰다. 뭔가 거칠고, 기분은 더럽지만 그렇다고 당장에는 그리 아프진 않은 그런 느낌.

"내가 그랬지!"

지나치게 화가 난 상태에서 모리스가 고함을 질러댔다.

"날 건드리지 말라고 내가 했어, 안 했어? 난 건드러서 좋을 게 없는 놈이야. 다치게 할 수도 있단 말이다! 그것도 아주 심하게! 그러니 냉큼 일어나서 썩 꺼져! 이 망할 놈의 개자식 같으니! 또 다시 내 집 문간에 찾아 와서 엉터리 수작이나 지껄여 대고, 조세핀을 귀찮게 하기만 해봐! 내 가만두지 않을 테니! 알아들었어? 그땐, 내 말 잘 들어! 그땐 진짜 뜨거운 맛을 보게 될 거야, 알았어? 이 개자식아!"

27

필립은 택시에서 내려 재빨리 요금을 치르고는 북 마다가스카르 대학 캠퍼스의 건물들이 있는 쪽으로 허겁지겁 달려갔다. 평소에는 시간을 칼같이 지키던 그가 그날 회의에는 9분이나 늦었고, 그로서는 도저히 용납이 안 되는 일이었다. 설상가상으로 그날 아침, 결산 보고를 하기로 한 건 바로 그였다. 그는 생각했다. 분명 자신이 늦었다고 해서 문제가 될 사람은 아무도 없고, 그렇다고 세상이 끝나는 것도 아니며, 참가자들 또한, 청취 및 분담을 위한 과장된 보고서를 작성해 디에고 건을 부풀리는 것 외에는 아무짝에도 쓸모없을 이날 회의 따위는 어떻게 되든 말든 전혀 개의치 않을 거라고. 그 보고서라는 것도 11월 파리 협회의 익월 예산 책정 시에 파견 업무 비용과

교통비의 상환을 정당화하려는 것 외에는 아무짝에도 쓸모없을 것이었다. 모두들 간부들의 선의와 정직성, 뛰어난 관리 능력, 기금의 상태에 안심하리라. 여러 언어로 작성된 그들의 월간보고서는 유럽의 15만 기부자에게 그들이 낸 돈을 허투루 쓰지 않았음을 보여줄 것이다. 모두들 지독한 오해 속에서 만족을 하리라. '그 모든 게 정말 우습기 짝이 없는 일이지. 그건 그렇고, 지각을 한 건 진짜 짜증나는데, 그건 내 스타일이 아니란 말이야.'

회의에 늦은 사람이 필립만은 아닐 게 분명했다. 필립은 어떻게 해서든 제 시간에 도착해 있을 법한 사람이었지만, 분명 에르베는 없을 테고, 아모리 또한 없으리라. 지역 책임자들은 그에 관해선 언급조차 하지 않았을 것이다. 그래도 그렇지, 시간 엄수는 필립으로선 기본과 원칙에 관한 문제였고, 도덕상의 문제였으며, 자존심이 걸린 일이었다. 사실 그는 다른 사람들이 지각을 해도 무던히도 참아내었다. 하지만 자신은 약속 시간에 맞춰 정시에 도착하는 것, 나아가 2, 3분 전에 도착하는 것을 명예롭게 여겼다. '그건 남하곤 상관없는 나 자신과의 문제야.'

그렇다면 필립이 계단에 발을 들여놓으려는 바로 그 순간 신의 명령이 떨어진 것도 그에게 지각한 대가를 치르게 하기 위함이었을까? 이번에는 층계를 또박또박 두 계단씩 오르기였다. 층계 끝에 이르렀을 때 계단 수가 우연히 짝수로 남기를 손꼽아 기대해보면서. 더욱이 계단 모서리의 철제로 댄 부분을 밟는 것은 공식적으로 금지사항이었기에 진행이 상당히 더디었다.

바닥부터 세어야 할지, 첫 번째 계단부터 세어야 할지를 두고 잠시 머뭇거리던 필립은 드디어 발을 떼었다. 둘, 넷, 여섯, 여덟, 열, 열둘, 열넷, 열여섯. 열여덟 번 째 계단에 이르러 드디어 층계참에 발을 디딘 필립은 첫 번째 계단부터 셈에 넣는다는 탁월한 선택을 하도록 도와준 신에게 감사했다.

그는 두 번째 층계도 같은 방식으로 오르기 시작했다. 둘, 넷, 여섯, 여덟, 열, 열둘, 열네 번 째 계단에서 남은 거리를 가늠해보던 필립은 불길한 예감에 휩싸였다. 열여섯, 열여덟…… 하고 열아홉! 두 번째 층계참에 이르는 마지막 단은 다른 것들보다 배로 높았던 것이다. 따라서 필립은 위선에 찬 생각을 했다. '내가 인종차별주의자였다면 분명, 제3세계에서 만든 계단이 그러면 그렇지! 하는 소릴 했을 거야.' 사정이 이쯤 이르자 필연적으로 협상을 하게 되었고, 이는 가뜩이나 늦은 필립을 더 늦게 만들 것이었다. 필립은 신에게 물었다. 처음부터 다시 시작하지 않으면 안 되었던 것이다. 첫 번 층계참부터? 아니, 맨 처음, 밑바닥부터. '아, 이거 너무 하신 거 아녜요? 진짜예요? 농담 아니구요? 지각하면 어쩌라고요. 미다가스카르 당국자늘 앞에서 간부가 그래도 되는 거예요? 그들로선 자기네가 신용을 잃었다고 생각할 거 아녜요? 진짜 확실해요?' 그는 네 계단씩 막 뛰다시피 해서 내려갔다. 신이 가로막고 나섰다. ('살살, 살살 내려가거라. 그렇게 하기 싫은 일을 억지로 하듯 해선 안 되느니라. 자, 다시 올라가서 차분하게 내려오너라.')

필립은 다시 올라갔다가 최대한 차분하게 맨 아래까지 계단을 내려가면서 생각했다. 이런 식의 테스트를 무한정 계속했다가는 말 그대로 미쳐버리고 말 거라고. '아무래도 언젠가는 이 따위 허튼 짓 일랑 그만둬야겠어. 어쩌면 아무 일도 일어나지 않을지도 모르잖 아? 어쩌면 신 따윈 없는지도 몰라. 어쩌면 순전히 나 혼자서 묻고 답하는 건지도 모른다고. 아휴, 하느님, 농담이예요, 농담.'

둘, 넷, 여섯, 여덟, 열, 열둘, 열넷, 열여섯, 열여덟, 첫 번째 층계 참이다. 그는 두 번째 층계에까지 이르자 바닥부터 셈을 했다. 둘, 넷, 여섯, 여덟, 열, 열둘, 열넷, 열여섯, 열여덟, 스물. 드디어 2층이 다. '자, 어때요? 제가 당신을 위해 한 것 보셨죠? 그땐 잠시 제 정신 이 아니었다구요, 안 그래요? 좀 전의 실패가 나쁜 징조였단 말은 하지 마세요. 알았죠? 그럼 이렇게 하고 또 하게 만든 건 그저 처음 부터 다시 시작한 걸 두 배로 보상해주시기 위한 거였나요? 사실 단 번에 해낸 것보단 그게 낫죠, 그렇죠?'

필립은 13분이나 늦게 회의실로 들어갔다. 정부 관계자며 파트너 들이 빠짐없이 출석하여 의자에 앉아 참을성 있게 기다리고 있었 다. 에르베조차도 눈을 휘둥그렇게 뜬 채 자리에 착석해 있었다. 정 중하지만 지탄하는 표정을 한 채 일시에 그를 향해 얼굴을 돌린 모 든 참석자들에게 그는 환한 미소로 화답했다.

"봉쥬르, 봉쥬르! 엠보짜라! 여러분 정말이지 죄송합니다. 이런! 그러고 보니 제가 꼴찌네요! 죄송합니다! 진심으로 사과드려요! 늦 은 것도 늦은 거지만 더욱 한심한 건, 뭐라고 딱히 변명할 거리가 없 네요!"

28

보내는 이: amaury_de_langle@hotmail.com

받는 이 : sophie.patureau@fibasom.com

제목   : Re : 무소식이 희소식?

　소씌 어케 지내? 걍 잘 지낸단 말하려고. 여긴 넘 더워 ㅠㅠ. 나 회의 가야대. 느저써. 소식 이씀 나중에 멜 쓰께.

29

| 마틸드의 일기 |

9월 13일, 16시 10분. 라므나, 호텔 '르 코코아 비치'

난 그저께부터 라므나에 있다. 여긴 다른 데랑 비슷하다. 아름답긴 한데 내가 상상한 것과는 다르다. 내일은, 바람이 심하게 불지만 않으면 다른 관광객들이랑 배를 타고 에메랄드 바다로 나갈 것이다. 바다 이름이 참 멋진 것 같다.

30

라켓을 그러쥔 채 치아를 활짝 드러낸 아모리는 호전적인 제스처를 취하며 팔뚝을 치켜들었다.

"오우 예스!"

그는 의기양양하게 에르베 쪽을 돌아다봤다.

"감독님이 죽 쓸 정도로 내가 잘하다니 이게 꿈이야, 생시야? 이러다 8대 6되는 거 아냐? 벌써 10대 8, 9대 7이었다니 이게 꿈이야, 생시야? 그럼 이번엔 8대 6이네, 매치볼이라니 이거 팽팽한 접전인데요? 제가 그랬죠. 지난번엔 라켓에 문제가 있었던 것뿐이라고! 지난번에 주신 건 완전 고물이었다구요, 안 그래요?"

젊은이의 기세등등한 자기 암시에 사기가 저하된 에르베는 대충 고개를 끄덕여 보였다.

"인정하시죠? 이젠 장난이 아니다 싶으면서 제가 막 미워지려고 하죠? 제 드롭샷 수준급이죠? 아주 절묘한 드롭샷이죠? 황금분할이 따로 없었다니까요. 마치 솜털처럼 사뿐하게! 인간의 한계를 넘어섰을 정도로 완벽했죠. 자, 그만 떠들고. 너무 그렇게 불쌍한 표정 짓지 말고! 자, 서브 넣을게요! 망신당할 준비는 됐죠?"

말에 몸짓을 보태어, 아모리는 머리 위로 고무공을 띄워서 라켓으로 있는 힘껏 후려쳤다. 공간의 협소함, 파트너 간의 뒤섞임, 아모리의 미숙함이라는 세 가지 요소는 공이 시속 100킬로미터가 넘는 속도로 날아가 곧바로 에르베의 눈 위 돌출부를 강타하는 데 기여했고, 에르베는 신음소리를 내기 무섭게 라켓을 집어 던지고는 얼굴을 양손으로 감싸 쥔 채 마루에 무릎을 꿇고 주저앉았다.

"이런, 젠장! 괜찮아요?"

처음엔 서브가 성공했을지도 모른다는 막연한 기대감에 공이 날아가는 궤적을 눈으로 쫓던 아모리가 앞으로 달려 나갔다.

"으으윽"

에르베는 극심한 경련을 일으켰다.

"어디 다치셨어요?"

"아 아, 빌어먹을!"

"괜찮으세요?"

"응, 괜찮아."

심한 통증에도 불구하고 좋은 인상을 주려고 기를 쓰던 에르베가 종내는 투덜거리는 소리로 답했다.

"진짜 괜찮아요? 뺨에 맞았는데요? 한번 보세요."

에르베가 주저하며 얼굴을 가리고 있던 손을 떼었다. 한쪽 눈은 여전히 감겨있었다.

"저런! 에르베, 믿어줘요, 고의가 아니었어요! 정말이지 맞추려고 한 게 아니었단 말예요! 전 앞으로 곧장 서브를 넣었는데, 공이 제 멋대로 갔단 말예요! 어디 한번 봐요, 어서요…… 멍든 자리에 맞은 거예요, 아님 그 밑이에요?"

"아니, 그 위."

에르베는 입 안에서 우물거리는 소리로 말했다.

"저런! 아주 재수 옴 붙었네! 저 진짜 일부러 그런 거 아녜요, 전 아무 책임도 없다구요. 게다가 하필이면 눈에 맞을 게 뭐래요! 그러게 그런 위치에 서 있지 말았어야죠! 그러니까 제가 그런 데 있음 안 된다고 했잖아요! 그리고 너무 바싹 붙어 있었어요! 한마디로 위험을 자초한 거죠. 무슨 일이 벌어질지 모른다니까요."

에르베는 좀 더 편한 자세를 취할 요량으로 벽에 등을 기대고 앉았다. 아모리는 그대로 따라했다.

"괜찮죠? 그렇다고 죽기까지야 하겠어요?"

"괜찮아지겠지."

에르베를 편하게 해준다는 것이 그만 아모리는 웃음을 터뜨리고 말았다.

"후훗, 염장을 지르고 싶은 마음은 없지만, 뭐, 우리끼리니까! 아주 적절한 시기에 날아든 휴식이네요, 그쵸? 뜻밖의 사고로 매치볼을 면하신 거잖아요? 우리끼리니까 하는 말이지만 그렇게 턱 앞에 계시지 않았으면 공이 지나가는 것도 못 봤을 거 아네요."

그러고는 미처 대답할 틈도 주지 않고 말했다.

"그건 그렇고, 그 뺨에 든 멍은—뭐, 얘기하기 거북하면 관두세요. 그건 내 스타일이 아니니까—하지만 아무 일도 없는데, 우연히 뺨에 멍이 들진 않았을 거 아네요?"

부어오르긴 했지만 에르베의 눈에는 슬슬 화가 나기 시작했음이 역력히 드러났다.

"솔직히 말해서, 문에 부딪쳤단 얘긴 믿지 않았어요. 면상을…… 그러니까 얼굴을 문에 부딪치면 그렇게 어느 한 부분만 멍이 들진 않거든요. 뭐, 나하곤 상관없는 일일지도 모르지만 꼭 얻어맞은 것처럼 보여요. 괜히 이런 말을 하는 게 아니라, 예전에 저도 똑같은 자리에 바로 그런 빛깔의 멍이 든 적이 있거든요. 한참 혼잡한 시간에 구삼 건달들한테 습격을 당했거든요. 놈들은 사람들이 보는 앞에서 내 휴대폰이랑 신발을 뺏어갔죠. 모두들 본척만척 잠자코 있는데 어쩌나 열이 나던지!"

"구삼이라니?"

이럭저럭 생기를 되찾고 있던 에르베가 물었다.

"구삼이 뭔지 모르세요? 9할 때 구, 3할 때 삼이죠, 뭐. 그 깡패들 우글거리는 센 생 드니la Seine-Saint-Denis 93 구의 구삼이에요. 요샌 그렇게들 불러요. 남들이 보면 프랑스하곤 완전히 담쌓고 사는 줄 알겠어요!"

"그렇군. 그럼, 예를 들어 '난 **이삼** 구에서 태어났다.' 이러면 되겠네?"

아모리는 살짝 비웃는 듯한 미소를 지었다.

"아뇨, 구삼 구만 그렇게 불러요."

"그건 왜지?"

그의 젊음을 조금이라도 나눠가지려는 듯 에르베는 순진하리만큼 집요하게 물었다.

"그냥요."

젊은이는 그의 말을 일축해버렸다.

"그럼, 누구한테 얻어맞으신 거예요?"

"응."

"내 그럴 줄 알았다니까! 속으로 그랬죠. '누구한테 얻어맞은 거지, 문에 부딪친 게 아니야.' 전 바보가 아니라니까요!"

자신이 모든 걸 체념한 채 견실한 40대로 살지는 않았음이 드러나 버렸다고 생각한 에르베는 큰맘 먹고, 이번엔 개략적으로 대충 조세핀과의 일을 털어놓았고, 전전날 어떤 영감탱이한테 얼굴에 주먹질을 당했다는 얘기까지 하게 되었다.

"아, 그래요? 이런 한심한 노인네 봤나! 게다가 프랑스 인이라면서! 여긴 결속력 한번 끝내주네요! 이런 말하긴 뭣하지만, 그 여잔 아주 개잡년이네요, 아님 제가 너무 뭘 모르는 거든가!"

대화는 점점 활기를 띠고 있었고, 동기는 다르다 못해 서로 상반

된 것이었는데도 두 사람 간에는 활발한 교류가 이루어지고 있었다. 에르베는 젊음의 원천을 만끽하는 중이었고("있잖아, 나한테 편하게 말하라구.") 아모리는 그런 에르베를 잔뜩 추켜세우고 있었던 것이다("전 속으로 상관치곤 참 쿨하시다고, 아 참, 쿨하다고 생각했죠. 그저 일 얘기만 하는 것도 한두 번이지, 원! 특히나 여기처럼 외딴 촌구석에서 말예요! 우리가 무슨 국방부 소속도 아니고, 청취 및 분담이 메릴린치 증권도 아닌데, 그쵸?"). 하지만 그게 다 다음 질문을 위해 분위기를 조성하려는 아모리의 의도였다.

"있잖아요, 에르베, 여기 있는 동안 여쭤보려던, 아 참, 하고 싶었던이라고 해야지! 하여튼 그런 게 있는데, 그러니까, 그 뭐냐, 당신 비서 있잖아요, 니리나 맞죠? 그 여자 결혼 했어요, 안 했어요?"

"안 했지, 근데 왜?"

에르베는 살짝 어두운 표정을 하고 물었다.

"아, 그래요? 휴우, 다행이다. 만약 결혼했음 그 여잘 어떻게 생각해야 하는건지 잘 모르겠어서요. 뭣보다 그 남편이라는 작자도 참 딱하다 싶더라구요!"

에르베는 무슨 소리냐는 듯한 표정을 지어보였다.

"아니, 딴 게 아니구요, 왜냐면 어제, 로랑이랑 그 자식 친구들하고 클럽엘 갔거든요. 로랑이 누군진 알죠?"

"아니."

"있잖아요, 왜. 카지노에서 일하는 녀석. 하얀 지붕 달린 빨간 랜드 크루저 모는 애."

"아, 그래. 누군지 알겠다."

"그런데, 그 자식하고는 처음 도착해서 알게 됐거든요. 근데 그때부터 그 자식이 날 여기저기 데리고 다니는 거예요. 그 자식 아주 골 때린다니까요. 걔에 대해서 좀 알아요?"

"아니, 잘은 모르지. 그저 두세 번 오다가다 마주쳤을 뿐이니까."

"그 자식 참 해도 해도 너무 한다니까. 글쎄 카메라 장치가 달린 휴대폰을 사가지고 어쩌고 다니는 줄 알아요?"

"글쎄."

에르베의 목소리는 아모리의 조심성이 슬슬 풀어지는 것에 언짢아하는 기색이 역력했다.

"차를 모는 녀석이, 글쎄 면허증이 없는 거예요. 작년에 잃어버리고는 재발급받을 생각을 안 하는 거죠, 으유 멍청한 자식…… 그러고는 뒷돈을 받으려고 하는 짭새한테 걸릴 적마다 어떻게 하는지 알아요?"

"글쎄."

"우선 25,000프랑짜리 지폐부터 척 내밀고 니서 그 짭새가 받으려고 하는 순간에 다른 손에 쥐고 있던 휴대폰으로 돈을 받고 있는 그자의 사진을 찍는 거예요. 사진을 저장하고 나서는 그자한테 들이밀면서 이렇게 말하죠. '니 상관한테 이 사진 보여줄까?' 그럼 그자는 실망한 얼굴로 돈을 돌려주면서 결국 그냥 가라고 하는 거죠. 매번 그런 식이에요. 정말 너무 심하지 않아요?"

"뭐, 보기에 따라선."

"하려던 얘긴 그게 아니라, 어제, 로랑이 클럽엘 데려 갔어요. 뭐, 그걸 클럽이라고 할수 있는진 모르겠지만, 그 왜, 공항 길에 있는 거요. **쉐 막스**라던가, 뭐라던가."

"**쉐 펠릭스?**"

에르베는 다시금 활기 띤 목소리로 대꾸했다.

"아, 맞아요. 나중에는 그런 대로 괜찮다는 생각이 들었는데 처음에 안으로 들어가니까 초라하고 되게 조잡해 보이더라구요. 네온사인에, 가운데 둥그런 그 싸이키 조명하며, 테이블 위에 깔아놓은 방수포도 그렇구요. 그러다 결국 파티가 무르익어 가면서 적응을 하게 된 거죠. 프랑스 같으면 그런데 들어가면 얼른 나가버리죠. 근데 여기선 좀 다르더라고요. 글쎄, 뭐라고 할까. 심지어 여기가 더 나아요. DJ가 CD를 트는 게 아니라 라이브 공연을 하니까요. 나중엔 잠깐 휴식 타임이 있는 것도, 프레데릭 프랑수아 노래만 지겹게 불러대는 것까지도 적응이 되더라구요! 정말 돌겠는 건, 여기 사람들은 그걸 좋아라하는 거 알아요? 세상에, 이베트 오르네만큼이나 비욘세 최신 곡에 맞춰서도 춤을 추는데, 어찌나 끝내주던지 완전 뿅 갔다니까요!"

에르베는 그저 따라 웃었다. 그는 이베트 오르네는 알고 있었지만 비욘세는 들어 본 적이 없었다.

"그건 그렇고, 당신 비서가 어제 거기 있더라구요. 우리가 도착했을 때 이미 와 있었는데, 무대에서 대여섯 사람하고 조신하게 추고 있더라구요. 그땐 열이 오르기 전이었거든요."

"뭐, 거기 있었어?"

놀란 에르베가 펄쩍 뛰었다.

"잠깐, 그럼 감독님도 니리나 춤추는 걸 봤어요? 그럼, 아주 수줍은 얼굴로 착실하게 컴퓨터 앞에 앉아서, '네, 감독님', '감독님, 회의 시간이에요', '감독님, 파리 전화에요' 하던 그 얌전한 비서하곤 거리가 멀단 얘기네요. 어쩐지 몸에 착 달라붙는 옷을 입었더라니, 아우우~! 로랑이랑 그 친구 녀석들 아주 미칠려고 하더라고요! 내가 그 여잘 안다고 하니까, 글쎄 그 자식들이 어떤 얼굴들을 했는지 알아요?"

에르베는 이미 얼굴에서 웃음을 거둔 뒤였다.

"어, 에르베, 내 말이 뭐 잘못됐어요? 안색이 영 희한한데요. 당신 비서 때문에 그래요?"

"아, 아냐. 아무 일도 아니니까 하던 얘기나 마저 해봐."

"진짜 괜찮아요? 그래요, 뭐, 하여튼, 그래서 그녀가 날 봤고, 우린 멀리서 서로 아는 척을 했죠. 그러고 나서 난 로랑이랑 그 친구 녀석들이 예약해 둔 테이블로 갔고, 그녀는 계속 춤을 췄죠. 시간이 흐르면서 분위기가 무르익었어요. 난 로랑이랑 그 친구 녀석들하고 히히덕거리고 있었죠. 허리가 끊어져라 웃다가, 맥주도 마시고 하면서요. - 나 여기 와서 요즘 맥주 마시는 거 알죠? 예전엔 단 한 방울도 마시지 않던 내가. 심지어 담배도 피워보려고 했다니까요. 그 얘긴 마다가스카르가 날 나쁜 방향으로 이끌고 있다는 거죠! 그러는 사이에 사람들이 많이 와서 바고, 무대고 할 것 없이 사방이 사람들로 꽉 찼죠. 테이블마다 맥주병이 뒹굴었고, 라이브 공연으로 홀 안의 열기가 뜨거워졌어요. 정말 재밌어지면서, 분위기가 점점 무르익어갔죠. 알잖아요, 저 요즘 마다가스카르 음악 좋아하기 시작했다는 거. 그 사람들 이름이 뭐였더라? 르 가…… 르 **가젤**, 그거 였나?"

"르 **살레그**."

"아, 르 **살레그**. 맞아요, 르 **살레그**. 그거 왜 엄청 흔들어 대잖아요! 여기 애들 그 음악에 맞춰서 어떻게 춤추는지 봤죠? 오오~메, 뜨거 운 거!"

에르베는 그렇다고 했다. ('그래, 이 바보야. 어서 털어놔봐!')

"바로 그래서 로랑이랑 그 친구 녀석들하고 마침내 자리에서 일어났죠. 있잖아요, 아까 그랬죠, 나 술 마실 줄 모른다고. 머리가 핑 핑 돌더라구요. 취했죠. 그렇게 되다 보니까 완전 무장해제 되면서 무대 위로 올라가 걔네들이랑 재밌게 놀아봤음 좋겠는 거예요. 춤 은 출줄 몰랐지만, 무대 위엔 사람들이 어찌나 많은지 어설프게 폼 을 잡기에는 자리가 너무 비좁았죠. 그래서 그럭저럭 재밌게 놀았 어요. 그러다가 어떤 순간이 됐는데 사람들이 무슨 무한궤도 마냥 허리를 잡고 모두 일렬로 줄을 만드는 거예요. 우리도 그 틈에 끼었 죠. 우리도 할 수 있다는 듯 사람들이 하는 대로 따라했어요. 허리가 끊어져라 웃어댔죠. 그러다 갑자기, 난 무슨 일인지 알아차리지도 못했는데, 리듬이 확 바뀌어 있더라구요. 그런데 뭐가 뭔지도 모르 는 채 사람들이 둥그렇게 선 한가운데에 혼자 남겨진 거예요. 사람들이 박수를 치면서 날 쳐다보는데, 내가 솔로로 춤추길 기다리는 눈치였어요. 난 완전 얼떨떨한 채로 있는데, 로랑은 웃겨 죽겠다고 깔깔거리면서 나보고 한번 해보라는 거예요. 난 나한테 무슨 일이 일어난 건지도 전혀 모르는 채 그냥 어떤 뜨거운 압력 같은 게 확 올라오더니 머릿속에서 빙빙 돌더라구요. 꼭 영화에서, 있잖아요, 왜, 카메라가 배우 주위를 돌다가 점점 빨라지는 거. 딱 그 느낌이더라구요. 바로 그때 니리나가 둥글게 선 무리에서 떨어져 내게로 온 거예요. 그녀는 등을 돌린 채로 내 몸에 자기 몸을 딱 밀착시켰죠. 그러고 나선 앞으로 몸을 숙여서 자기 엉덩이를 내 거시기에다 바싹 붙이더니 웨이브를 넣기 시작했어요."

에르베는 충격을 받은 듯 어쩔 줄 몰라 했다.

"진짜라니까요! 당신도 안 믿는 거죠? 난 완전 취했었다니까요! 그녀가 제 엉덩이로 계속해서 웨이브를 넣자, 사람들은 허리가 끊어져라 웃어대고, 입에다 손을 댔다 뗐다하면서 소리를 내지르는가 하면, 으샤 으샤 응원을 보내다가, 나보고 조금씩 조금씩 무릎을 아래로 굽히라고 신호를 보내는 거예요. 이렇게, 알죠?"

"그래, 알아."

"그래서 난 양쪽 무릎을 쫙 벌린 채로 그녀랑 동시에 바닥에 닿을 때까지 몸을 낮췄어요. 그녀는 여전히 내 다리 사이에 끼어 있었는데 내 손을 잡더니 제 허리에 갖다 대는 거예요. 완전 광란의 도가니였죠. 한 녀석이 나한테 섹스 할 때처럼 허리에 힘을 꽉 주라는 시늉을 해 보이는 거예요. 그래서 제가 허리에 힘을 꽉 줬죠. 그랬더니 모두 깔깔거리며 웃음을 터뜨리고 로랑은 무대 가장자리에서 배꼽을 쥐고 웃어대고, 완전 존 트라볼타였다니까요. 니리나의 불룩한 엉덩이가 거시기에 닿은 게 느껴지는데, 말도 못하게 좋았죠. 거짓말 안 하고 빳빳하게 섰다니까요!"

"뭐라고?"

"글쎄 그랬지 뭐예요, 그 정도면, 잘은 모르지만 그저 연길 했다고 볼 순 없는 거 아녜요? 뭐, 시간으로 따지면 얼마 안 되지만, 뭐 기껏해야 한 1분이나 됐을까! 아휴, 정말! 그건 그렇고 니리나 엉덩이 봤어요?"

"봤지."

"말도 말아요. 그 여자 허린 꼭 무슨 탱탱한 고무 같다니까요! 그 머릿결은 또 어떻구요? 머릴 길게 풀어 내렸을 때 봤어요? 거기다가 젖어서 그런지 샴푸 냄새가 풀풀 나는 거예요. 완전 돌아버리는 줄 알았다니까요…… 근데, 알다가도 모르겠는 건, 그 여잔 생머리더라구요, 곱슬머리가 아니라."

"당연하지 메리나거든. 고원 지역 사람 말이야."

"아 아, 그래서 그런 거구나. 그럼 얼굴이 비교적 갸름한 것도 그래서 그런 거네. 난 그런 식으로 연결지어 생각해보진 않았는데. 고원 지역 사람들은 아시아계 맞죠?"

"응, 맞아."

"그럼 아프리칸처럼 생긴 사람들은 해안 지역 사람들이구요?"

에르베는 그렇다고 얼른 고개를 끄덕였다.

"아, 그렇구나. 처음엔 그저 막연히 다르다는 느낌만 들지 그 미묘한 차이를 얼른 잡아내긴 힘들죠. 근데 이젠 알겠어요! 난 두말 할 것 없이 해안 지역 사람들보다 고원 지역 사람들이 더 좋아요! 감독님은 어떤지 몰라도 난 아주 까만 건 별로예요. 그쪽은 좀처럼 마음이 동하질 않더라구요. 근데 태국 여자나 중국 여잔…… 좀 전에 당신이 말한 여자는 해안 지역 사람이에요?"

"웅, 해안 지역 출신이야. 우리 오늘 시합은 이걸로 끝낼까?"

"뭐, 각자 자기 취향이니까, 그죠? 어쨌든, 그래요, 니리나는 좋은 여자예요."

"근데, 이봐, 자네 여자 친구가 프랑스에 있다고 하지 않았나?"

"네? 아 아, 있어요. 3년째 돼가요. 1월에 약혼할 거구요. 이미 기정 사실이나 마찬가지죠."

"근데 왜 니리나를 꼬이려드는 거야?"

"무슨 소리에요? 지금 장난해요? 니리나 얘긴 그냥 그랬다는 거예요. 그저 재미삼아. 말했잖아요. 취했었다고. 분명 그래서 그런 걸 거예요. 이젠 신경 껐어요. 내가 뭐 그렇게 얼빠진 놈인 줄 알아요? 그저 재미삼아 그런 거라구요. 그래도 약간 재민 있었죠. 그거 말곤, 여긴 다른 건 별로 할 게 없는 거 같아요. 그죠?"

"그야 주된 관심사가 뭐냐에 따라 다르지."

에르베는 마음을 닫은 듯한 목소리로 대꾸했다.

"어째 방금 한 얘기 때문에 기분 구긴 것 같은데…… 삐진 거예요, 아님 멍든 델 공에 맞아서 그런 거예요? 아니면 진짜 한번 맞아

볼래요? 한쪽 눈이 안 보여서 그런 것처럼 그러지 말라구요. 그건
어디까지나 핑계예요, 핑계. 어때요, 더 이상 둘러댈 말 없죠? 그럼,
이만 갈까요?"

31

　바로 그 일요일 아침, 레위니옹에 살고 있는 한 이탈리아 인 커플과 프랑스 인 커플, 마틸드, 그리고 필립은 디에고 수아레즈에서 약 5킬로미터 쯤 떨어진 바닷가에 위치한 라므나 마을의 작은 부두에서 서로 알게 되었다. 전날, 에메랄드 바다로 유람을 나가기 위해 보트 주인과 각자 약속을 잡아 두었던 것이다. 일인당 125,000마다가스카르 프랑씩 하는 경비에는 간이 휴게소가 몇 개 갖춰져 있는 지그마한 무인도인 노지 디에고까지 가는 가격이 포함돼 있었는데, 직접 물고기를 잡아 같이 간 뱃사람들이 즉석에서 구워주는 피크닉과 해변 휴식을 한 다음, 4시 반 쯤에 밀물 때에 맞춰 배를 타고 라므나로 돌아오는 일정이었다.

먼 바다로 반시간 가량 배를 타고 나간 끝에 일행은 어업 구역을 벗어날 수 있었다. 이윽고 그들은 모래로 된 얕은 바다에 이르렀는데, 하늘과 태양이 맞닿아 폴리네시안 특유의 산호 빛 물결을 선사하고 있었다. 잠깐 동안이지만 예정에 없던 해수욕을 즐기고 난 그들은 기쁜 마음으로 노지 디에고에 발을 디디게 되었는데, 해변 위에는 디에고 수아레즈 프랑스 고등학교 3학년 학생 열두 명이 타고온, 똑같이 생긴 배 두 척이 흩어져 있었다. 학생들이 차지하고 남은 간이 휴게소는 우선 승객들이 벗어놓은 옷가지에다, 뱃사람들이 모래사장 위에 풀어놓은 아이스박스들, 그리고 두 커플들의 차지가 되었다. 엉겁결에 가까이 하게 된 마틸드와 필립은 함께 그늘진 곳을 찾아 나서게 되었고, 응달을 발견하자 각자 배낭을 옮겨와 적당한 거리에다 가지고 온 타월을 펼쳤다. 거기서 상대의 시선 따위는 의식하지 않으려고, 또한 상대의 육체를 향해 지나치게 노골적인 시선을 보내지 않으려고 애를 쓰면서 가능한 한 자연스럽게 각자 입고 온 T셔츠와 반바지를 벗었다. 두 사람은 감히 서로의 등에 발라 주겠다고는 못한 채 각자 썬 크림을 몸에 바르고 나서, 차마 따라가겠다는 말은 못한 채 각자 따로 해수욕을 하러 갔다. 이윽고 다시 타월 있는 데로 와서 젖은 몸을 뉘고는 눈을 감고 바람결에 잠시 이생각 저 생각을 떠올려보았는데, 서로 상대에 대한 생각은 눈곱만큼도 하지 않는 듯한 표정을 하고 있었다. 둘 다 다시 눈을 뜨고는 예의를 갖춘 대화를 몇 차례 주고받았고("2주 전에 같은 비행기를 타고 있지 않았나요?"), 그러고 나서 마틸드는 책을 한 권 집어 들었다가 이내 다시 내려놓았다. 몇 차례의 대화가 더 오고 간 뒤 필립은 다시 이전 상태로 돌아가 해수욕 및 이러저러한 것들을 하고 있었고, 얼마 후 뱃사람들이 점심식사를 위해 모이라는 신호를 보내왔다. 점심은 기다란 테이블과 나무 벤치가 놓여 있는 주 휴게소에 차려져 있었다. 다른 두 커플들은 미리 점찍어 둔 곳에 자리를 잡고 난 뒤였다. 일행은, 테이블 이쪽 끝에서 저쪽 끝으로 보내는 구체적인 요구, 즉 소금이니 레몬이니 수프용 숟가락이니 코코펀치니 시원한 맥주나 생수니 하는 것들을 찾는 소리 외에도 조금씩 대화나 미소 따위를 곁들여가며 식사를 했다.

식사를 마치고 각자 자신의 타월이 있는 자리로 돌아갔을 즈음, 필립과 마틸드가 나누는 대화는 한 단계 더 진전되어 있었다.

"뱃사람들이 즉석에서 쌀밥 짓는 걸 보셨어요? 야자열매를 갈라서 속살을 잘게 썰던데요."

"그 모든 게 아주 놀라운 속도로 이뤄지죠? 기다릴 게 없었잖아요? 도착하고 나서 식탁 앞에 앉기까지 채 한 시간 반도 안 걸렸죠. 바다 한가운데서 해수욕을 하니까 전혀 시간 가는 줄 모르겠네요. 프랑스에 있다고 한번 상상해보세요. 그런 식으로 한가하게 미리 익힌 완제품 같은 건 일절 사지 않고, 각각의 재료들을 준비해서 피크닉을 할 수 있겠어요? 꿈도 꾸지 못할 일이죠!"

"그 쌀밥은 두고두고 기억날 거예요! 프랑스로 돌아가면 제일 먼저 그걸 해봐야겠어요."

"어떻게 하실 건데요?"

"뭐, 그냥, 그 사람들 하는 걸 보니까, 쌀을 그냥 물에 넣고 끓이는 게 아니라 잘게 썬 야자열매를 그 안에 넣더라구요. 그럼 확 달라지죠. 정말 끝내주지 않아요? 게다가 잘게 썬 그런 망고의 맛이라니!"

"아샤르요?"

"그걸 그렇게 불러요?"

"네."

"역시 또 다른 발견이나 마찬가지예요. 그런 맛을 내려면 어떻게 하는 건지 혹시 아세요?"

"내 생각엔 망고 속살을 잘게 썰어서 그 위에 소금을 뿌려두면 과즙이 배어나올 것 같은데요. 취향에 따라 야채랑 고추를 함께 넣어도 되고요. 파파야랑 오이를 가지고도 만들 수 있고……"

"요리에 아주 훤하시네요. 참 좋으시겠어요!"

해변에서 뛰노는 학생들을 바라보던 필립은, 아이들이 선생님 인솔 하에 야외 수업을 나온 것으로, 학기 초에 아이들끼리 학생의 신분을 벗어나지 않는 선에서 서로 가까워지게 하려는 게 목적이라고 마틸드에게 일러주었다.

"그래요? 그런 걸 다 어떻게 아세요?"

"저 애들 중에 아는 애가 하나 있거든요."

"그래요? 누군데요?"

"저기, 곱슬머리에 빼빼 마른 애요. 디에고의 제 동료 아들이죠."

"디에고에 동료가 있으세요?"

그렇게 해서 마틸드가 물어오는 질문에 답을 하던 필립은 급기야 자신이 하는 일에 관해 이야기하기에 이르렀다.

"휴우, 그렇군요. 그쪽도 이리저리 많이도 돌아다녔겠네요."

필립의 얘기가 끝나자 마틸드는 한숨을 내쉬며 감탄했다.

"말하는 방식에서 그게 느껴져요. 결코 상대에 대해 판단을 내리는 법도 없고, 자신과 다르다고 해서 불평을 늘어놓지도 않구요. 굉장히 차분하면서도 조심성 있고, 남의 말을 잘 들어주면서 무척 존중하는 것 같다는 인상을 받았어요. 여기 있는 프랑스 사람들 중엔 그런 사람은 드문 것 같아요."

이번엔 필립 쪽에서 그녀가 하는 일에 관해 묻자, 마틸드는 살짝 수줍어하며 전화설문조사에 관해 이야기했다("전 제 일이 마음에 안 들어요. 하지만 되도록이면 좋은 면을 보려고 하죠."). 조금씩 조금씩 속내를 털어 놓던 여자는 일찍부터 혼자 힘으로 살아나가지 않으면 안 되었기에 대학엘 가기 힘들었노라고 했다. 여자는 자기 아버지("아버진 심한 우울증을 앓고 계세요.")와 엄마("엄마의 문제는 미쳤다는 거죠. 제 말은 의학적으로 정신착란 증세가 있다는 뜻이에요.")에 관한 얘기도 했다. 여자의 말에 따르면 그녀의 어머니는 일종의 심한 편집증을 앓고 있었는데, 여자가 주로 그 희생양이었다는 얘기였다.

"그러니까 예를 들어 스무 살부터는 전화번호부에 제 번호가 실리지 않도록 조치를 해야 했어요. 안 그러면 쉬지 않고 전화를 걸어 욕을 해대거든요. 어떨 땐 몇 시간씩이나. 죽여 버리겠다는 둥, 나 같은 건 살 가치가 없다는 둥, 화냥년이라는 둥, 지옥에 보내버리겠다는 둥, 나 같은 딸년이 나올 줄 알았으면 자기 배를 갈라 개먹이로 나 줘버렸을 거라는 둥, 그러면서요. 게다가 말뿐이 아니에요. 그거야 얼마든지 참을 수 있죠. 더 심한 건, 말도 안 되는 엉뚱한 계획을 짜가지고는 절 미행할 수도 있다는 거죠. 한번은 제가 안에 탄 걸 보고, 그 자동차의 번호를 적어뒀다가 어떻게 했는지 차 주인의 주소를 알아내서 그 사람한테 전화로 내 주치의인 척하면서 제 번호를 손에 넣고는 한겨울에 제집 근처 벤치에서 꼬박 밤을 지새우기까지 했죠. 그저 그렇게 하면 제가 아침에 일하러 갈 때 확실히 놓치지 않을 수 있겠다 싶어서요."

"그래서요?"

"글쎄 그날 하마터면 재단용 가위에 허리를 찔릴 뻔했어요. 엄만 숨어 있었죠. 제가 사는 집 입구의 울타리 뒤에서 매복을 하고 있었던 거죠. 다행히 엄마가 날 덮치는 순간, 어처구니없는 소리들을 고래고래 질러대는 통에 전 반사적으로 공격을 피할 수 있었어요. 그렇지 않았으면 허리를 가위에 찔렸을 거예요."

"경찰에 신고 안 했어요?"

"아뇨, 어쨌든 엄만 엄마니까요. 그 가위 사건이 있고나서 그냥 이사를 했을 뿐이죠."

"그 이후로 또 뵌 적 있어요?"

"그러고 나서 두세 번 시내에서 마주치긴 했는데, 매번 엄마가 절 알아보기 전에 용케 숨을 수 있었죠."

필립에 대한 신뢰감이 생긴 마틸드는 대번에, 전날 호텔에서 만났던 어떤 남자 때문에 기분이 나빴다는 얘기를 해도 될 것 같은 느낌이 들었다. 전날 만난 남자는 비교적 부유해 보이는 마다가스카르 사람이었는데, 잘은 모르겠지만 다소 공식적인 업무를 수행하러 잠깐 디에고에 머무르는 중이라고 했다. 그는 이곳 사람들에 대해 끔찍한 얘기들을 쏟아냈는데, 술을 마시긴 했어도 정신은 말짱한 상태였다. 그는 이 지역 사람들이 짐승이나 마찬가지라고 했다. 그들에겐 감정이란 게 없으며 열등한 종족에 속한다는 거였다. 그는 마다가스카르 사람들을 비방하느라 바빴는데, 말하자면 유럽인들이 왜 흑인을 우습게 보는지 그 이유를 알 것 같고, 유럽인은 뛰어나기 때문에 흑인이 그들의 노예가 된 건 필연적인 일이었으며 모든 문제의 해결책은 언제나 백인이 만들어낸다는 그런 식의 얘기였다. 마틸드는 "백인이 그런 소릴 하면 정말 역겨운데, 마다가스카르 사람 입에서 그런 말이 나오니까 충격 그 자체였어요. 어떻게 봐야 할지는 모르겠지만, 그의 말 속엔 진실된 무언가가 깔려 있으면서도 동시에 아주 공격적이란 느낌을 받았어요. 앞뒤가 맞지 않는다고나 할까요. 그자가 나를 조롱하는 건 아닌가 하는 생각이 들면서 결국 무슨 말을 하려는 건지 잘 모르겠더라구요."라며 자기가 느낀 바를 얘기했다. 그녀는 그 만남 이후로 그 생각에서 헤어날 수 없었다며 그 문제에 관해 필립의 생각을 듣고 싶어 했다.

"전 알고 싶어요. 예를 들어, 도대체 당신 같은 분이 가난한 나라에 와서 부자 나라를 위해 일을 하고 있는 이유가 뭐죠? 당신 같은 분이 무슨 까닭에 그런 작업을 택한 거냐구요."

아가씨의 순수함에 감동한 필립은 가능한 한 단순하게, 가능한
한 솔직하게 답을 하려고 했다. 마틸드는 그의 말을 주의 깊게 경청
하고 있었다. 필립이 말을 마치자, 여자는 실망한 듯 보였다.

"그쪽 얘기를 들어보면, 예를 들어, 마더 테레사는 실제 어떤 사
람이었을까, 하는 의문을 갖지 않을 수 없겠네요. 그러니까 그쪽 생
각엔 테레사 수녀도 뭔가를 회피하려고 했다는 거예요? 대의를 위
한 일에 참여하는 사람들도 누구나 항상 개인적인 문제부터 해결하
기 마련이라구요? 모든 인간관계란 그렇게 오해에서 시작된다구요?
아무도 남의 얘기를 귀담아 듣지 않는다구요? 진실된 연민이나 진
정한 의미의 관용은 존재하지 않는다구요? 진짜 그렇게 생각하세
요? 참 딱하네요."

32

바로 그날, 릴 어딘가의 한 건물에서는 큰 키에 악취가 진동하는 나이 든 여자가 실내복 차림으로 자신의 아파트 문을 열었다. 층계참에서 무슨 소리가 났던 것이다. 알고 보니 승강기를 기다리는 코트디부아르 출신의 이웃집 처녀였다. 그녀는 여느 아침처럼 대학에 강의를 하러 나가려던 참이었다.

"고네 양!"

여자가 속삭이듯 불렀다.

"고네 양, 잠깐만, 일러줘야 할 게 있으니 가지 말아요. 승강기는 또 올라올 거야. 언제든 또 올라온다고. 승강기는 시간이 많아, 우린 아니지만! 저기, 좀 전에, 그러니까 7시 25분쯤 휴대용 카트에 얹힌

225

엄청나게 큰 검붉은 종이 상자를 수위가 수위실에서 살짝 꺼내가는 걸 봤수? 내 집 창문으로 봤다우. 내 눈은 못 속이지. 너절한 인간 같으니! 그 상자 안에 뭐가 들었는지 알우? 그냥 그 안에 뭐가 들었는지 알기나 하냐 그 말이야."

여자는 처녀에게 미처 답할 겨를도 주지 않았다. 처녀의 얼굴에선 흔히 볼 수 있는 망설임 그 이상의 것이 내비쳤다.

"바로 농축 플루토늄이야! 플루토늄이 뭔지 알기나 해? 모르는구먼! 그럼 내말 잘 들어보우! 1973년하고도 몇 년 이후, 핵무기 재료 물질에 관해 워싱턴 국제회의가 열린 이후로는 플루토늄을 민간인 집에 저장하는 게 공식적으로 금지됐단 말이야! 그러니 미국 같으면 그 수위는 그날로 사형감이지만, 우린 2주도 안돼서 턱 밑에다 아마추어가 만든 핵폭탄을 두게 되는 거지! 왜냐하면 그런 식으로 남몰래 지하실에다 그걸 하나하나 설치하는 데 2주까진 필요 없거든! 이건 우리끼리 하는 얘기니까, 절대 발설해선 안 돼! 사람들은 그저 내가, 하루 종일 집구석에 처박혀 있다가, 층계참이나 한번 돌아보고, 쓰레기통이나 뒤지고, 푸줏간에 가서 갈비 한 대, 야채가게 가서 양파 한 개, 빵가게 가서 빵 쪼가리나 사고 하면서 아무 생각 없이 사는 줄 알지만, 당신들 중에 누구 하나 내가 인터폴하고 극비리에 연락하고 있다는 걸 알고 있는 사람이 있기나 해? 누가 있냐고! 그리고 다이애나 비의 숨겨놓은 자식들하곤 또 어떻고? 알긴 누가 알아? 당신네들은 그녀가 죽었다고 생각하지? 기둥에 들이받쳐서 즉사했다고?…… 더 이상은 말 못해, 다쳐!"

226

여자는 웃다가, 음모를 꾸미는 듯한 표정을 지어 보이다가, 탄성을 내지르다, 중얼중얼 거리다 했다.

"그럼 바티칸은 어떠냐고? 물론, 물론 내 다 말해주지! 믿을 만한 정보에 의하면 TV에서 떠들어 대는 것처럼 교황이 그렇게 아픈 건 아니야. 그게 다 정치야, 정책적으로 그러는 거라구! 난 내가 원할 땐 언제 어디서든 특별 면담을 할 수도 있어! 왠지 알아? 그 엄마가 우리 증조모의 먼 친척뻘이거든! 같은 핏줄이야, 똑같이 폴란드인의 피가 흐르지…… 마스로브스키라는 성이 무슨 스리랑카 성인 줄 알아? 저 위에 우리 집에 가면 책이 엄청 많아. 다 보여줄 수도 있어. 모든 게 기록돼 있는 자료도 쌓여 있고. 하지만 기자들은 그런 기사는 절대 안 쓸 걸! 내가 충분히 굽신거리질 않으니까! 허리를 구십도로 꺾지 않으니까! 아가씬 몰라, 이렇게 혈연관계를 들먹일 정도로 난 엄청난 압력을 받고 있어. 도저히 믿어지지 않을 정도로! 그저 내가 비밀 정보기관하고 끈이 닿는다는 이유로 말이지! 언론에서 날 매장시키는 거라구! 하긴 그편이 훨씬 낫지만! 어디 믿을 데가 거기뿐인지 알이? 난 사방에 정보원을 두고 있어. 일본, 남미, 알라스카, 러시아, 페르시아, 티베트, 인도양 할 것 없이. 그렇게 빨리 날 저지할 수 있을 것 같아? 요즘엔 마다가스카르하고도 연락이 닿지. 거긴 쿠데타 냄새가 나……"

승강기가 지체되고 있었다. 더 이상 참을 수 없었던 처녀는 고개를 수그린 채 여자 앞을 지나 황급히 비상계단 쪽으로 향했다.

"그래, 가. 내 얘기가 더 이상 재미없다, 이거지? 내가 주책덩어리

노인네 마냥 따분하게 만들었다, 이거지? 오냐, 어디 니 맘대로 해봐! 알다시피 난 아주 이골이 났으니까! 그래, 꺼져! 슬그머니 가지 말고 그냥 대놓고 가버려! 그러다 발에 물집 잡힐라! 혼자 궁시렁거리게 냅둬! 그래야 내가 더 편하지! 사람들이 듣고 싶지 않아 하는 게 있다는 걸 알았으니까, 그리고 너도 똑같애! 가버려, 이 멍청한 것아! 아무 소리 안 들리는 비상계단으로나 가란 말이야! 빨리 가버려, 이 잡년! 이 개 같은 년! 더러운 년! 이 껌둥이 년! 지가 무슨 마리 앙투아네트인 줄 알면서 나갈 땐 지 똥구녕도 안 씻어? 걸을 땐 빤쓰가 발목까지 다 내려오는 게! 그것도 벗어버리지 왜? 그래야 더 까매 보이지! 야, 네 년이 내 딸이 아니기에 망정이지! 야아, 네가 내 딸년 같았으면, 넌 그냥!"

33

　호텔 바에서 마틸드에게 접근했던 남자는 돈이 많음을 드러내 보이려고 라코스테 셔츠를 입고 있었다. 그 셔츠로 말하자면 반소매 셔츠들 중에서 고른 것으로, 편리함이나 더위 때문이라기보다는 손목에 차고 있는 묵직한 금팔찌를 훤히 드러내 보이기 위함이었다.

　"봉수아, 마담. 저런, 혹시 마드무아젤이라고 해야 할까요? 저는 **마미전**에서 특수 임무를 맡고 있는 라자팽 드라자오나 시리아크 쟝 드듀라고 합니다. 마미전이라 함은 **마다가스카르의 미래**를 향한 **전**진의 줄인 말이죠. 우린 UN과의 긴밀한 협조체제 하에 일하고 있습니다. 자, 여기 제 명함입니다. 받아두세요. 앞면에는 제 연락처가 있습니다. 여기, e-mail, 유선전화 및 팩스 번호, 그리고 휴대폰 번호구요, 뒷면에는, 영광스럽게도 제가 책임자로 있는 협회의 메일 주소와 팩스 및 전화번호, 회사 로고가 있습니다. 협회 이름은 가시뤽스Gasylux라고 하는데, 마다가스카르 어로 **마다가스카르 사람**Malgache을 뜻하는 **가시**Gasy에다, **룩셈부르크**Luxembourg의 **룩스**Lux와 **빛**Lumière을 뜻하는 라틴어 룩스Lux를 합친 이름입니다. 왜냐하면 협회가 룩셈부르크에 있거든요. 협회의 설립 이념은 마다가스카르와 룩셈부르크 간의 친목을 도모하는 것입니다. 책임자로서의 제 역할은 출자자나 자본가, 경제 협력자, 유럽의 잠재적 스폰서들을 찾아나서는 쪽으로 정책 방향을 잡는 것입니다. 흠, 차라리 돈 있는 데를 찾아나서야겠죠?"

만일 남자가 프랑스 인이었다면 마틸드는 최대한 빨리 슬그머니 자리를 뜨는 방법에 관해 심사숙고했을 터였다. 그녀는 신중할 필요가 있다고, 아직 결론을 내리기는 이르다고 생각하고 있었다.

"그야 물론 그렇죠. 맞는 말씀이세요."

"거 보세요. 당신은 틀림없이 하필이면 룩셈부르크여야 하는 까닭이 뭔지 물을 것입니다. 좋아요, 당신이 묻기 전에 제가 먼저 말씀드리죠. 왜냐하면 저는 그곳에서 불어권 장학금을 받았고, 대학도 다녔고, 1984년에는 사회 경제학으로 박사 논문도 취득 했거든요. 자화자찬인 것 같지만 심사위원의 극찬을 받으면서 말이죠! 제 논문의 제목은 〈1990년대 마다가스카르를 위한 전통과 근대성 사이의 정치 사회 경제 문화적인 미래와 도전은 어떤 것일까?〉입니다. 관심 있을지는 모르겠지만, 아르마탕 출판사에서 출판했죠. 뭐 솔직히 요즘 들어

제 논문의 미래를 전망하는 통계수치나 자료를 조금이라도 업데이트를 할 필요가 없다는 말은 못하겠지만 말이에요."

비록 그의 태도는 마음에 들지 않았지만 논문을 출판한 것은 마틸드에게 강한 인상을 주었다.

"관심 있어 하시는 것 같으니-물론 그러실 줄 알았지만-룩셈부르크의 제 집에 논문이 몇 부 남아 있을 것 같으니, 유럽에 돌아가는 즉시 잊지 않고 한부 보내드리도록 하겠습니다. 뭐, 그쪽 주소를 남겨 주시는 영광을 누릴 수만 있다면 말입니다."

남자는 잘 알고 있다는 듯한 어색한 미소를 지어 보이며 잠시 말을 끊었다.

"제 소개가 길었군요. 과한 건 사실이지만 저 아닌 누구도 제 입장이 되고 보면 그렇게 했을 겁니다. 사람은 결국 자기 자신밖에 믿을 것이 없으니까요. 안 그렇습니까? 그건 그렇고, 당신에 관한 얘길 듣고 싶군요. 성함이 어떻게 되시죠? 어디서 오셨나요? 원하시는 게 뭐죠? 다 말해보세요. 그쪽에 관한 모든 걸 알고 싶군요."

"제 이름은 마틸드에요."

"아, 마틸드! 만나서 반가워요. **마틸드 여왕**! 제가 칭찬 한마디 해드려도 되겠습니까? 무척 아름다우시군요! 저랑 카이피리나 한 잔 하시지요. 멋진 밤을 시작하기에 그만한 것도 없죠. 전 벌써 4잔째랍니다! 휴가 중이세요?"

"네."

"마다가스카르엔 처음이세요?"

"네."

"그럼, 디에고는 마음에 드시구요?"

"네."

남자는 어느 한구석 마틸드의 마음을 끄는 데라곤 없었다. 시선도, 부자연스러운 태도도.

"아, 네. 그런데 여긴 사람들이 좀 게으른 것 같지 않습니까?"

"네?"

마틸드는 자신의 귀를 의심했다.

"여기 사람들이 게으른 것 같지 않냐구요."

"아뇨, 뭐 특별히. 어쨌든 그런 말이 머릿속에 떠오르진 않던데요."

"잠시 머무는 거라 그렇게 말하는 겁니다. 한번 살아보세요. 그럼 다른 말을 하게 될 테니. 여기 사람들은 그런 걸로 유명합니다. 아시다시피 어디에든 그렇게 정평이 나 있지요. 이쪽에 주재원으로 나와 있는 동향 분들한테 물어보세요. 여긴 많아요, 그런 사람. 이 지역 사람들의 일에 대한 열의를 어떻게 생각하는지 한번 물어보시라구요!"

"제가 2주 만에 어떤 동향인을 만났던 간에, 그 사람들한테 맨 먼저 그런 걸 묻진 않을 걸요."

사내는 카운터 위에 마시던 잔을 내려놓고는 양손을 가지런히 포갰다. 마침내 천성으로 밖에는 볼 수 없을 만큼 폼 잡는 듯한 목소리로 설명했다. 디에고는 자연이 비옥한데도 불구하고 사람들이 땀

흘려 일굴 필요성을 못 느끼기 때문에 거기서 얻어지는 결과물이 초라하다고 했다. 고원 지역 사람들은 그렇지 않았다. 거기 사람들은 일한다는 게 어떤 건지 알고 있다는 것이다. 디에고에서는 일 년 중 어느 때건 나무를 향해 손을 뻗기만 해도 매 끼니마다 굶주린 배를 채우고도 남을 만한 것들을 얻을 수 있다고 했다. 얼마나 많은 오지의 농부들이 매일 같이 디에고에 일자리를 구하러 왔던가? 일단 시내로 들어오면 그들은 딱 시골집에 양철 지붕을 얹을 수 있을 만큼만 모으던가, 아니면 일을 한다는 건 무척이나 고된 일이어서 선사시대 적인 삶을 살아가는 데에는 아무 쓸모도 없다고 여기곤 했던 것이다! "마틸드, 디에고의 진정한 문제는 돈이 아니란 걸 아셔야 합니다. 게다가, 한번 봐요, 이 도시에 거지는 단 한명도 없다니까요!" 진심으로 돈 벌기를 원했던 사람들은 결국에 가선 늘 벌게 됐다는 얘기였다. 유럽인들은 빈곤에 대해서만 떠들어댔지 이곳 사람들이 느끼는 반감을 타개해야 한다거나, 이곳 사람들에게 진정한 동기를 심어줘야 한다는 말은 하는 법이 없다는 것이다. 이곳 사람들한테는 이익에 대한 단기 비전만이 있을 뿐이라고 했다. "무엇보다도 그들에게 저축의 효용성에 대해 입증해 보이려고 해선 안 된다는 겁니다! 그들의 관심사는 오직, 내일에 대한 근심이라곤 없이, 매일 매일 가능한 한 오래도록 잔치를 벌이는 거예요. 그들 스스로 말하듯, 월요일도 없고, 화요일도 없는 거지요. 하하하!"

남자는 그에 관해 적절한 예를 들어 보여야만 했다. "수년 동안 약 150킬로미터 떨어진 곳에서 금광 개발이 이뤄졌다는 걸 알고 있었소? 모른다고?" 남자는 1980년대에 그 지역의 금도매상이었다. 남자는 타나나리브에서부터 한 달에 한두 차례 와서, 마을의 사금 채취자들에게서 직접 헐값에 금을 사들여 타나의 도매상들에게 아주 비싼 값에 팔았고, 그러면 그들은 유럽이나 다른 지역의 보석 세공업자에게 더욱 비싼 값을 받고 되팔았다. 그런 식으로 마다가스카르의 각지에서 수많은 사람들이 몰려들어 금을 샀다가는 즉시 되팔곤 했다. 그 일은 제법 수입이 짭짤했고, 누구든 할 수 있었으며, 그런 식으로 일한 지 일주일도 채 안 돼서 수억 마다가스카르 프랑을 만들 수 있었다. "그런데 말이오, 디에고 출신치고 이 일을 한 사람은 극히 드물었다고 하면 믿겠소? 그 일을 하려면 꼬박 자리를 지키고 있어야 하고, 정해진 규율을 따라야 했기 때문에 드물었던 거요. 디에고 남잔 그렇게 못하오. 낮잠을 포기하느니 부를 포기하는 쪽을 택한다, 이 말이오. 그 일을 하던 디에고 출신 중에 몇몇은 그런 식으로 거액의 돈을 순식간에 날려버렸다고 하면 믿겠소?" 노동주간이 지나면 그들은 식당으로 친구 4, 50명을 불러서는 다른 손님은 일절 받지 못하게 하고 방을 빌려 음향기기를 설치하고 여자를 불러서는 일주일 내내 24시간 배 두들겨가며 먹고 마시고 하면서 땡전 한 푼 안 남을 때까지 흥청망청했다. "이따금씩은 얼마나 취했으면, 이런 말까지 하긴 뭣하지만, 불러온 여자들하고 잠자리를 하지도 못할 정도였소!"

　여기 사람들이 원하는 건, 부자라는 걸 외적으로 드러내 보임으로써 남들의 부러움을 사는 거였다. 여자들은 금으로 된 장신구를 더 많이 사갖는 것이었고, 남자들은 자동차나 휴대폰을 사는 것이었다. 비록 충전식 전화카드가 너무 비싸 전화를 거는 척하기 위함이었지만. 사람들은 구두는 없어도 콜베르 거리의 카지노 기계에다 100,000마다가스카르 프랑을 쏟아 붓는 데는 주저하는 법이 없었다. 기를 쓰고 돈을 탕진해버리지 않을 때 가장으로서 유일한 관심사는 그날의 카트차를 살 수 있는 비용을 마련하기 위해 매일 정확하게 25,000마다가스카르 프랑, 즉 마다가스카르 노동자 하루 평균 수입의 세 배를 벌 만한 돈벌이를 찾는 거였다. "잔치니 보석이니 자기 몸에 카트 주사를 놓는 것 따위만이 그들의 관심사라오. 과장이 아니오. 그들한테 직접 물어보시오. 반대로 말하진 않을 테니."

그러니, 여기 아이들이 제 부모한테 버림을 받고, 개인적으로나 가정적으로나 건설적인 개념 하나 없이 성장하는 까닭이 뭔지 자연히 깨달을 수밖에 없었다. 디에고는 가족 개념이 사라져버린 것으로 유명한 도시라고 했다. 디에고에서 가족이란, 죄책감에 매달 웨스턴 유니언을 통해 돈을 보내오는 프랑스의 사촌이나 이모 정도로, 이곳에 남은 이들은 어떻게 해서든 거기로 그들을 만나러 가길 꿈꾼다는 것이다. "사정이 그럴진대, 어떻게 그런 나라에서 공정하고 엄정하며 신뢰할 수 있는 정책을 통해 결속력 있고 적극적이, 장래가 유망한 시민들을 키워내길 바란단 말이오?" 그 지역의 온갖 책임자들이 많든 적든 '디에고의 하층민'에 대해 생각한다는 것은 고통이 따르는 일이었을까? 물론 아니다. 그들은 지역민들의 이익도모를 위해 활동하며 역사책에 자신들의 이름을 길이 남기기보다는 탱크만한 사륜구동을 굴리고, 자신들이 살 빌라를 짓고, 축적한 돈으로 자식들을 프랑스에 유학 보내느라 몇 달 만에 기금을 바닥내는 쪽을 택했던 것이다. "그들은 절대 심사숙고하는 법이 없다니까!" 그들은 지나치게 압박을 느끼고 있었다. 일단 자리에 앉으면 주위의 배신자들에게 자리를 빼앗길까봐 전전긍긍했던 것이다. 지역 책임자들은 6개월마다 바뀌었는데, 당연한 일이었다. "각자 자기 일에만 전념하기 마련이니까." 모두들 하나같이 자기 목숨을 건지고, 가난했던 지난 시절을 잊어버리고 남을 천대할 생각만 하기 바빴는데, 왜냐하면 다른 사람들은 그들로 하여금 결코 다시는 닮고 싶지 않은 이미지를 떠올리게 만들었던 것이다. "마틸드, 여기 사람들은 서로 미워합니다. 우정이란 존재하지 않는 개념이지요. 이웃이나 자신의 친형제에게 마저도 어떻게 하면 할 수 있는 한 창피를 줄까 그것만을 생각하지요. 모두 팔을 걷어붙이고 함께 건설해 나가려는 생각은 않고 말이요." 프랑스에서 온 협력 단원들은 이 도시를 근대화시키기 위해 뼈 빠지게 애를 쓰지만 헛된 일이라고 했다. 디에고 사람들은 결코 변하지 않을 것이었다. "그들에게 개발 원조 프로그램을 계획해주고, 그에 필요한 예산을 책정해서 필요한 자금을 대주고, 새 건물을 지어주고, 작업마다 하나하나 쉽게 일할 수 있도록 준비해주고, 간부들을 교육시키고, 프랑스에 연수를 보내고, 사업을 지휘 관리하도록 초기에 바자를 배치하고 하면 매사가 아주 순조롭게 진행되지요. 그러고 나서 몇 달 혹은 몇 년이 지난 뒤 바자 대신 해안 지역 사람을 써보세요. 어느덧 자금이 바닥나 버리지. 컴퓨터는 감독관 딸 방에, 사무용 의자나 테이블은 인사과장네 주방에서나 보게 될 거요."

해마다 그런 일들이 수십 번씩 일어났다. 그리고 매년 이루 말할 수 없을 만큼 새로운 프로그램들이 계속해서 준비되었고, 매년 새로운 유럽인들이 이곳 사람들의 습관을 바꿔놓아 전임자보다 잘 할 수 있으리라는 확신과 에너지로 가득 찬 채 디에고에 발을 들여놓았다. 그러고는 일이 년이 지나, 그들은 자신들의 전임자처럼 진저리를 내고 절망에 빠져, 자신들의 뒤를 이을 후임자들을 내심 동정하면서 디에고를 떠나갔다. 언젠가 누군가 나서서 이 우스꽝스러운 코미디를 중단하기로 결심할 때까지. "그들의 관심사는 진보니, 전진이니, 그런 게 아니오. 디에고를 창출해낸 건 바로 백인이고, 백인 없이는 더 이상 디에고도 존재하지 않소. 여기 사람들한테는 노예 근성이 있소. 그런 식으로 취급받아도 상관하지 않고 오히려 거기에 자신을 맞추기까지 한다오. 다시 말해서 열등한 존재로 취급받아도 전혀 상관 않는다는 얘기요. 이건 내 나름의 사회심리학을 풀어본 거요." 이곳 사람들은 자기 성제성이라곤 없고, 그서 콤플렉스만 있을 뿐이라고 했다. 게다가 디에고에선 어떤 정치 지도자나 책인자들도 무기를 들고 그 모든 백인에 맞서 싸울 것을 촉구해본 적이 없으니, 장님 나라에서 애꾸눈격인 백인들은 이 지역에서 늘 비굴하고도 시대착오적인 존경을 받아온 결과 마침내 탈식민지화가 된지 40년이 넘도록 진정한 노예상 노릇을 해온 것이다.

"내 말 믿어요, 마틸드. 마다가스카르 사람이 하는 얘기니까. 내 피부색을 보고도 날 인종차별주의자라 비난할 수 있겠소? 난 말을 신중히 하고 있소. 여기 사람들은 단순하고 소박하며 할 줄 아는 게 아무것도 없소. 그들의 관심사는 잔치를 벌이고 물리도록 먹고 덤불숲에서 짐승마냥 짝짓기를 하는 것이라오. 거리마다 상태가 어떤지 보셨소? 장마철만 되면 국토의 반이 단절된다오. 진지하고 자신들의 장래에 대해 걱정이 많은 민족이라면 도로를 그 꼴로 방치해 두겠소? 그들은 그러거나 말거나 상관도 하지 않소. 그건 단순히 이 지역에 외국 자본이 너무나 많이 들어와 있어서 이 나라를 완전히 내팽개쳐 둘 수만은 없다는 걸 알기 때문에 그러는 거란 말이요! 그들에게서 도로를 차단하고, 휘발유, 자동차, TV, 수돗물, 전기를 빼앗아보시오. 한 2, 3일간은 뒤죽박죽이 되겠지만 그들은 아주 빨리 그런 상황에 완벽하게 적응할 거요. 이곳 사람들한테는 당신은 상상도 못할 생존 본능이 있소." 현대 문명의 그 어느 것도 그들에겐 필요치 않았던 것이다.

한편 그가 이번 임무를 수락한 건 단지 장관에게 기쁨을 선사하기 위해서였다고 했다. "왜냐하면, 한번 생각해보시오, 이 지방이 어디 게으름뿐이요? 그것 갖고도 모자라서 폭동을 일으키잖소. 만약 그들에게 존재감을 주기 위해 규칙적으로 정부 관료들을 보내지 않으면 디에고 사람들은 자기네가 소외됐다고 느낄 것이고, 이러한 그들의 회의주의는 국가차원에서 그 결과를 가늠할 수 없는 행동들을 저지르게 한다오." 아니, 장관과의 친분만 아니었다면 그는 단 일초도 주저하지 않고 싫다고 했을 것이었다. 그에겐 가족이 있었다. 다정한 아내와, 너무나도 바쁘기만 한 아빠의 손길을 필요로 하는 두 살 터울의 아이들이. 그는 룩셈부르크에서 작은 사업체를 운영하고 있다고 했다. 마다가스카르에 대해 수치심을 느끼게 하는 도시에 시간을 허비하러 가는 것 말고도 다른 할 일이 있었던 것이다! 그래서 그는 주말이면 차를 몰고 라므나에 있는 이 호텔로 바람을 쐬러 온다고 했다. 마틸드는 그의 차를 보았을까? "펄 다크블루 칼라의 푸조 607인데, 현관에 주차돼 있소. 마다가스카르에는 처음 들어온 차들 중 하나요. 원한다면 드라이브를 시켜드리지요. 충격 방지 CD플레이어를 달았는데, 도로가 움푹 팬 데가 많아서 그게 더 낫더군요! 어때요, 호텔에 그냥 이대로 있고 싶은 게 아니라면……" 호텔은 그만하면 매우 좋았다. 주인은 독일인으로 엄격하고, 계획성 있고, 깔끔하며, 성실하고, 서비스와 영리를 동시에 추구하는, 한마디로 이 나라에는 없는, 아니 앞으로도 영원히 없을 그런 사람이었다. 한편 시리아크는 히틀러를 향한 찬탄을 숨김없이 그대로 드러냈는데, 물론 정치인으로서의 히틀러 말이다. "그런 얼굴 하지 말아요, 마틸드. 난 정치인으로서의 히틀러를 말하는 거요!" 아, 그는 감히 큰소리로 그렇게 말하진 못했지만, 가끔은 제2의 식민지화만이 유일한 해결책은 아닐까, 하는 생각이 든다고 했다.

"그럼, 그 카이피리나는? 한잔 더할래요? 싫어요? 뭐, 그러시든가. 그럼 난 이제 슬슬 본론으로 들어가서, 이봐요, 마틸드. 혹시 흑인 남자와 자본 적 있소? 당신네 종족은 우리네 잠자리 능력을 극찬하지 않습니까? 그런 선입견들이야말로 근거 없는 얘기가 아니란

걸 개인적으로 당신한테 입증해 보이는 게 내 의무인 만큼, 난 기꺼
이 할 마음이 있소만."

34

9월 14일 아침, 디에고.

멜뤼진,

난 잠을 이룰 수가 없어. 오늘 에메랄드 바나에서 있었던 일이 자꾸만 떠올라. 옷을 걸치고, 택시를 타고 너희 집에 가서, 수위한테 너희 부모님이 잠에서 깨지 않도록 살짝 내가 왔음을 알려 달라고 하구선 널 만날 때까지 기다리고만 싶어. 네 손을 잡고 바다로 가서 함께 나란히 앉아 바다를 바라보고 싶어. 너하고 실컷 키스를 하고 싶어. 네게 전화하고 싶어.

난 두려워. 너하고의 일이 너무나 아름다워서 널 잃게 될까봐 두려운 거야. 네가 나만의 여자라는 확신을 갖고 싶어. '나의 멜뤼진'이라는 문구로 편지를 시작하고 싶었지만 감히 그러질 못했어. 무언가가 내게 그럴 권리가 없다고 하는데, 이 점만큼은 명백히 밝혀두고 싶어. 내게 그럴 권리가 있는 거야, 아님 내가 너한테 푹 빠져서 일을 복잡하게 만드는 거야?

네게 숨기는 게 있다면 그건 네게 거짓말을 하는 거나 마찬가지일 거야. 네가 날 조금은 어설프다고 보는 한이 있더라도, 내 유약함이나 내 결점들과 함께 내가 어떤 애인지 네가 알았으면 좋겠어. 하지만 난 달라질 거야. 약속해. 나를 향한 네 감정에 확신을 갖게 되면 난 강해질 거야. 오늘 오후엔 모든 일이 너무도 순식간에 일어났어. 그러고 나서 그 일에 대해 다시 얘길 나눠볼 시간이 단 일초도 없었지. 난 얼마나 깜짝 놀랐던지 남들한테서 뚝 떨어져, 그렇게 널 따라가겠다고, 너와 함께 네 타월에 누워 있겠다고 했을 정도였어. 내가 그러리라곤 예상도 못했었는데. 사실 학교에선 넌 아무 말도 안 했었지. 심지어 질다랑 날 놀리는 것 같다고 느꼈었어. 너랑 단 둘이 걸을 때 난 아무 말도 못했지. 도저히 믿을 수가 없었거든. 심지어 뾰족한 풀이랑 가시덤불, 조각돌을 밟으면서도 아무 느낌이 없었어. 저녁이 되어서야 여기저기 상처투성이라는 걸 깨달았어.

네가 옷을 벗기 시작했을 때 (넌 근사해, 멜뤼진. 내가 상상했던 것보다도 훨씬) 네게 아킴에 대한 얘기를 할 뻔했지만 네가 그대로 멈춰 버릴까봐 감히 그러질 못했어. 너희들 어디까지 갔어?

네게 하고 싶은 말이 또 있어. 내가 너무 빨리 끝내버려서—내가 무슨 말하려고 하는지 알지?—네가 더 이상 나랑 하고 싶어 하지 않을까봐 두려워. 내가 그리 남자답진 못하다고, 그 녀석만큼은 아니라고 생각할까봐 두려운 거야. 하지만 지금도 날 사랑한다면, 날 믿어줘. 아주 빨리 향상시킬 수 있어. 거기다가 하기 직전에 '준비 됐어?'라고 묻다니, 내가 생각해도 난 정말 멍청해. 날 바보라고 생각했지?

  자, 이쯤에서 그만 쓸게. 이 편지를 접어 봉투에 넣어서 내일 아침 교정에서 전해주고 싶어. 구석진 곳에서 네 답을 기다리고 싶어. 아니, 사실은, 차라리 긴 바지를 입고 택시를 타고 너희 집까지 갈 거야.

  자, 그럼 간다.

  이따 봐.

  사랑해.

르낭

35

　디에고로 가는 택시 안에서 필립은 생각했다. 살아가면서 조금이라도 마음의 균형을 잃지 않으려 노력한다면 삶은 공평하다고. 흔히 말하길, 남자가 중년에 접어들어 겪게 되는 마魔나 성적인 불안정은 필연적인 거라고들 하지만, 약간의 선의와 현명함을 발휘하기만 해도, 자연은 그들의 열정을 한 여자, 즉 제 여자한테만 지속적으로 쏟아 부을 수 있도록 프로그래밍 했다는 것 또한 알게 되리라.

　스물다섯 살이었다면, 필립은 마틸드를 위해 모든 걸 버렸으리라. 그녀를 보면서 2년 전 길을 물었던 툴루즈 외곽 주유소의 그 여종업원을 떠올리다니 어처구니없는 일이었다. 때는 여름날 오후 2시로 접어들 무렵이었다. 그날 툴루즈의 기온은 적어도 38도는 되

244

었을 것이다. 모두들 찌는 듯한 무더위에 일손을 놓은 채 늘어져 있었고, 하늘엔 구름 한 점이 없었다. 로르는 다프네를 임신 중이었는데, 뤼도를 데리고 자동차 안에서 기다리고 있었다. 짐 보따리니, 너무 커서 접혀지지 않는 도로지도니, 축축한 좌석 위에 들러붙어 엉덩이를 콕콕 찔러대는 비스킷부스러기니, 더 이상 건드리고 싶은 생각이 안 드는 미적지근하고 뿌연 생수병이니 하는 것들과 함께. 그들은 고속도로를 타고 마르세이유에서 오는 길이었다. 필립은 땀범벅이 되어 기진맥진한 채 정신이 하나도 없었다. 그는 혼자서 썰렁하니 텅 빈 주유소 매점으로 들어갔다. 에어컨의 찬 공기와 침묵은 그에게 다시금 활력을 불어넣어주었고, 필립은 세 번이나 출구를 놓쳐버린 끝에 몽토방Montauban 고속도로로 다시 접어들 수 있는 우회로를 가르쳐줄 만한 누군가를 찾고 있었다. 그는 소변이 마려웠다. 여종업원 하나가 매점 안으로 들어왔고, 그에게 화장실이 있는 데를 일러주었다. 화장실에서 나온 필립은 종업원에게 몽토방 방향을 물어보았다. 그녀는 자신은 전혀 모른다며, "잠깐만요, 알 만한 사람을 찾아볼게요."라고 했다. 바로 그 순간 일반직인 주유소 관리인이 아닌, 의심 많고 사사건건 투덜거리기를 좋아하는 그런 타입이 아닌 큰 키에 날씬한 체형의 금발머리 아가씨가 들어오는 게 보였다. 나이는 스무 서너 살 쯤 됐을까, 멋지고, 아주 낙천적이고, 아주 건강하고, 활력이 넘치며, 열의가 있고, 매사에 의욕적으로 보이는 여자는 그를 마주 보면서 솔직하면서도 쾌활한 미소를 지어보이며 인사를 건넸다. 여자의 당당한 태도는 주유소 로고가 찍힌

245

그녀의 작업복을 초월해 있었다. 여자는 샤넬 광고 속의 빨간 모자역을 맡은 여자애와 약간 닮아 있었지만 표정이 훨씬 사실적이고, 자연스러우며, 덜 인위적이고, 덜 인공적이며 좀 더 인간적이었다. 여자의 설명은 매우 간결한 것이었는데 필립의 귀에는 하나도 들어오질 않았다. 그저 머릿속으로 왠지 이런 주유소와는 어울리지 않는 여자라는 생각을 하고 있었다. 그는 속으로 자문해보았다. 만약 로르와 뤼도가 없는, 지금과는 다른 상황이었다면, 용기를 내어 그녀의 말을 끊고 이런 말을 할 수도 있지 않았을까?

"난 그쪽의 당당함이 보기 좋아요. 당신에게서 풍겨져 나오는 모든 게 마음에 들고, 당신이 어떻게 살아왔는지 알 수 있을 것 같아요. 내 생각에 그쪽은 늘 어려운 일을 많이 겪어봐서 혼자 힘으로 더 나은 미래를 위해 온 힘을 쏟기로 결심한 아주 용감한 아가씨임에 틀림없어요. 난 그쪽이 정말 마음에 들고 우린 참 잘 통할 것 같다는 생각이 드네요. 내게 필요한 사람은 바로 당신 같은 여자예요. 난 번지르르하게 말 잘하는 선수도 아니고, 여자를 만날 때마다 매번 이러지도 않아요. 그저 한눈에 반한 것뿐이에요. 난 성실한 남자고, 그쪽을 속이는 일 따윈 결코 없을 겁니다. 그러니까 미안한 말이지만 주유소에서 하는 일 따윈 그만두고 작업복을 벗고 저기 밖에 있는 내 차에 함께 타고 어디든 그쪽이 원하는 데로 가서 함께 살았으면 해요. 그러다가 나중에 서로 즐길 만큼 즐겼을 때쯤 다른 누구도 아닌 그쪽과 함께 아일 낳아 기르고 싶어요. 어때요, 그쪽 생각은?"

그런 일은 미국 로드 무비에서나 볼 수 있으리라. 그렇게 말하는 대신 필립은 그녀가 일러준 내용을 역으로 떠올려보려 애를 쓰면서 정중하게 고맙다고 했다. 그녀에게 외치듯이 작별 인사를 한 그는 로르와 뤼도가 있는 차로 가서 시동을 걸었고, 로르를 대하는 얼굴엔 자신의 마음도, 마음 속 동요도 전혀 내비치질 않았다. 그와는 반대로 로르에게 환한 미소를 지어 보이고는 사랑한다고, 당신 같은 여자와 일생을 함께 하다니 참 운이 좋은 놈이라고 말했다. 그의 그런 말이 거짓은 아니었다. 그는 로르를 사랑하고 있었고, 그녀가 그와 잠자리하는 걸 그다지 좋아하진 않았다 해도 그녀의 육체를 사랑했다. 어쨌든 필립은 아내를 있는 그대로 사랑했고, 아내와 함께 하는 삶을 사랑했고, 그의 아내도 그런 그를 사랑했으니 무얼 더 바라겠는가. 그는 평소에, 욕망이란 무엇보다도 자기 암시와 관련된 것이어서 유혹을 이겨냄으로써 상당한 쾌락을 맛볼 수 있다는 생각을 갖고 있었다. 그날 오후 해변에서 마틸드가 그에게 말하는 동안에는 무슨 일인가 일어날 수도 있었다. 그녀의 손을 잡거나 그녀의 팔을 자신의 어깨에 두를 수도 있었다. 그녀 안의 무언가, 그녀의 쉼 없는 지껄임, 아무것도 놓치지 않으려 애쓰는 그녀의 시신 속의 그 무언가가 그로 하여금 그녀 또한 그걸 기대하고 있는 게 틀림없다는 생각을 하게 만들었던 것이다. 하지만 안정되고 침착한 성격의 남자라면 그 성장과정이야 불 보듯 뻔한 것. 유년기에서 사춘기를 지나 육체적 욕망을 느끼고 몇 번의 경험을 거쳐 좋은 사람을 선택해 한쪽으로만 욕망이 분출되도록 한다⋯⋯ 제 아무리 세상 제일가는 미녀라 한들 필립은 끄떡도 하지 않을 것이다. 삶은 공평하니까.

247

그래도 그는 자신의 대답 때문에 마틸드가 실망했을까봐 몹시 걱정스러웠다. 그 말이 그녀에게는 그리도 충격적인 얘기로 들렸을까? 청취 및 분담의 파견 임무들은 무의미한 일이어서 언젠가 서방 국가와 남반구 국가들끼리 서로를 이해하는 날이 올지는 미지수다, 북남 간의 문화적 관계는 상호간의 오해의 산물일 뿐이다, 요즘은 더 이상 아무 생각도 하지 않고, 이런저런 의미에 대해 어떠한 판단도 내리지 않으며, 그 부분에 관해선 아예 생각 자체를 하지 않고, 그저 단순하게 수많은 남반구 나라 사람들의 관습에 공감하지는 않지만 그렇다고 해서 그들을 존중하지 않는 건 아니라고 말하는 편이 좋다, 그 모든 일이 돈 벌이가 되고, 다행스럽게도 오해 따위는 별로 신경 쓰이지 않으니 시니컬하게 구는 여유를 부려가며 살 수 있도록 해주는 유럽의 돈이 너무나 고맙다, 등등의 생각을 자신도 날이면 날마다 속으로 되뇐다고 말한 것이? 어쩌면 그 모든 얘기가 그녀에게는 너무도 난해했던 것일까?

그녀는 필립에게선 마다가스카르 사람들을 비난하거나 불평을 늘어놓는 소리를 들을 수 없어서 좋다고, 그런 그가 존경스럽다고 말했다. 그녀가 말을 마치기 무섭게 필립이 설명했다, 그건 이 나라의 정치, 부패, 제도, 교통, 가난, 건강, 교육, 질병처럼 상처를 줄 수도 있는 부분들은 절대 어설프게 건드리지 않으려고 특별히 신경을 쓰기 때문이라고. 자신은 절대 판단을 내리지 않으려고 무진 애를 쓴다고. 그런 문제들을 비판하지 않는 것이 타고난 성격 때문에, 혹은 직업상 그런 것은 아니라고. 그건 말하는 억양이나 단어 선택의 문제라고. 하지만 대화 상대 앞에서 말을 할 때에는 그런 걸 문제로 거론하지 않고, 차이점으로 소개한다고. 그리고 말이 차이를 존중하는 것이지, 어떤 일에도 사적으로는 개입하지 않는 자신만의 방식일 뿐이라고. 아무도 화나게 하지 않는 이러한 존중이야말로 일종의 무관심이고, 무리에서의 이탈이라고. 그리고 더욱 나쁜 건 자신이 차이를 존중하는 태도를 취하는 것이 뿌리깊은 신념 때문도 아니고, 인본주의에 입각해서 그러는 것도 아니며, 정확히 말하면 결국 아무것도 확신할 수 없고, 모든 걸 의심하기 때문이라고. 자신은 늘 모든 걸 의심해 왔고, 그렇게 태어났으니 어쩔 수 없다고. 서구 논리에 입각한 서양식 인간의 조건을 의심하는 것만큼이나 지구상의 나머지 인간들과 그들의 개인 논리에 의심이 든다고. '너 자신을 알라'는 격언처럼, 중도를 지키기 위해 그가 발견해낸 것은 바로 '문화적 무중력 상태'라고 했다. 그가 다른 문화권 사람들을 존중할 수 있었던 것은, 그들과 적절한 거리를 유지할 줄 알았기 때문이었다. 마음을 연다는 미명 하에 지나치게 허물없이 대하고 지나치게 신뢰하면—그는 훨씬 어렸을 때 이미 경험을 했다—결국에 가선 늘 실망하고, 누구나 할 수 있는 진부한 얘기들을 늘어놓기 마련이라는 얘기였다. 그는 서양과 제3세계 사람들의 개인적인 관계는 이러저러한 의미에서 완벽하게 공정할 수는 없다는 것을 인정해야 한다고 했다. 자신은 그런 사실을 깨달을 수 있었지만, 지난 역사를 되돌려놓으려는 의지로 가득 찬 서양 사람들을 만족시키지 못한다면 억지로 강요해봤자 그게 무슨 소용이 있겠냐고. 한편 그는 다른 문화권 사람들, 혹은 서양식 코드에 이력이 난 완벽한 이중 문화권 사람들과는 진실된 우정을 맺어본 적이 없었다고 했다. 말하긴 서글 플지 몰라도 어찌하다보니 그리 되었다고. 그렇다. 그래서 그는 존 중했던 것이다. 하지만 수동적으로, 은연중에, 그냥 어쩌다가. 왜냐 하면 달리 애착을 가질 만한 게 없었거나 맹목적으로 이거다라고 주장할 만한 게 없었기 때문이었다. 그렇다면 혹시 그의 그런 솔직 함이 그녀의 기분을 상하게 한 걸까.

솔직함? 무엇보다도 그는 자신의 모든 걸 털어놓음으로써 그녀에 게 깊은 인상을 주려고 했다. 그는 격언들과 모순 명제들을 두루 인 용했다. "사람이 여행을 많이 하게 되면 마침내는 빈정거림을 경계 하게 되잖아요, 빈정거림이야말로 우리네 주특긴데." "서양 사람은 제3세계에 가면 곧잘 편안함을 느끼게 되죠. 그가 속한 사회제도와 거기서 받은 교육으로 인해 자아에 대한 확신이 강해서 남에게 쉽 게 마음을 여니까요." "내 일에 대한 믿음이 없어도 정해진 룰에 따 라 행동하지 않으면 안 되죠." 그녀는 그를 위선자로 여겼을 것이 다. 마틸드는 순수하고, 타협할 줄 모르며, 낭만적인 데가 있었다. 그런 사람들은 그저 자신이 생각하는 대로 말하고, 말하는 대로 행 동하는 법이다. 그녀야말로 또 다른 뭔가가 바탕에 깔려 있는 이중 인격자는 아니었던 것이다. 그렇다면 그는 무슨 까닭에 죄의식을 느껴야 하는 걸까? 그가 일했던 곳이면 어디서나, 아프리카든, 남미 든, 마그레브든, 사람들은 왜 그런 마음이 드는지는 자문해보지도 않고 늘 그가 떠나는 걸 아쉬워했다. 위선자는 자리에 앉게 되면 숨겨진 야망을 키우고 책동을 하는 법이다. 그는 아니었다. 위선자는 결국엔 쓰고 있던 가면을 벗고, 남을 화나게 하며 미움을 사게 돼 있다. 필립은 그렇지 않았다. 필립은 다른 사람과의 관계에서 자신의 이익을 추구하지 않았다. 어쩌면 그에게는 마틸드가 지닌 순수함 따윈 없었을지 모르지만 가는 곳마다 자기 주위에 평온함을 만들어 낼 줄 알았다. 왜냐고? 결코 강요하려고 애쓴 적이 없기 때문이다. 그것 외에도 그는 지나치리만큼 자기 자신을 평가하곤 했다. 다시 말해서 평화의 조리법을 혼자 힘으로 터득했던 것인데, 그것은 아주 간단했다. 모든 사람에게 미소를 지을 것, 모든 사람의 말을 경청할 것, 누구의 주장이든 절대 반박하지 말 것(아니면 반박이 아닌 부드러운 말로 할 것), 절대 앞에 나서지 말 것, 절대 짜증내지 말 것, 절대 조급해하지 말 것, 절대 시간을 재지 말 것, 절대 자기주장을 내세우지 말 것, 늘 다른 사람이 먼저 요구하고 먼저 얻어내도록 할 것, 그러면 자신도 모르는 사이에 주위는 칭찬으로 자자할 것이다. 모난 데 없이 반들반들한 돌멩이를 닮을 것. 특히 아무에게도 아무것도 요구하지 말고, 누구에게서든 아무것도 기대하지 말 것. 남이 곁에 있을 경우에만 남에게 몰두할 것. 남에게 무관심한 만큼 더욱더 남에게 헌신할 것.

　그가 진실된 마음으로 행할 때마다 그것은 효과를 발휘했고, 그에게 돌아오는 반응은 실로 놀라웠다. 다른 사람들이 아무리 이기적이라고 해도 끊임없는 겸손 앞에서는 결국 누그러지기 마련이었다. 자고로 사람이란, 친절하다거나, 멍청하다거나, 또는 천하에 몹쓸 인간이라거나 하는 식으로 이렇게 저렇게 규정할 수는 없는 법이다. 그들은 인간적인 것일 뿐이고, 상처받기 쉬우며, 쉽게 상처받기 때문에 의심이 많다. 즉, 남들의 모습이라 생각하는 그들의 모습은 바로 우리 자신인 것이다. 필립은 자세한 건 모르지만 어느 행동하는 사상가—사샤 기트리였나?—가 한 말을 알고 있었다. '최고의 예절은 행복한 표정을 짓는 것이다.' 어쨌든 그는 그 말을 틈만 나면 생각하곤 했다. 필립이라면, 거드름 따윈 집어치우고, 차라리 이렇게 말했을 것이다. '내가 행복한 표정을 짓는다면 그건 단지 예의상 그러는 것일 뿐이다.' 그가 항상 잘 지내는 듯 보였던 것은 잘 지내지 못하고 있을 때 자기 자신을 객관적으로 과대평가한 적이 없었기 때문이다.

게다가 타고난 카리스마로 인해 필립은 모든 사회적, 지리적 풍토 하에서 사람들의 환심을 샀다. 그의 생각과는 상관없이 승진이 되었고, 자신이 세운 계획을 실행하는 데 필요한 자금을 얻어낼 수 있었다. 사방에서 문들이 열렸고, 부하 직원들은 그를 따랐으며, 대사에서부터 수위에 이르기까지 그를 기쁘게 하고 싶어서, 그를 위해 그러는 것이 좋아서 그와 함께 일을 했다. 자화자찬을 하는 법이 없었기에 아무도 그가 하는 일에 훼방을 놓을 생각을 하지 않았다 (자기 성공에 대해 왈가왈부하는 일은 남에게 맡겼다.). 드물긴 해도 그가 어쩌다 실패를 하면 너그럽게 봐주었다. 더욱 좋은 건 그런 실패들로 인해 그는 다른 사람들의 눈에 더욱 인간적인 사람으로 보였다는 점이다. 사람들은 온갖 칭찬들을 그에게 쏟아 부었다. 그의 주변에는 늘 사람들이 끊이지 않았다. 많은 남자들이 그의 가장 친한 친구가 되길 바랐고, 많은 여자들이 그의 안주인이 되길 바랐으며, 심지어 몇몇 사람들은 그를 자신의 딸과 혼인시키려고 했다. 하지만 그는 아무에게도 속하지 않았다. 일단 떠나면 소식을 끊었고 흔한 엽서조차 보내지 않았다. 그는 의무감이 있는 사람이었지만 자신의 시간, 능력, 조언 외에 다른 건 결코 내어준 적이 없었다. 그 누구에게도 집착을 하지 않았기 때문에, 이따금 돈은 줄망정 자기 자신은 결코 내주지 않았다.

성공을 하기 위해서는 능력 있으면서도 초연한 사람이기만 하면 되었다. 그는 다른 사람들에게 아무것도 필요치 않은 사람이라는 인상을 주었는데, 이 점이야말로 받을 수 있는 최상의 방법이었다 ('결국은 보채지 않는 사람에게 늘 주게 마련이므로.'). 다시 말해서, 아무에게도 아무것도 요구하지 않고, 행복하다는 인상을 주게 되면 만사가 술술 풀리기 마련인 것이다. 왜냐하면 사람은 누구나 겉으로 행복해 보이는 누군가의 행복을 조금이라도 나누어 가질 만반의 준비가 되어 있기 때문이다. 하지만 아무에게 아무것도 요구하지 않기란, 누구나 할 수 있는 쉬운 일은 아니었다. 저마다 나름의 사연이 있고, 저마다 나름의 고통이 있으며, 저마다 살면서 치러야 할 대가가 있는 법이니까. 하지만 필립에겐 쉬운 일이었다. 아무것도 바라는 게 없었으므로.

36

바로 그때, 로르와 리즈는 쟝 미셸 바스키아 회고전이 열리고 있는 파리 그르넬 가의 한 재단에서 나오는 중이었다. 자신들이 내딛는 발걸음에 시선을 고정시킨 채 미소도 짓지 않고 천천히 앞으로 나아가던 두 사람의 표정엔 심각한 얘기를 나눈 흔적이 역력했다. 로르가 걸음을 멈추자 이어서 리즈도 멈춰 섰다. 그녀는 고개를 치켜들었다.

"그래? 몰랐단 말이야? 말도 안 돼! 카린이 말 안 했어?"

"아니, 아무 말도. 진짜야."

"그래? 별일이네. 난 진짜 네가 아는 줄로만 알았지!"

리즈는 그 소식을 듣고 큰 충격을 받은 듯했다.

"아 아, 끔찍해!"

"그래, 알아. 끔찍한 일이지."

로르는 다시금 발걸음을 떼며 충격을 완화시켰다.

"생각만 해도 등골이 오싹해지는 것 같아. 그이를 볼 땐 가능한 한 그 생각을 안 하려고 해. 근데, 그게 잘 안 돼. 그이한테 그 말을 들었을 땐 충격 그 자체였어. 그 사람이랑 계속해서 잘 살 수 있을까 하는 생각마저 들더라니까."

"잠깐, 누구보다도 힘든 건 네 남편 아냐?"

"그렇지. 몰라, 난 아무 생각도 못하겠어. 근데 카린이 진짜 너한테 말 안 했어?"

"아니, 아무 말도. 진짜야."

"하긴, 나도 나중에서야 알았어. 그인 3년이 지나고 나서야 나한테 말하기로 결심했지. 생각해 봐, 3년이야, 3년! 그것도 딱 한번. 그러고는 절대로 그 얘긴 안 해. 절대로. 시어머니도 마찬가지고. 그 얘기만 나오면 입을 딱 다물어버린다니까. 그 일로 식구들 모두 충격을 받았거든."

"그래, 그럴 수 있을 것 같애."

"물론, 이해야 가지. 그럼."

"그래서 누굴 만나봤대?"

"아니, 그건 죽어도 싫대. 우리가 알기 전에도 그랬고, 알고 나서도 그렇고. 내가 수도 없이 정신과 의사한테 가보라고 했지만 번번이 짜증을 내면서 싫다는 거야. 혼자서도 얼마든지 해낼 수 있다나.

아무도 필요 없대. 한번은 이런 말까지 했다니까. 그러다 언젠가 우리 관계에 악영향을 미칠지도 모른다고. 하는 수 없이 포기하고 말았어. 정말이지 나도 꾹 참고 있다니까."

"딱하기도 해라…… 어쩌다가 직후에 그런 일이 생겼다니?"

"아주 분명한 게 아니라서 나도 잘 모르겠어. 그 사람이 말한 거랑 시어머니가 해준 얘기 사이에 겹치는 게 있어서 알게 된 거거든. 사실, 당시엔 자기 때문에 죽었다는 걸 분명히 알진 못했어. 그 후에, 그인 그냥 평범한 아이로 자랐지. 자기 어머닐 통해서 알게 된 건 열대여섯 살 쯤 먹었을 때고. 어떤 계기로 알게 된 건지는 전혀 몰라. 나쁜 버릇이 수도 없이 생길 정도로 힘든 시기를 보낸 것 같애. 하지만 그 외에 가출을 하거나 하지는 않았어. 정서불안이 있다거나 마약을 한 적도 단 한번도 없지. 그인 절대 비행청소년이 되거나하진 않았어. 오히려 그 반대야. 그리고 정말 신기한 건, 그럴 경우 일반적으로 보일 수 있는 죄의식 같은 게 그이한텐 없다는 거야. 그인 늘 모범생이었고, 남자, 여자 할 것 없이 친구도 많았어. 바칼로레아 성적도 중간 이상이었지. 몇몇 시험을 통과해서 유니세프에서 일하게 됐고, 여행을 다니기 시작해서 엘렌을 만나 결혼했고, 뤼도를 얻었지. 그러다 날 만나서 엘렌과는 이혼했고, 나랑 결혼해서 다프네를 낳고 여기까지 온 거야. 평범하지, 뭐. 그이는 항상 뭔가를 이루려고 했어. 그런 점에서 보면 그인 늘 어려운 일이 생길 때마다 대응을 잘 해왔지."

"근데, 네 남편은 전혀 기억 못해?"

"전혀, 아주 어렸을 때니까. 네 살도 채 안됐을 때지."

"어떻게 그런 일이 있을 수 있는지 도저히 상상이 안 가."

"그러게. 그이 아버진 바닥에 누워 있었는데, 필립은 두발로 깡총 뛰어서 아버질 타넘길 좋아했대. 그런데 어쩌다가, 있는 힘껏 껑충 뛰었는데, 왜 있잖아, 애들이 하는 거. 그이 아버진 전혀 예상을 못 했기 때문에 미처 방어할 틈도 없었고, 그래서 필립은 자기 아버지 목울대 위로 떨어졌어. 그이 아버진 그 자리에서 돌아가셨지."

"세상에! 어떻게 그런 일이 다 있니!"

"그래, 아주 어처구니없는 일이지. 필립한테는 이런 말 안 하지만, 자기 배를 타 넘게 내버려둔 그이 아버지도 잘한 건 없어."

"그러니까 필립이 항상 거리를 두고 마음을 끝까지 여는 법이 없었던 것도 다 그래서 그런 거구나."

"그래, 그런 일이 있었다는 걸 알고 나니까 결국 그이가 왜 그런 선택들을 했는지 이해할 수 있어. 여행도, 유니세프도, 애들하고의 병적인 관계도 다 의미가 있지. 그런데 반대로 마다가스카르로 떠나기 전에 초음파 검사하는 데 같이 가기로 해놓고 까먹은 일이 있고 부턴 어디까지가 건망증이고 어디까지가 신경쇠약증인지 의문이 생겨. 다프네랑 아기도 있는데, 그런 식으로 깜박깜박하는 게 얼마나 겁나는지 넌 모를 거야. 앞으로 무슨 일이 일어날지 전혀 모르잖아. 왜냐하면, 내가 한마디만 할게, 그래, 분명 그인 힘들었고, 지금도 힘들어 하고 있어. 하지만 같이 사는 사람도 얼마나 마음고생을 하게 되는지 알아?"

"그만해, 로르! 네 남편 그 정도면 흠잡을 데 없어! 그만해!"

"그래서 내가 짜증이 나는 거야. 모두들 그렇게 말하지. 난 욕심 사나운 여자고, 아무도 내 말 같은 건 믿으려고 안 해. 하지만 필립은 쉬운 사람이 아냐, 그렇게 생각하면 안 된다고. 그인 성자가 아니란 말이야! 물론 그이가 타협적인 사람인 건 맞아! 하지만 그 사람이 무슨 생각을 하는지 알 수가 없어. 그이가 진짜로 원하는 게 뭔지 통 알 수가 없다고. 표현을 안 해. 어떻게 해서든 충돌하는 걸 피하지. 그게 더 상황을 악화시키는 것 같애. 결국엔 늘 또 다른 충돌로 이어지게 되니까. 그인 사태를 질질 끌면서 날 정신없게 만들어. 참는 쪽은 언제나 그이지. 말 한마디 하지 않고 그저 꾹 참기만 하는 거야. 내가 뭐래도 들은 척도 안 한다니까. 그이한텐 확고한 자기 세계가 있어. 가정을 이루고 살고는 있지만 자기 머릿속 세상에서 혼자 사는 거나 마찬가지라고. 남들은 몰라. 그이가 그런 식이니까 악역은 늘 내 몫이지. 가끔은 그게 얼마나 사람을 의기소침하게 만드는 일인지 알아? 특히 나처럼 자기 확신이 부족한 사람한테는?"

리즈는 침울한 표정으로 듣기만 했다.

"하여튼, 엘렌도 지난 번 만났을 때 똑같은 얘길 하더라고. 이혼하고 난 직후였지. 가끔은 냉혈동물이랑 사는 기분이 들면서 그가 어떤 사람인지 통 모르겠더래. 그러고는 나한테 행운을 빈다고 하더라고. 하지만 인정할 건 인정해야 하는 게, 어쨌든 엘렌도 그이 곁을 떠났잖아."

37

"피델리스, 나랑 얘기 좀 해야겠소." 귀가한 여자에게 모리스는 지나치리만치 차분한 어조로 말을 걸었다. 기분 나쁠 때면 짓는, 폭풍전야와도 같은 모리스의 그 침착한 표정을 그녀는 익히 알고 있었다.

"난 당신한테 늘 잘 대해줬소. 그러니 말해보시오, 피델리스. 나한테 뭐 숨기는 거 없소?"

이젠 그도 알고 있었다. 누군가 그에게 말해줬던 것이다. 그렇다면 누가? 일전에 온 동네 사람이 다 보는 앞에서 그에게 맞았던 그 바자가 틀림없었다. 모리스가 그날 일에 대해 일절 함구했던 것도 바로 그 때문이었다. 피델리스는 모리스의 마음을 누그러뜨리기 위

해 어린애처럼 눈을 내리 깔고는 제 잘못을 뉘우쳤다. 그 순간 집에
는 아무도 없었다. 셀레스탱도 모리스가 그렇게 빨리 알게 되리라
고는 미처 예상치 못했던 것이다. 하지만 무슨 상관이랴? 여긴 그녀
가 태어난 땅이었고, 결국 그녀가 옳은 것으로 드러날 것이었다.

　모리스는 자신이 그녀에게 늘 잘 대해주었다는 말을 되풀이 하는
것으로 말문을 열었다. 자신의 비용으로 그녀를 프랑스로 불러들여
2년 동안 한 지붕 밑에서 데리고 있었고, 젊은 기운을 불어넣어 주
지 못했다 뿐이지 그것 말곤 모두 해줬다고. 그러고 나서, 프랑스에
선 모두들 그녀가 자기 지갑에 눈독을 들이고 있다고 경고했지만,
그는 그렇게 말하는 사람들한테 썩 꺼져버리라고 한 것은 물론, 그
녀를 위해 친자식들하고 인연을 끊기까지 하지 않았느냐며 지난 일
을 일깨웠다. 자신이 디에고로 와서 그녀와 함께 눌러 살기로 한 것
은 프랑스에서 불행해하는 그녀를 차마 그대로 지켜보고 있을 수가
없어서였다고 했다. 점점 목소리가 커지고 맥박이 빨라지면서 모리
스는 눈빛을 희번덕거리며 한탄을 하기 시작했다. 이곳에 온 지 2주
도 안 돼서 피델리스가 과부가 아니며, 남편이 아직도 시퍼렇게 살
아 있고, 게다가 집 명의를 그 작자의 이름으로 했다는 걸 알게 됐다
고. ("지금 막 시청에서 오는 길이오. 매도한 사실을 알고 있소.")그
는 그녀 손에 집을 맡겨두었던 것을 후회했다('난 속으로 피델리스
는 제 나라 사정을 잘 안다고만 생각했어. 난 이 집이 내 명의로는
될 수 없는 줄 알았단 말이야.'). 모리스는 마다가스카르에서 바자
는 법적 소유주가 될 수 없는 걸로 알고 있었던 것이다. 그녀는 그

남편이라는 작자와 대체 무슨 음모를 꾸민 것일까? 그는 매일매일 그녀가 "조카딸들 좀 보고 올게요. 여자 친구 만나러 가요. 시장 갔다 올게요." 하면서 남편이라는 작자를 만나러 갔을 줄은 짐작도 못 했다. 그는 돈에 대해서도 일절 참견하지 않았는데, 그녀는 늘 혼자서 은행에 돈을 찾으러 가곤 했다. 그는 피델리스한테 잔고에 대해서도 묻지 않았다. 그가 바랐던 건 그녀에게 예쁜 주방을 만들어주고, 떠나오기 전 그녀와 함께 카르푸에 가서 골랐던 대형 TV와 소파를 들여놓을 수 있는 멋진 응접실을 꾸미는 것이었다.

마침내 모리스가 자리에서 일어났다.

"그게 당신이 원하는 거라고? TV랑 소파? 그리고 자동차도? 냉장고? 세탁기? 공구? 침대? 대체 언제쯤 날 죽여버릴 셈이오?"

38

　"에르베, 꼭 해둘 말이 있는데," 사무실로 들어오는 에르베에게 필립은 차분한 목소리로 말을 걸었다. 슬쩍 나무라는 듯, 예의바르면서도 거리감이 느껴지는 그 어조에 에르베는 좀처럼 적응이 되질 않았다.

　"웬만해선 회계장부가지고 꼬치꼬치 캐묻지 않으려고 하는데, 뭐 잊어먹고 나한테 말 안 한 거 있어요?"

　필립은 테이블 위에 펼쳐져 있는 서류를 가리키며 따져 물었다. 에르베는 말없이 책꽂이 발치에 가방을 내려놓고는 방문객용 컴퓨터 의자 하나를 제 쪽으로 끌어당기더니 허벅지 위로 바지를 걷어올리며 다리를 쩍 벌리고 앉아 의자 깊숙이 몸을 묻고는 고개를 뒤로 젖혔다. 그의 얼굴엔 체념한 듯한 표정이 어려 있었다.

"힘든 시간을 보내고 있다는 건 알아요."

끝까지 맡은 바 책임을 다하려는 필립은 안간힘을 쓰고 있었다.

"사표를 내겠다고 했고, 저도 그 뜻은 존중해요. 하지만 제가 진짜 존중하는 건 이런 거니까, 보세요."

필립은 서류를 가리켰다.

"보에마르에 있는 숲길 건, 이건 정확히 뭡니까? 우선 보에마르가 어디죠? 해안 지역은 아니고, 그보다 훨씬 아래에 있나요?"

"맞아."

"그런데요? 계속해보세요."

'내가 지금 뭘 하는 거지?' 그 순간 필립은 속으로 되묻고 있었다. '그만 둬라, 난 아무래도 좋다, 어쨌든 나도 돌아가는 대로 사표를 낼 거다, 해놓고선.'

"그 길은, 니리나 부모님을 위해 내가 자진해서 닦아 놓은 거야."

"당신 비서요?"

"응, 우린 작넌부터 교제하고 있어."

'개자식! 그 눈부시게 예쁜 앨 기어이 자빠뜨렸구나!' 필립은 순간적으로 질투심을 느꼈다.

"그거야 내 알 바 아니고, 도대체 이 길이 어떻게 된 거냐 이 말이에요."

필립은 슬쩍 비켜가며 말을 돌렸다.

"그녀 부모님 집이 주도로에서 멀거든. 장마철만 되면 시내로 나

가는데 애를 먹지. 그래서 기존에 있던 길을 확장하고 다져서 포장
도로로 만든 것뿐이야."

"그게 말이나 되는 소립니까? 이렇게 말해 미안하지만, 참 쓸데
없는 짓만 하고 다니는군요!"

필립은 계속해서 화를 냈다.

"애인 부모님 때문에 기금에서 이천이백만이나 썼다구요! 지금
제 정신입니까? 이렇게 되면 내가 해줄 수 있는 게 아무것도 없습니
다. 내가 보고서를 쓸 수밖에 없는 입장이라는 거 잘 아시잖습니까?
난 절대 사사건건 물고 늘어지는 그런 사람은 아닙니다. 하지만 이
렇게 엄청난 일을 그냥 덮고 넘어갈 거란 기대는 하지 마세요. 나는
공과 사는 분명히 하니까. 아시잖아요, 이건 보통 심각한 문제가 아
니라구요!"

"그 이천이백만은 내가 메워놓을 게."

에르베는 될 대로 되라는 식의 어조로 말했다.

"그래요, 그 수밖에 없겠네요."

절망을 넘어 태연자약한 듯한 태도에 당황한 필립이 얼버무렸다.

잠시 침묵이 흘렀다. 두 사람 다 할 수 있는 한 서로를 외면한 채
시선을 피했다.

"그리고 또 있어요."

필립이 다시금 서류를 흔들어 보이며 말을 이었다.

"소아성애자 건만큼은 특별히 세심하게 신경을 썼어야죠. 대체
왜 그런 겁니까?"

에르베는, '미안한데, 완전 망쳤어. 하지만 그러거나 말거나 신경 안 써' 하는 듯한 몸짓을 해보였다.

"뭐라구요? 대체 도중에 그만둔 이유가 뭐예요? 이미 위원회를 소집해놨는데. 유니세프에 아는 친구한테도 얘길 해뒀구요. 부르기만 하면 달려올 사람들은 얼마든지 있단 말예요. 그 자는 벌써 협회에서 쫓겨났어요. 그런데 당신은 그렇게 중요한 문제들을 멋대로 처리해버리기예요? 애매하기 짝이 없는 보고서나 만들어서 보내고? 대체 그걸 갖고 뭘 하란 말입니까."

에르베는 할 수 없다는 듯 어깨를 들썩여 보였다. 필립이 평상시의 목소리로 말을 이었다.

"실은 오늘 아침에 그자를 만났어요. 아무것도 모르는 척하고 잠깐 얘기를 나눴죠. 그러다 결국은 정체를 드러내고 말았지만. 그자한테 국제법에 따라 처리될 거라고 하니까 그자가 어떤 표정을 지었는지 알아요? 그딴 자식은 절대 그냥 놔둬선 안돼요! 그리고 그문제는 당신도 일정 부분 책임이 있어요! 부패니 매춘이니 하는 건다 좋아요. 뭐 그러거나 말거나, 그건 그 사람들 문제니까. 하지만어린애들만큼은! 난 그 문제만 나오면 미칠 것 같다구요. 나도 어쩔수 없는 게, 꼭 내가 나서서 어떻게든 해야 할 것 같단 말이에요! 난국적을 불문하고, 어린애를 건드리는 건 절대 용납 못해요! 빌어먹을, 도저히 납득이 안 가요. 아니, 어떻게 그럴 수 있죠? 자식을 키우는 사람이!"

전화벨이 울리기 시작했다. 잠깐 머뭇거린 후에 전화를 받은 에르베는 여보세요, 하고는 아무 말이 없더니 수심이 가득한 얼굴로 의자에서 일어났다. 곧이어 그의 얼굴은 아연실색한 표정으로 바뀌었다. "뭐라구!! 그 앤 지금 어딨어?" "대체 무슨 일이야? 크리스틴은? 크리스틴은 어딨어? 지금 당장 갈게." 에르베는 전화를 끊고 가방을 둔 채로 허겁지겁 달려갔다.

"에르베, 무슨 일이에요?"

당황한 필립이 물었다. 르낭이 병원에 있다고 했다. 집에서 동맥을 끊으려 했다는 것이다.

"세상에! 말도 안 돼! 내가 뭐 도울 일 없어요? 뭐든 해 드릴테니 말해보세요! 함께 갈까요? 아니면 크리스틴을 찾아볼까요? 말 좀 해 봐요! 진정해요, 에르베. 진정하라구요! 아직 어떻게 된 건 아니잖아요, 중요한 건 그거예요! 힘내요, 에르베! 네? 내가 있잖아요!"

39

 쟈크는, 세상엔 아무도 믿을 놈이 없다고 속으로 생각했다. 사내를 증오하고 있었던 것이다. 어째서 그날 아침에도 얘기를 나누는 척한 걸까? 내가 하는 일에 관심있는 척한 이유는? 대체 무슨 까닭에 그 일에 관심을 갖고 출판을 하도록 도와줄 수 있을 파리 사람들을 알고 있는 척 했을까? 내가 던진 농담에 따라 웃은 이유는? 나를 협박하기 위한 거였다면, 그 모든 생쇼는 다 뭐란 말인가? 나한테 뭘 어떻게 할 수 있다고 생각한 걸까? 경찰을 보낸다고? 국제기구? 신문기자? TV? 허허 참! 마다가스카르가 어떤 곳인지 모르는구만!
 넥타이를 매고 책상머리나 차고 앉은 인사들이 모르는 점이 있다면, 그건 바로 이곳 사람들의 사고방식은 절대로 달라지지 않으며,

앞으로도 그럴 거라는 사실이다. 그런 식으로 사람들을 귀찮게 하는 법이 대체 어디 있단 말인가? 어느 날 안락하기 그지없는 파리의 사무실에서 튕겨져 나와 비행기에 올라타고 르 프랑스 호텔에 48시간 에어컨이 돌아가는 방을 빌려 콜베르 거리 주변을 맴돌다가, 감옥에 보내버리겠다고 사람들을 협박하는 건 또 어떻고? 쟈크가 45년 동안이나 살아온 이 나라에 대해서 그자들은 무엇을 아는가? 마다가스카르 말을 해본 적은 있는가? 마다가스카르 음식은 먹어봤는가? 마다가스카르 사람들이 느끼는 어려움을 매일 매일 함께 해봤는가? 대체 무슨 권리로 쟈크가 이곳 애들한테 몹쓸 짓을 했다는 말을 하는가. 이곳 아이들한테 몹쓸 짓을 한 건 그가 아니다. 그것은 바로 사회였고, 그들의 부모였다. 쟈크는 적어도 이곳 아이들을 돌보았다. 다행히 그는 아이들에게 뭔가 해주기 위해 그곳에 있었고, 이곳 아이들을 하나같이 제 자식처럼 대했다. 아무려면 별다른 이유도 없이 아이들이 그의 집을 드나들었겠는가.

그의 집에 온 아이들은 자신들이 배우리라는 걸 알고 있었다. 읽고 쓸 줄을 알게 되고, 라디오를 들으며, TV를 보게 되리라는 걸 알고 있었다. 그리고 그 아이들의 부모 또한 그런 사실을 잘 알고 있었다. 아이들의 부모들은 몹시 만족했고, 그들에겐 여러모로 도움이 되었다. 아이들을 그곳으로 보낸 건 그들 자신이었다. 그렇게 하면 적어도 학교가 파한 후 자신의 아이들이 안전한 곳에 있으니 직접 아이들을 돌보지 않아도 되고, 쟈크가 아이들에게 숙제를 하도록 시키니 아이들이 거리를 배회하다가 허튼 짓을 하는 일은 없으리라고 알고 있었기 때문이었다. 아이들은 쟈크를 형편없는 사람이 아닌 신사로 알고 있었다. 게다가 그들의 부모들 또한 이따금씩 만 프랑짜리 지폐가 굴러들어오는 것에 매우 흡족해 했던 것이다.

타락한 인간에, 위선자들은 바로 파리 사람들이었다. 쟈크는 그럴 줄 짐작했어야 했다. 국제 인권기구의 간부들이야말로 썩을 대로 썩은 자들이었던 것이다. 쟈크는 몇 년째 그런 자들과 계속해서 마주쳤지만 아무리 조심한다 해도 당해낼 재간이 없었다. 하지만 그렇게 당하는 것도 이번이 마지막이었다. 그런 자들이 할 줄 아는 것이라고는 순진한 사람들을 이용해 등 뒤에서 사기를 치는 것이 전부였으므로.

40

멜뤼진은 미친 듯이 깔깔대다가도 이내 분한 표정을 짓곤 했다.

"그러니까, 걔가 수위랑 얘길 나누기 시작했어. 난 그 소리에 잠이 깼지. 휴우, 방 불을 켜지 않았으니 망정이지! 너도 알다시피 내 방은 곧바로 현관이랑 연결돼 있잖아!"

질다는 그 상황에서 물러나 있음을 멜뤼진에게 증명해 보이려고 함께 따라 웃기는 했지만 그런 그녀가 부러웠고, 감탄스러웠다.

"헐!"

"정말 다행이지, 안 그랬으면 내가 일어난 걸 알고 걔가 왔을 거 아냐. 그 멍청한 수위는 걔 말만 듣고 와서 내 방 창문을 두드렸어. 정말이지 죽여버리고 싶었다니까! 창문을 두드리기에 죽은 척했지.

또 두드렸는데, 내가 아무 대답을 안 하니까, 르낭이 철책을 넘어 들어와 내 방 창문을 두드리면서 내 이름을 불러대기 시작하는 거야. 한 번, 두 번, 그러고 나선 그만두더라고. 수위한테 편지를 주고는 집으로 돌아갔어."

"저런!"

"다행히 부모님이 깨진 않으셨으니 망정이지, 그래, 키가 192에다 95킬로에, 하루 종일 이 일 저 일에 시달린 우리 아빠가, 새벽 두 시에, 르낭 같은 애가 눈에 넣어도 아프지 않을 자기 딸한테 편지 쪼가릴 주러 오는 바람에 잠에서 깼다고 상상해봐!"

"아이고머니나!"

멜뤼진은 이만하면 컨디션이 썩 좋은 편이라고 생각했다. 단어나 예로 들 만한 표현들이 저절로 쏟아져 나왔고, 목소리는 음정이 정확하고 거침이 없었다. 시선 처리 또한 그런대로 괜찮은 것 같았다. 자신이 하는 말을 하나라도 놓칠세라 쳐다보는 질다의 눈길만 봐도 잘되고 있다는 걸 확인할 수 있었다. 그녀는 다음에 있을 즉흥연기 배틀에서 순발력이든 대담성이든 이 정도의 컨디션만 유지하면 완벽할 거라는 생각이 들었다. 왜냐하면 그런 식으로 자신의 목소리를 들을 때마다, 극단 단원 중에 타고난 배우가 있다면 찾아보고 말 것도 없이 그건 바로 자기라는 확신이 들었기 때문이다.

"나라면 그 자리에 있고 싶지 않았을 거야! 우리 아빠가 어떻게 나왔을지는 안 봐도 뻔해. '얘야, 착하지? 네 나이에 이 시간이면 잠자리에 드는 게 정상이거든! 그러니까 어서 집에 돌아가렴. 안 그러

면 이 아저씨가 눈물이 쏙 빠지게 혼 구멍을 내줄테다! 머리에 피도
안 마른 녀석이 어디서……' ."

"히 히 히!"

"야, 말도 마. 우리 아빤 입만 열었다 하면, 아주 한마디도 못하게
만든다니까! 일단 시작했다하면 인정사정 안 본다고!"

그녀는 잠시 말을 멈추고는, 리얼 버라이어티 쇼 〈스타 아카데
미〉나 하틀리 시리즈 드라마 〈하트 브레이크 하이〉에서 결정의 순
간이 되었을 때 여자 애들이 하는 거랑 똑같이 눈을 감고 한숨을 내
쉬더니 머리를 뒤로 쓸어 넘겼다.

"그 일만 생각하면 내가 어쩌다 그랬는지 모르겠어. 정말 창피
해……"

그녀는 순진하면서도 세상을 통달한 것 같은 눈길로 시끌벅적한
교정을 둘러보았다.

"젊은 게 죄지, 젊은 게 죄야……"

그녀는 질다를 향해 고개를 돌리더니 씁쓸한 미소를 지어 보였다.

"언젠가 너도 남자랑 깊은 사랑에 빠지면 알게 될 거야."

질다는 잠깐이지만 아랫도리가 후끈 달아오르는 느낌이 들었다.
그녀는 얼굴을 붉히며 시선을 아래로 떨구었다.

"잠깐, 그러고 보니까 내가 편지 얘기를 빼먹고 안 했네!"

멜뤼진이 들뜬 목소리로 말했다.

"오늘 아침에 수위가 주길래 읽어봤지. 정말이지 하마터면 웃다
가 숨넘어갈 뻔했다니까! 글쎄, 지가 아주 대단한 줄 알아! 영화를

너무 봐서 그런 건지, 보들레르의 시를 너무 읽어서 그런 건지는 몰라도 완전 중중이라고! 작년에 수업시간에 선생님이 걔가 쓴 글들을 읽어준 후로, 걘 지가 아주 뭐나 되는 줄 안다니까! 아주 있는 대로 폼 잡는 문장들을 늘어놓은거야, **사랑해** 어쩌고, **나의 멜뤼진** 어쩌고, 그것만 들으면 꼭 무슨 저랑 나랑 볼 거 안 볼 거 다본 사이에다, 결혼해서 애를 수두룩하게 낳은 것 같다니까! 게다가, 하이고, 그 단어들을 찾자고 분명히 사전을 있는 대로 뒤졌을 거야. 내가 거시기하기도 전에 지가 너무 빨리 거시기 해버렸다는 얘길 하려고 사전을 네 페이지는 뒤적거렸을 거라고, 내 말 무슨 뜻인지 알아?"

"글쎄, 잘 모르겠는데. 그게 뭐야?"

"**조루증 환자** 말야! 그런 말 못 들어봤어?"

"아니."

멜뤼진은 비웃듯 입을 비죽거리고는 명료하지만 부자연스러운 독백 투로 말했다.

"어쨌든 내가 걔랑 가는 걸 본 미렌이 아킴한테 가서 그 얘길 일러바치도록 하려고 내가 얼마나 애를 썼는지 알아? 그저 아킴을 열받게 하려고 그런 거야. 복수를 하겠다는 일념 하나로. 꼭 그렇게까지 할 생각은 아니었는데, 어찌어찌하다 보니까, 거기까지 갔지 뭐야!"

그녀는 또다시 말을 멈추더니 깔깔대기 시작했다.

"근데, 결국 아무것도 못 느꼈어. 그럴 시간도 없었다니까!"

멜뤼진이 웃자, 질다도 따라 웃었다.

"말하자면, 말 그대로, 아무것도…… 거기다가 입 냄새는 얼마나 고약한지!"

그녀는 풋! 하고 웃음을 터뜨렸다.

"그 애다!"

갑자기 질다가 벌떡 일어서며 말했다.

"뭐? 너 방금 뭐라고 했어?"

"르낭이 저기 있었어! 내가 봤어. 바로 저기 서 있었다구!"

질다는 바로 뒤에 있는 건물 입구를 가리켰다.

"틀림없어?"

"내가 그랬잖아! 우릴 쳐다보기까지 했는걸. 그러더니 가버렸다고! 그 애였어, 틀림없다니까!"

"우리가 하는 얘길 들었을까?"

"이 정도 거리면 듣고도 남지!"

"에이 씨!"

멜뤼진은 곰곰이 생각해보았다. 〈앨리 맥빌〉이나 〈프렌즈〉, 〈섹스 앤 더 시티〉에선 어떤 상황이든 늘 유머러스하게 넘어가곤 했던 것이다.

"근데, 어떻게 보면 다행이야. 어쨌든 말할 필요가 없어졌으니까. 맞대면 하는 건 한번으로 족해."

41

보내는 이: tildafromlille@free.fr

받는 이 : pchancel@ecoute&partage.org

제목   : 안녕, 그리고 고마워요

필립에게,

전 지금 타나나리브에 있는데, 조금 있으면 공항으로 가서 비행기를
타고 프랑스로 갈 거예요. 내일 정오쯤엔 릴에 있겠죠. 디에고를 떠나기
전에 청취 및 분담에 들렀더니 현장 감독님과 막 나갔다고 하더군요.(비
서가 당신을 아주 높이 평가하는 것 같던데요!) 일요일 날 해변에서 대화

를 나눈 것에 대해 감사의 말을 전하고 싶었어요. 제 얘길 들어줘서 고마워요. 이것저것 현명한 충고를 해준 것도 고맙구요. 마다가스카르에서 2주 정도 보내고 나니까 더 이상 어떻게 생각해야 할지 잘 모르겠어요. 그러니 당신이 옳은 거죠. 디에고에서 마지막 마무리 잘 하시고 무사히 파리로 돌아가 곧 태어날 아기랑 어린 딸, 아들 그리고 아주 아주 복이 많은 아내와 함께 행복한 가정 이루길 바랍니다.

마틸드 드림.

42

밤이 이슥한 시간에 필립은 로르에게 전화를 걸었다. 죠지 J. 윌링스비 경에 의해 1887년 캠브리지에 설립된 유명 국제기구 스마트하트의 지구당 지부 연례 무도회에 에르베 없이 혼자 참석했다가 돌아오는 길이었다. 로르의 지속적인 하혈에 차도가 있는지 알아보고, 아이들 소식을 묻고 나서 필립은 르낭의 자살 기도에 대한 얘기를 꺼냈다('그 아인 문학적 기질이라 손을 써서 하는 일엔 젬병이었던 게 그나마 다행이지!'). 에르베와 크리스틴이 르낭의 곁을 지키고 있었다. 두 사람은 엄청난 죄의식을 느꼈던 것이다('르낭은 민감한 아이라 그런 식으로 부모한테 욕을 해댄 거야.'). 필립은 그 일이 그들 부부에게 전환점이 되어 정말 중요한 게 뭔지 아는 계기가 될 거라고 생각했다. 급격한 감정의 동요로 인해 마침내 두 사람이 화해를 하게 된다고 해도 크게 놀랄 일은 아닐 터였다. 집에서 꼼짝을 안 하던 에르베는 다음날 약 250킬로미터 떨어진 곳에 위치한 암반자로 떠날 예정이었다. ('모두를 위해 그게 더 나아. 에르베는 완전 개판을 쳤어. 있을 수 없는 일이지. 그런 식으로 얼렁뚱땅 넘어가게 놔둘 순 없어. 상부에 보고할 거야.') 사정이 그런 만큼 필립은 아모리에게도 넌지시 암시를 줬지만 그는 회의에도 더 이상 나타나지 않았고, 뻔뻔스럽게도 일에는 무관심한 태도로 일관했다. 필립은 에르베의 비서와 일시적인 사랑에 빠진 것이 아닐까 의심했는데, 그녀는 '겉으로는 순진해 보여도 앙큼하기 짝이 없는 그런 여자'로 보였었다. 그는 떠나기에 앞서 정부 관료들과 협력 단체들과의 최종회의도 혼자 수행하지 않으면 안 되었다.

그것 외에는? 그러니까 필립은 스마트 하트의 연례 무도회에서 방금 빠져나오는 길이었다. ('흥미로워, 진짜 흥미롭다니까! 하긴 수첩에 몇 자 적어놨어. 왜 있잖아. 전에 말한 적 있는 그 수첩') 그 모임은 그 지역 인도계와 중국계 지도층을 위한 둘도 없는 연례 행사였다. 필립은, 그들이 현대를 살아가는 세상의 현실에서 얼마나 유리돼 있는지를 확인하는 건 퍽이나 애처로운 일이라고 했다. 그는 로르에게 홀의 구석구석마다 상점이나 후원업체들이 걸어놓은 플래카드에 대해서 들려줬다. ('우리나라 1970년대 광고도 그것에 비하면 최첨단이야.')

그는 두 '지역' 간부들 간의 단기 교환에 대해서도 상세히 설명했다. 필립은 그 표어들을 수첩에다 빠짐없이 기록했는데, 맨 첫줄에는 '노력, 발전, 지속'이라고, 다음 줄에는 '용기, 의지, 지속성'이라고 적어 놓았다('그 사람들은 사진기자들 앞에서 무슨 샤론-아라파트 평화협정이라도 체결하는 것처럼 그런 걸 서로 교환하는 거야.'). 이러한 단기 교환 뒤에 이어진 연설은 마치 최후의 일격과도 같았다. ('과장이 아니라, 나름 문제가 있어. '신사 숙녀 여러분, 노력하지 않는 인간은 발전이 없고, 발전이 없는 인간은 지속적으로 나아갈 수 없으며 따라서 그의 노력은 수포로 돌아가고 맙니다. 따라서 오늘 밤 이곳에 자리해주신 청소년 여러분에게 하고 싶은 말은 노력과 발전이 지속되지 않으면 그 노력과 발전이 무슨 가치가 있겠는가 라는 것입니다.' 그렇지?') 그러다 어느 순간에 경품 추첨 시간이 되었다. 상품은 전기 커피메이커, 전자계산기 겸용 담배 케이스, 자잘한 술 장식들이 달린 램프였다. 상품들은 맹꽁이자물쇠가 채워진 나무상자 속에 들어있었다. 일반적인 경품티켓 대신, 주최 측은 수십, 수백 개에 이르는 열쇠를 팔기로 했는데, 그중에 맹꽁이자물쇠에 맞는 열쇠들이 있었다. ('내 옆 자리에 앉았던 자식은 아주 돈에 환장했더라고. 전 디에고의 목공소란 목공소에 있는 나무들은 전부 그자 거야. 그런데 글쎄 저가 브랜드의 커피메이커니 전자레인지니 하는 것들을 타려고 그 자식이 열쇠를 몇 개나 사들였는지 알아? 34개야! 34개!') 추첨을 하고 보니 그자가 갖고 있던 열쇠 중엔 당첨된 게 하나도 없었다. ('그 자식, 인상을 있는 대로 찌푸리는데, 누가 봤으면 월스트리트에서 주가가 80% 폭락한

줄 알았을 거야. 그러고 나선 기막힌 소리를 하더라고. '난 뭐가 됐든 잃는 건 싫어.' 이러는 거야.')

필립은 보잘것없고 어색한 복장의 그 사람들이 오히려 소박하다는 사실을 금세 알아차렸다. ('그들은 우리나라 사람들보다 훨씬 온화해. 다시 말해서, 그들은 보기보다는 자신을 과대평가하지 않는 것 같애. 정중한 인사치레가 끝나고 나선 모두들 무대 위로 올라가서 재밌게 즐기는 거야. 정신 못 차리고 노는데, 정말 보기 좋더라고.')

'별 희한한 괴짜'로 말할 것 같으면, 그날 저녁 필립은 풍부한 어휘로 옆 사람들에 깊은 인상을 주고 싶어 안달이 난 한 인사를 만났다.('문제는, '술독에 빠진 사람'을 '술 도가니에 빠진 사람'으로, '안식년'을 '휴식년'으로, '안성맞춤'을 '안성마침'으로, '암묵적 동의'를 '암시적 동의'라고 말하더라고. 내가 지어낸 게 아니야!')
또한 그날 밤, 한때 아프리카 용병으로 이름을 날린 밥 드나르의 수하에서 용병 생활을 하다가 현재는 외식 사업을 하고 있는 한 이탈리아 인을 알게 되었다. 필립은, 대화 중에 사내가 던진 한마디는 디에고에 와서 정착한 유럽인들의 정신 상태를 완벽하게 요약하고 있다고 했다. ('있잖소, 나가 디에고에 살은 지 9년째 되는디, 여그 생활이 행복한지, 어떤 건지 아즉도 모르겄소.')

연달아 울리는 삐이 소리는 전화카드 요금이 바닥났음을 뜻했다. 필립은 다급한 목소리로 로르에게 사랑한다, 내일 암반자에 도착하는 대로 꼭 전화하겠다는 말을 되풀이했다. 이윽고 하던 말을 멈추고 선이 끊어지기를 기다렸다. 공백이 길어지면서 어색한 침묵이 자리 잡았다. 두 사람 다 더 이상 무슨 말을 해야 할지 몰랐던 것이다.

"봐, 희한하게도 아직 안 끊어지네!"

감히 전화를 먼저 끊기가 뭐했던 필립이 말했다.

"와, 죽이는데, 이 틈을 타서 아주 조금 더 해도 되겠어. 당신도 뭐 할 말 있으……"

43

마틸드가 다락방 문을 닫고 안으로 들어왔을 때 스테판은 TV를 보는 중이었다.

"쿠쿠!"

공항을 나서면서부터 자신을 괴롭히던 죄스런 느낌에서 벗어나 보려고 마틸드는 뻐꾸기 소리를 내보았다.

"응, 왔어?"

사내는 뿌루퉁하니 토라진 목소리로 중얼거리고는 침대 속으로 기어들어가 기계적인 동작으로 이불을 가슴께까지 추켜 올렸다.

마틸드는 여행가방을 내려놓고는 침대를 향해 몇 걸음 다가갔다. 새집처럼 이리저리 뻗친 그의 머리칼이 내내 그런 식으로 침대에서 뒹굴었음을 말해주고 있었다.

"자기 삐쳤어?"

"그래, 나 삐쳤다, 왜! 씽크대에다 공기니 접시니 냄비, 티스푼이
니 물 컵이니 하는 것들을 그냥 그대로 놔두고 가면 어떡해?"

"미안해. 그게 어떻게 된 거냐 하면……"

"시끄러! 허구한 날 씽크대 속에다 그냥 놔두면서 뭘! 설거지 하
겠다고 했으니까 하겠지 싶어서 놔둔 게 벌써 2주째야! 내가 니 머
슴이야?"

마틸드는 4년 만에 처음으로 스테판처럼 약한 존재에게서 느껴
지는 연민의 감정이 그런 식으로 자신의 희생을 당연한 것으로 받
아들이게 할 수도 있겠다는 생각을 했다. 그날 해변에서 타월 위, 자
기 옆자리에 누워 있던 필립의 이미지가 마치 신기루처럼 그녀의
뇌리를 스치고 지나갔다.

"그것 말고도 또 있어! 프랑스 텔레콤에서 독촉장을 보내왔는데,
벌써 두 번째야. 8월 달 청구서는 어떻게 된 거야? 난 몰라. 니 맘대
로 해. 돈 내는 건 너니까! 연체료를 물기니 말거나 어차피 네 통장
에서 빠져나가는 거고, 네 문제니까! 난, 분명히 말했다! 전화선 끊
겼는데, 나보고 취직자리 알아보라고 하기만 했단 봐라. 대체 인적
자원부에 어떻게 전활 하냔 말이야! 전화 한번 걸 때마다 공중전화
있는 데까지 200미터 거리를 힘들게 왔다 갔다 해야 하는 게 어떤
건지 네가 알기나 해? 뭐 하라면 하겠지만, 얼빠진 짓거리 하는 데도
한계가 있다고!"

마틸드는 미간을 찌푸렸다.

"젠장, 어쨌든 바람은 쐴 수 있겠네!"

그녀는 지붕 창문 쪽으로 걸어가며 내뱉었다.

"뭐, 바람은 쐴 수 있겠네? 그러는 넌, 넌 거기서 2주 동안 바람 안 쐬었고?"

그는 TV화면 쪽으로 고개를 돌리더니 다시 침대 속으로 기어들어가 턱밑까지 이불을 끌어당겼다.

"게다가, 별로였던 게 분명해. 네 얼굴에 다 쓰여 있어."

44

2002~2003 마다노르 프로젝트에 관한 협력협회 및 정부 관료들 앞
에서의 필립의 최종 발표 중 발췌

존경하는 북부 지역장님 및 부지역장님 그리고 협력협회 여러분,

발표를 하기에 앞서 청취 및 분담의 마다가스카르 북부 지역 프로젝트
를 총괄하는 에르베 무아장 현장 감독이 불참하게 된 것에 사과의 말씀
을 드리고 싶습니다. 무아장 감독은 오늘 아침, 이 자리에 불참하게 된 데
에 대한 유감의 뜻을 전해달라고 제게 부탁하셨는데, 현재 가정 내에 위
중한 문제가 발생하여 꼼짝을 못하고 있는 실정입니다. 바쁘신 가운데에
도 이 자리에 참석해주신 여러분의 시간을 낭비하지 않기 위해 곧바로

결산보고에 들어가겠습니다. 먼저 지난해 이 지역에서 발생한 심각한 위기 상황에도 불구하고 모두가 보여준 협동심에 개인적으로 무척 만족스러운 마음을 금할 길이 없습니다. 이러한 협력이라는 결과를 이끌어냈다는 것은 해를 거듭할수록 우리 파리 본부와 마다가스카르의 지역 대표 및 정부 관료, 협회들이 함께 힘을 모아 공동의 노력을 기울였음을 확증하는 것이고, 어떠한 효력이 발생하여 자리를 잡았음을, 다시 말해 여러분은 분명한 요구사항들을 개진해주셨고 우리 쪽에서는 고찰위원회를 결성하여 계획을 세워 자금을 출자하였고, 결국 이러한 돈이 이곳저곳에 지출되었음을 보여주는 것이라고 할 수 있겠습니다. 두말할 것도 없이 이 모든 것은 어떠한 활력의 증거이며, 이는 앞으로 다가올 장래에 대한 좋은 징조라 여겨집니다. 분명히 말해서, 이런 식으로 계속해 나간다면, 무엇보다도, 계속해서 함께 힘을 모아 꾸준히, 더 잘, 더욱더 잘 해나간다면, 언젠가 우리가 이룬 협력이, 너무나도 흔한 경우에 말도 못하는 위선과 이해타산을 숨기고 있는 그런 빈 말이 아니라는 사실에, 우리 자신을 자랑스럽게 여기게 될 날이 올 것입니다.

45

보내는 이: amaury_de_langle@hotmail.com

받는 이 : echekemath@mageos.com

제목   : 계획 변경

마티아스, 니 폰 어케 된 거야? 골백번도 더 전화했을 거야. 당장은 파리에 가기 힘들겠어. 아직 소피한텐 말하지 마. 나 니리나랑 나가. 그냥 하는 말이 아냐. 청취 및 분담은 때려치울 거야. 최근엔 여기저기 뒤져봤는데, 여긴 완전 기회의 땅이야. 인구가 십만 명이나 되는 도시에 사이버 카페도, 컨설팅 사무소도, 부동산 중개소도 없어. 극장도, 피트니스 센터도, DVD방도, 슈퍼마켓도 없이 완전 오지에다 선사시대나 마찬가지야.

니리나는, 프랑스 인이 여기서 활동하고 싶어 하는 데 수긍하기는 처음이래. 니리나의 삼촌은 타나의 정계에 있는데, 그분 말이 디에고는 관광산업으로 3년 안에 대박이 날 거래. 그렇담 누가 대박 나겠어???!!!

지금 니리나랑 뭔가 추진 중이야. 니리나한테 끝내주는 아이디어들이 있거든. 걔는 무지하게 똑똑해. 엄청 논리적이고. 그랑 제꼴을 가도 골백번은 더 갔을 거야. 지금 딱 22,000유로가 필요해. 자동차 대리점엔 아우디 건들지 말고 냅두라고 해. 봐서 7개월 안에 내가 두 대 살 거니까. 그것도 면세로. 여기선 내 온라인 계좌에 접속이 안 되는 데다, 그 머저리 같은 르무완이 전화상으론 안 되고, 서명한 위임장이 있어야 한대서 내가 너한테 사인해줘야 대. 내가 낼 UPS로 위임장 보낼 테니까, 받는 대로 은행에 갖다주고, 나한테 어케 됐는지 멜로 답 줘. 우선 고맙고, 아직 아무한테도 말하지 마. 쓸데없는 짓 한다고 할 테니까.

아모리

PS: 니리나는 완전 죽음이야! 내가 자료 찾으러 프랑스 가면 우리가 어케 하기로 했는지 말해주께. (그녀가 마사지를 해줬는데, 아우~!)

46

　암반자까지 새로 깔린 고속도로를 따라 암빌로브 마을을 통과하던 필립은 걸어서, 혹은 오토바이나 제부가 이끄는 우마차를 타고 가는 주민들을 간간이 보았는데 어쩐지 사막 한가운데를 지나고 있는 것만 같았다. 자신이 지나치게 빨리 딜리고 있다는 생각이 들었다. 이렇게 잘 닦이고, 이렇게 황량하며, 이렇게 쭉 뻗은 고속도로 위에서는 지표들을 놓쳐버리기 십상이라고. 미미한 에어컨의 바람결만이 느껴지는, 방음장치 된 상자갑 같은 고성능 사륜구동 안에 갇힌 채, 열대 우림의 나무들, 산들이 까마득히 펼쳐진, 이다지도 뜨거운 태양, 이다지도 파아란 하늘 아래서는. 핸들을 거의 놔버리다시피 한 필립은 **보조방향장치**의 보좌를 받고 있는 듯한 느낌이 들었다.

　그는 제법 그럴싸한 차를 몰았다. 나이는 마흔 살에, 다리 여기저기에는 털이 수북했다. 한번 이혼했다가 다시 결혼해서 아이가 둘이었고, 세 번째 아이가 곧 태어날 예정이었다. 그의 수입은 지구상 사람들의 평균 수입보다도 많았다. 그에겐 지불해야 할 청구서와 갚아야 할 대출금이 있었다. 명령에 복종할 수 있는 사람이 몇이나 되는가를 가지고 판단한다면 직업상 막중한 임무를 띠고 있다고 할 수 있었다. 그는 사람들로부터 존경을 받았고, 그가 내린 대부분의 제안과 결정들은 법적으로 인정받았다. 그렇게 되자 필립은 여자들에게 환심을 사곤 했다. 그가 어린 소년이었을 때, 어린 소녀였거나 아직 태어나기도 전이었던 여자들, 남자라면 더 이상은 어린 소녀로만 여기진 않을 그런 여자들에게. 그는 몇몇 기업가나 TV뉴스 앵커, 정치인, 과학자, 의사, 변호사들과 비슷한 연배였다. 심지어 아들 학교의 신임 선생님들 중 몇몇은 그보다도 상당히 젊었다. 그의 아들과 딸은 그를 '아빠'라 불렀고, 둘 다 그를 맹목적으로 신뢰할 만한 이유들이 충분했다.

　그 모든 게 그가 보기엔 착오인 것만 같았고, 도를 넘어선 농담인 듯했다. 모두들 하나같이 그를 어른으로 여겼지만, 그는 그 사실이 낯설기만 했다. 다른 어른들은 어떻게 너무나 자연스럽게 나를 자신들 중 하나로 여길 수 있었을까? 내 본성이 달라지지 않았다는 것을 알지 못했을까? 그는 어른들끼리 벌이는 논쟁에서 늘 어린아이처럼 저만큼 물러나 있으면서, 늘 어른으로 처신해야겠다는 마음가

짐을 지니고 있었다. 어른이 되고나면 그런 사실을 깨닫지 못하는 법이지만 말이다. 어른이 된 필립은 겉모습과는 달리 늘 어린아이였다. 삶의 고된 현실로부터 떼어놓고 보호해야 할 어린아이, 인간으로서의 도리를 다하고 환심을 사기 위해 떠맡는 그 모든 것들을 의문을 제기하지 않고 감당하기에는 역부족인 그런 어린아이 말이다. 그 후로는 그를 낳아준 그의 엄마조차도 그를 어른이 돼버린 어린아이로 여겼다. '내면의 아이다움을 외면하는 것은 언젠가 죽게 마련이라는 사실을 망각하는 것과도 같다.'

필립은 자신이 애써 이루려고 했던 모든 것들이 언제 어디서든 그런 식으로 단숨에 사라질 수도 있다는 사실을 단 1분도 망각할 수 없었다. 살아오는 동안 산다는 것에 의문을 품지 않아도 되는 그런 순간들은 좀처럼 보기 드물었던 것이다. 성관계를 할 때, 영화를 볼 때, 아이들의 웃음소리가 들려올 때, 기타 등등. 그 나머지 순간들은…… 삶이란, 마침내 감내하기 마련인 원숙함 같은 거였다. 종국에 가서는 살아온 삶을 후회하기 마련이지만 결국 늘 자신의 인생을 진지하게 받아들이게 마련인 것이다. 필립은 삶이란 때가 되면 오는 것으로 여겨본 적이 없었다. 현실은 늘 도달하기도 전에, 대개는 그것의 기습 효과로부터 홀가분해진 마음의 사전 필터를 통해 여과돼버리곤 했던 것이다. 아무것도 그에겐 진정한 마음의 상처로 남지 않았기에 그는 좀처럼 침체되는 법이 없었다. 마침내는 자신이 뭔가를 느끼는 것인지 불가피한 연기를 하는 것인지 분간할 수 없을 정도로. 그렇게 해서 그는 어쩔 도리가 없었다.

이러한 정신의 추이는 이점과 불리한 점을 동시에 갖추고 있었다. 필립이 볼 때 그것만이 오로지 분별력 있는 정신의 추이였다. 이러한 정신의 추이 덕에 그는 쓸데없이 시간을 허비하지 않아도 되었던 것이다. 자신을 지나치게 과대평가하느라, 혹은 자신을 바보로 여기느라, 요컨대 자신을 별 볼 일 없는 인간으로 여기느라 시간을 허비하지 않아도 되었다. 그는 다른 사람들을 볼 때마다 자신이 조금은 다르다는 느낌을 받곤 했다. 그들은 필립보다 훨씬 완전했고, 필립처럼 스스로에게 많은 의문을 제기하지 않았다. 그는 그로 인해 콤플렉스를 느끼곤 했다. 남들이 자기에 비해 훨씬 정상적이어서 자신보다 훨씬 현실에 적응을 잘 한다는 느낌을 받았던 것이다. 그러다가도 그는 재빨리 자신감을 되찾곤 했다. 그들이야말로 착각을 하고 있는데다가, 뭐가 뭔지도 모르는 거라고 속으로 말하면서. 자신의 흘러넘치는 통찰력이야말로 그들의 순응적이고도 막연한 경쾌함에 비하면 훨씬 가치있는 거라고.

암반자에서 65킬로미터 떨어진 곳에 이르러 신은 난데없이 시속 150킬로미터로 달리라는 명령을 내렸다. 그저 '속도를 150까지 올렸다가 다시 끌어내릴 수 있는지 보려고' 말이다.

'아, 안돼요! 그만하시라구요! 그런 식으로 불장난을 할 순 없단 말예요! 지금은 농담할 때가 아녜요. 운전 중이라구요. 위험하니까 억지 좀 부리지 마세요!'

신은 말할 수 없을 만큼 기분이 상한 것을 숨기고는 슬픔에 잠긴 체했다.

'그래요, 그래. 알았다구요. 하지만 그러고 나면 그만하기에요, 알았죠?'

시야엔 차가 하나도 없었다. 필립은 액셀러레이터를 밟았다. 고분고분 말 잘 듣는 닛산은 '해본 적은 없지만 한 번 해볼게요.'라고 말하는 듯 군말 없이 실행에 옮겼다. 필립은 좌석에서 상체를 곧추세우고는 어금니를 질끈 깨물고 핸들을 꽉 움켜쥐었다. 어쨌든 150은 장난 아닌 속도였던 것이다. 그는 기어를 5단으로 올렸다. 자동차가 반동에 의해 튕겨져 나가는 것만 같았다. ('할 수 있어요. 그러기에 적당한 장소는 절대 아니지만 난 할 수 있다구요!')

'자, 150이에요. 보셨죠? 어때요? 이제 그만 줄여도 될까요?'

필립은 지나친 불안감을 드러내 보이지 않으려고 애를 쓰면서 물었다.

신은 인정한다는 듯 고개를 살짝 끄덕여 보였다. 온전히 만족한 듯한 표정은 아니었다.

'감사합니다. 그것뿐이죠?'

필립이 재빨리 물었다.

신은 생각에 잠긴 표정으로 필립을 바라보더니 미소를 지으며 고개를 가로저었다.

'안 돼요! 그것만큼은 안 된다구요! 제가 '그것뿐이죠?'라고 했대서 그러시는 거예요?'

'바로 그거다. 절대 그 말을 해선 안 되었느니라. 그러니 이젠 내 말을 잘 들을거라. 속도를 130으로 유지하면서 오른쪽으로 살짝 빠진 다음 아스팔트와 갓길 사이에 걸쳐서 달리거라. 알겠느냐? 이건 단지 집중력의 문제다. 넌 아무 문제없이 해낼 수 있다.'

필립은 한숨을 내쉬었다.

'좋아요. 하지만 그러고는 끝내는 거예요, 네? 전에 그랬죠, 어쩔 수 없는 경우엔 모든 테스트들을 스탠드 바이 시키자고. 라마단 중에 비행기를 타야 하는 사람들 처럼요. 지금 생각해보면 이건 진정한 페어플레이는 아닌 것 같아요. 흔히들 그러잖아요. 속도 갖고 장난치면 안 된다고.'

신은 모욕당한 것 같은 표정을 지었다. 그러고는 맞은편에서 달려오는 차를 향해 돌진하라고 요구하지 않은 걸 다행으로 여겨야 할 거라고 답했다. 자신에겐 그런 걸 명령할 권리가 있다고.

필립은 속도를 130으로 올리고는 핸들을 오른쪽으로 꺾었다. 오른쪽 측면 바퀴 두 개가 갓길에 깔린 자갈을 밟았다. 차가 충격을 받은 게 틀림없었다. 핸들이 마구 날뛰었다. 필립은 고도의 집중력을 발휘해서 차가 똑바로 달리도록 했다. '스턴트맨이 따로 없다' 는 생각이 들었다. 털이 수북한 그의 피부 결을 따라 진땀이 몇 방울 흘러내렸다.

'좋아, 자 이젠 앞으로 곧장 600미터를 달리는 거다. 계기판을 보기만 하면 된다. 초당 100미터씩 나가니까 대략 6초면 된다. 그다지 어려운 일은 아니다.'

100미터, 200미터. 차량은 계속되는 방향 메커니즘의 장애에도 불구하고 자갈 위를 꿋꿋하게 달렸다. 필립과 동시에 눈으로 도로를 쫓던 신이 그의 귀에 대고 속삭였다.

'잠깐! 마지막으로 깜짝 테스트를 하겠다! 그러고 나면 끝이다, 약속하마! 그것만 하면 목적지까지 편안한 마음으로 가게 되는 거다. 우발적인 테스트니만큼 거부할 권리는 있지만 말이다.'

신은 차량 왼쪽에 펼쳐진 평원을 가리켰다.

'저쪽에 논이 보이느냐? 다음 커브가 나올 때까지 논이 몇 개나 되는지 세어보아라. 자, 서둘러라, 시간이 없다! 속도 늦추지 말고, 알았나?'

필립은 왼쪽을 흘깃 쳐다보고는 논들이 보이자 오른쪽 앞에 있는 중앙선을 주시했다. 다음 커브까지는 거리가 불충분해 보였다.

'그건 못해요! 미친 짓이란 말예요!'

에어컨 바람 때문에 땀이 줄줄 흐르는 얼굴에선 소름이 돋았다. 손 밑에서 핸들이 빠져 나가고, 바지 밑의 시트가 미끄덩거리며 달아나고 있었다. 필립은 더 이상 몸을 지탱하기가 힘들었다.

'자, 시간이 없다. 서둘러라!'

필립은 또다시 고개를 왼쪽 저 너머로 향하고는 논들을 세기 시작했다. 하나, 둘, 셋……네 번째 논을 셀 때쯤 자동차가 방향 전환에 실패했음을 알아차렸다. 보호대도 없이, 말라비틀어진 가로수에, 노랗게 뜬 풀들에, 황량한 사바나, 필립의 눈앞에는 끝없는 지평선이 펼쳐지고 있었다. 눈부신 태양, 파아란 하늘, 차량이 미끄러지며 내는 끼익하는 소리, 꼭 꿈을 꾸고 있는 듯했다. 차량이 도로를 벗어나 비탈에 비스듬히 걸쳐졌다. 자동차 바닥에선 긁히는 소리가 나고, 보닛 아래로는 풀들이 모로 쓰러지면서 앞 유리창이 쩍하고 갈라졌다.

'대체 이런 짓을 하라고 시킨 이유가 뭡니까? 사고가 날 게 뻔한데. 보세요, 이젠 이놈의 차가 감당이 안 돼요. 닛산은 엄청나요. 거의 탱크 수준이라구요. 똑바로 보세요. 결정하는 건 내가 아니니까. 자, 그 다음 차례는 뭐죠? 말 안 해도 알 것 같아요. 꿈속에서 봤던 장면 같으니까. 완전히 박아버리고 말 거예요. 봐요, 브레이크도 안 들어요. 더 이상 시간이 없어요. 너무 늦었다구요. 하는 수 없죠. 결국 차는 옆으로 뒤집힐 거예요. 데굴데굴 구를 게 뻔하다구요. 더 이상 아무것도 할 수가 없어요. 게다가 안전벨트도 안 했기 때문에 차에서 튕겨져 나가 사지가 절단될 테죠. 도저히 살아남을 방도가 없어요. 이 속도로 달리는 차에 타고 있다는 건, 태풍이나 지진을 만난 것과 다를 게 없어요. 능력의 한계를 벗어났기 때문에 더 이상 감당할 길이 없는 거죠. 태풍 속의 모래 알갱이처럼. 잔뜩 웅크리고서 어서 지나가기만을 기다릴 뿐이죠. 차 상태야 더 이상 말할 것도 없구요. 그리고 만약 살아남는다 해도 이렇게 뚝 떨어진 곳에서 누가 날 구해주겠어요?'

차가 막 구르기 시작했을 때쯤, 필립은 갑자기 더 이상 로르에게 전화를 걸지 못할 거라는 생각이 들었다. 어쩔 수 없는 일이라고 포기는 하면서도 그리 슬프지만은 않은 기분이 들었던 필립은 갑자기 다프네와 뤼도빅, 그리고 태어나기 무섭게 애비 없는 자식이 될 세 번째 아기 생각이 났다. '너희들이 고생할 생각을 하니 마음이 아프구나. 하지만 얘들아, 내 탓이 아니란다, 결정하는 건 내가 아니거든. 난 아무것도 할 수가 없단다.' 그리고는 눈 깜짝할 사이에 앞 유리창 너머로 튕겨져 나간 필립은 인생에 우연이란 없다는 마지막 생각을 했다.

'운이란 돌고 돈다니 참 희한하지…… 어쨌든, 아빠한테 죄 값을 치른 셈이네요.'

47

일간지 〈마다가스카르 에코L' Echo Malgache〉 2003년 9월 18일자 발췌 기사

안치라나나 연쇄 참극, 충격에 휩싸인 프랑스 교민 사회

이번 주 디에고에서는 세 건의 사고가 발생했다. 눈에 띄는 공통점은 없으나, 단 한 가지 세 건 모두 관련자는 프랑스 인들이다.

또한 사고는 모두 화요일에 시작됐다. 그날, 프랑스 고등학교 3학년생인 R. M 군(19세)은 자기 집 욕조에서 동맥을 끊음으로써 생을 마감하려 했다. 불행 중 다행으로, 병원 관계자에 따르면 생명에는 지장이 없다고 한다. 그러나 지금 이 시각에도 그러한 절망적인 선택을 할 수밖에 없었던 정확한 동기는 전혀 밝혀지지 않은 상태다.

수요일, 동거녀 엠보티 피델리스(48세)와 싸움을 벌인 것으로 보이는, 디에고에 최근 정착한 퇴역군인 모리스·H 씨가 화이트 스피릿으로 주택 방화를 시도했다. 그는 불을 지른 데 이어 분신자살을 시도, 2도 화상을 입고 군인 병원으로 옮겨져 경찰 감시 하에 치료 중이다. 디에고 수아레즈의 프랑스 영사관 관계자에 따르면 모리스의 자살기도는 이번이 처음이 아니라고 한다. 퇴역군인인 모리스는 1954년 인도네시아의 디엔 비엔 푸오 재판 이후, 정신병원에서 1년을 보낸 바 있으며, 프랑스에서는 배우자 폭행죄로 두 차례 감옥에 수감된 바 있고, 무장 강도 사건에도 연루되었다. 그는 주기적인 심장발작 및 과대망상증과 허언증虛言症으로 고통을 받아온 것으로 전해진다. 그러한 이유로 지금까지 사건을 수사해온 조사관들은 그의 답변을 신뢰하지 않고 있다. 관계자에 따르면 모리스는 엠보티 피델리스를 프랑스의 한 바에 불법 고용한 뒤 여권을 압수하여 활동을 못하게 했다고 한다.

마찬가지로 그는 최근 들어 엠보디의 전 남편 자오벨라 셀레스탱의 소유로 돼 있는 디에고의 엠보티의 집을 점거했다. 갱신되지 않은 그의 관광비자는 이러한 소문이 사실임을 입증하고 있는데, 디에고 이민국에 확인한 결과 모리스는 체류허가증을 불법으로 연장하기 위해 사무소에 접촉을 시도한 것으로 밝혀졌다. 자오벨라 셀레스탱은 협박 및 물질적, 정신적 피해에 따른 손해 보상을 요구하고 있다.

이와는 반대로 국제 인권기구 청취 및 분담의 특별 임무를 맡은 관리 필립 샹셀 씨(40세)의 경우는 운이 없었다고 할 수 있다. 샹셀 씨는 어제 암반자로 가는 도로 상에서 사체로 발견되었다. 2002년식 닛산 패트롤을 몰고 가던 중 자동차가 중심을 잃고 도로를 이탈하는 사고가 발생하여 샹셀 씨는 차에서 약 30미터까지 튕겨져 나갔고, 그의 사체는 형체를 알아보기 힘든 상태로 발견되었다.

샹셀 씨는 마다가스카르에서 자신이 들인 노력의 대가로 무공훈장을 받을 것으로 알려졌다.

48

| 필립의 수첩 |

• 이곳의 르노 4L 차들은 기름을 아끼기 위해 내리막길에서 시동을 끈다.

• 이곳에선 유럽을 상징하는 15개의 별이나 프랑스의 'F' 자를 자동차 뒤에 붙이고 다니길 좋아한다.

• 이곳 사람들은 기다릴 때에도 기다리는 듯한 표정을 짓지 않는다.

• 이곳 사람들은 백인한테 말을 걸 때면 입술이랑 손이 바들바들 떨린다.

• 이곳 사람들은 우리가 듣지 못하는 걸 듣는다.

• 이곳 사람들은 달력을 무척 좋아한다.

• 이곳 사람들은 침을 뱉을 줄 안다.

• 이곳의 인디아계 부자들이나 중국계 부자들이 그렇게까지 부유한 건 아

니라면? 아니면 알려진 것보다 훨씬 부자일지도? 알 수가 없다.

- 이곳 사람들은 악수를 할 때 딴 데를 쳐다본다.
- 이곳 사람들은 오래전에 딱 한번 들었을 뿐인데도 상대의 이름을 기억한다.
- 틸레아르 지역의 의약품 독점수입업자인 한 프랑스 인이 털어놓은 말: "한번 전염병이 돌면 톡톡히 재밀 본다네!"
- 이곳의 거리를 지나가는 예쁜 여자들은 운전석에 앉은 백인 남자들을 사라질 때까지 힐끔거린다.
- 이곳의 젊은 여자들은 우리가 자기네를 쳐다보고 있다는 것을 안 봐도 안다.
- 이곳 젊은 여자들은 한번 척 보기만 해도 우리에 대한 모든 것을 안다. 부자인지 기초생활 수급자인지, 촌스러운지 세련됐는지, 깨끗한지 지저분한지, 친절한지 거친지, 유순한지 공격적인 성격인지, 째째한지 너그러운지, 잠자리에서 끝내주는지 숨 막힐 정도로 답답하게 구는지.
- 제3세계 : 수치심과 겸손
- 이곳에선 모임이 있을 때 들어온 모든 사람한테 의자가 배치되도록 신경을 쓴다.
- 이곳은 보행자 우선이 아니다.
- 이곳 사람들은 약속을 중요시한다.
- 이곳 여자들은 지극히 여성스럽다.
- 이곳에선 일의 진행이 말도 못하게 빠르다. (예를 들어 1,000인 분의 연회가 오전 중에 즉석에서 차려진다.)
- 판매 중 : 4L

    1톤짜리 앉은뱅이 저울

2마력짜리 전기 모터

12구경 소총

캘빈 소총

각 1개

- 이곳에서는 이기적이고 개인주의적인 서양 특유의 게으름이 초대를 거절할 변명거리가 되진 못한다.
- 이곳의 부잣집 마나님은 어디든 늘 몸종이 따라다닌다.
- 이곳의 인디아계는 새 차를, 프랑스 인들은 중고차를 갖고 있다.
- 어느 중국인이 하는 말 : "내 픽업은 2천만 유로를 주고 샀는데, 아주 훌륭했지. 이제 6년째 돼서 방금 되팔았는데, 굴러가진 않아도 여전히 멀쩡해."
- 대화 중에 들은 얘기 : "난 잠을 먹어버렸어."
- 이곳 젊은이들은 오사마 빈 라덴의 얼굴이 그려진 T셔츠를 별 뜻 없이 버젓이 입고 다닌다.
- 이곳 은행에서는 지폐 5, 6백 장을 손으로 세는 데도 보고 있으면 너무나 매혹적이기 때문에 시간이 금방 간다.
- 몇몇 택시기사들은 4L을 미국차로 개조해서 타고 다닌다.
- 이곳엔 새끼발가락이 유난히 아래쪽에 박혀 있는 사람들이 많다.
- 이곳 여자들은 발의 볼이 좁고 발톱이 뾰족하게 다듬어져 있다.
- 이곳 사람들은 호리호리한 키에 척추가 많이 휘었다.
- 이곳 남자들의 85%는 배가 납작하고 눈에 띄게 근육이 발달했다.
- 이곳 남자들을 가까이서 보면, 멀리서 볼 때만큼 근육질은 아니다.
- 이곳 인디아계는 영어를 못한다.
- 사람들 얘기로는, 이곳 사람들은 백인들의 성기와 그들의 생활습관을

보려고 가족 단위로 포르노 극장엘 간다고 한다.

• 이곳은 돈이 문제긴 해도 문제삼지는 않는다.

• 외독시, 가시앙, 쟈크노, 피젤, 제르미에, 죠프랭클린이니 하는 희한한 이름들……

• 마다가스카르 사람들은 대부분 상냥하고 성실하며 여리고 계획성 있음을 알 수 있었다.

• 이곳에서는 자동차마저도 끝까지 잘 버텨낸다. 차들이 인간화되는 것이다.

• 이곳 거리에는 금지 방향이 엄청나게 많다.(어디에도 표지판은 없지만)

• 이곳에서는 백인들이 늘 앞서 걷는다.

• 백인들은 늘 '마다가스카르 사람들은 친절하다.'고 말한다.(여행 가이드에도 그렇게 적혀 있다.) 사실, 마다가스카르 사람들은 백인한테만 매우 친절하다.

• 장교식당에서. 이곳 군인들은 무기를 소지하고 있을 때면 사나운 인상을 지어 보인다.

• 이곳 군인들은 즉흥 합창곡이나 돌림노래를 부르면서 조깅을 한다. 대체로 듣기 좋고 음정이 정확하다.

• 학교 방문의 날. 이곳에선 백인에다 그리 늙지 않고, 깔끔하며, 친절한 인상이면, 교정에서 마주치는 어린 소년들 중에 어떤 애들은 진지하고 꿈꾸는 듯한 눈길을 보내며 '파파'라고 부른다.

• 청소 당번인 초등학생이 진짜 개꼬리로 교실 걸상의 먼지를 터는 것을 보다.

• 이곳에선 수많은 트럭이나 소형 화물차, 자동차들이 앞 유리창도 끼지 않은 채 다닌다.

- 이곳에선 차량 앞 유리창 3/5이 금이 가 있다.

- 이곳에는 비밀이란 없다.(모든 게 알려지게 마련이다.)

- 이곳에선 복잡한 의사 소통 수단 없이도 찾고 싶은 사람을 찾을 수 있다.

- 이곳에선 그 지역 전화번호란 전화번호를 죄다 외우고 있기 때문에 12에 전화해서 물어보면(이곳의 전화 안내는 12번이다.) 즉시 알려준다.

- 이곳에서는 별 말도 안 되는 소문들이 퍼질 수도 있다.

- 정치가의 연설. 이곳에선 마다가스카르 말로 하는 대중 연설을 백인에게 번역해주기 위해 애를 쓴다.

- 이곳의 정치가들은 별다른 원고 없이도 막힘없이 길게 말을 한다.

- 민주주의란? 라치라카나 라발로마나를 지지하는 T셔츠를 일률적으로 입고 다니는 것.

- '0001'로 끝나는 주요 공직자의 자동차 번호판을 보다.

- 이곳 또한 2003년도임이 틀림없다.

- Adibas라는 운동화, Elvis 마크의 청바지 및 Neki 마크의 운동 가방을 보다.

- 이곳의 초대장은 유료이고 들어가기 직전에 준다.

- 이곳에선 초대장마다 일률적으로 '○○모임에 참석하셔서 자리를 빛내주시기 바랍니다.'라고 적혀 있다.

- 이곳 관공서의 신청서류는 항상 '존경하옵는 ~께'라는 문구로 시작된다.

- 흰 아이 엄마기 이들의 손을 꼭 잡고 인사를 건네는 모습을 보다.

- 대기실 게시판에 손으로 꾹꾹 눌러 쓴 글씨로 '담배를 피우지 마시오.'라고 적혀 있는 것을 보다.

- 이곳의 파티는 초대받은 손님들에게 주는 카나페를 가지고 장난치지 않는다.

· 그럴싸한 중국 식료품점에서 다음과 같은 게시판을 보다 : '주인한테 대들지 마시오. 그건 주인 아줌마의 전공이랍니다.'

· 늘 뚱한 표정의 인도인 구멍가게에서 읽은 글 : '시간은 돈이다. 오늘의 고난은 성공의 어머니'

· 시장에서 판매되는 완전 새것의 카르푸 비닐 쇼핑백.

· 외국에 가면 늘 그 나라 사람들은 시련이 닥칠 때마다 한마음 한뜻이 되어 서로 사랑한다는, 터무니없는 인상을 받게 된다.

· 맨발로 모자도 안 쓰고 비를 맞으며 용접을 하는 남자를 보다. 그는 번쩍이는 불꽃으로부터 자신을 보호하기 위해 그저 두 눈을 질끈 감을 뿐이다. 건설현장에서 하루 일과가 끝난 뒤 얼굴을 화이트 스피릿으로 닦는 도장공을 보다.

· 어느 명사가 자신의 자녀들이 프랑스에서 성공했다고 자랑스레 말하다. 그의 아들은 로슈 보부아 가구회사에서 일하고, 딸은 포퓰레르 은행의 창구 직원이다.

· 이곳에서는 아무도 '직업이 뭐예요?' 라고 묻지 않는다.

· 이곳 사람들은 말 한마디 없이 오해를 잘도 참고 견딘다. 쟝 아돌프, 리코 스탕달, 플로리세, 알 프레딘 등등.

· 이곳의 창녀들은 불어, 독어, 이탈리아어, 스페인어, 그리고 '러시아어도 조금은' 할 줄 안다.

· 한 인도 사람이 타고 가는 스쿠터 발판에 장판을 댄 걸 보다.

· 한 백인이 자기 집 수영장에 물을 채우기 위해 그 도시에 단 한 대뿐인 급수차를 동원했다는 보고를 받다.

· 이곳에서 기억한다는 건 별것 아니지만 사람들은 우리를 잊지 않고 기억한다.

- 이곳에 들른 강연자들이 밤이면 평상복 차림으로 룸살롱에 가는 걸 볼 수 있다.
- 이곳에선 대형 할인마트 '리더스 프라이스'의 물건들을 진정한 사치품으로 여긴다.
- 흑인에게 있어서 자조적인 웃음이란, 백인에게 같은 편이 아님을 알리는 최고의 수단이다.
- 이곳에서는 줄을 설 때 백인이 앞에 서도록 한다.
- 이곳 사람들은 회사 택시를 탈 때 백인에게 자리를 양보하고, 기사들도 백인을 우선적으로 태운다.
- 이곳에서는 100미터 거리에서 손가락을 까딱하거나 눈썹만 치켜 올려도 택시를 부를 수 있다. (말장난이 아님)
- 가게 문턱에 일렬로 앉아 있는 인도 상인들은, 안으로 들어가보면, 각자의 휴대폰을 흔들의자 형태로 받침대 위에 올려놓은 채 같은 방식으로 카운터에 앉아 있다.
- 이곳에선 매사가 매우 빨리 이루어진다. (그들은 참을성이 없는 걸까, 아니면 그래야만 하니까 그러는 걸까?)
- 백인은 인도주의적인 우려를 표명할 경우, '인간은…….' 이라고 말하거나 그렇게 쓰지만, 그 앞에 '서양에서' 라는 말을 꼭 덧붙여야 한다.
- 이곳 사람들의 표정에선 하루 온종일 치러낸 시련의 흔적이 충분히 드러나 있지 않다. (땡볕에서 돌 깨기, 나르기, 한군데로 모으기, 땅기, 몸 팔기 등등……)
- 이 도시의 단 한 대뿐인 앰뷸런스는 그저 심심풀이로만 사이렌을 울린다.
- 이곳의 백인들은 자기네가 그들의 눈을 똑바로 쳐다보면서 큰소리로 말할 때, 이곳 사람들 앞에 떡 버티고 서서 "그래서 좋다는 거야, 싫다는

거야?" 하고 물을 때, 그들에게 굉장한 위압감을 준다는 사실을 모른다.

- 서양 : 추잡함과 거만함
- 백인들은 미신을 초월함으로써 '무지몽매함'에서 벗어났다고 하지만 과연 그럴까?
- 이곳 젊은이들은 생색내기 위해서 일을 하는 게 아니기 때문에 모든 걸 군말 없이 한다. 정원손질, 노래, 축구, 농구, 자동차 엔진 수리, 요리, 전기 배관, 미장, 목공, 도장 등등.
- 이곳의 백인들은 '지긋지긋해. 떠날거야.'라고 말하지만, 모두들 여전히 그대로 있다.
- 구불구불한 망고나무 가지를 의족으로 쓴 걸 보다.
- 이곳 사람들은 불어로 말은 못해도 알아듣는 것은 아주 잘한다.
- 이곳 사람들은 코털 소제를 자주한다.
- 이곳 사람들은 자동차 보닛을 자주 연다. 그리고 보닛이 열려 있을 때면 고개를 숙여 그 안을 들여다보는 사람들이 적어도 세 명은 있다.
- 이곳 개들은 낮에는 찍소리 안하고 있다가 밤만 되면 떼로 짖어 댄다.
- 이곳 대학생들에게 바자를 세 개의 형용사로 정의해보라고 했더니 한참 머뭇거린 후 그들이 하는 대답 : "늙고, 심술궂고, 비열하다."
- 이곳에선 부자들도 고생하면서 힘겹게 산다.
- 이곳의 인도 상인들은 우리를 낚시질로 잡는 물고기처럼 여긴다. 즉, 시간이 걸려도 인내심을 갖고 기다려야 한다.
- 이곳 사람들은 노래를 부르면 자연스럽게 다성 화음이 된다.
- 이곳엔 픽업이 많다. (늘 뭔가를 옮겨야 하므로)
- 트럭에 적힌 내용 : 파레 상회 - 계란 - 가금류 - 토끼고기 - 몽텔 가街 - 교회 - 34970 - 67 92 01 70

- 이곳의 바자들은 마다가스카르 남자들을 그들의 마다가스카르 여자 친구가 보는 앞에서 비난한다.
- 이곳에서 대화 중에 흔히 쓰이는 '알아서 해', '빌어먹을', '젠장', '자빠뜨렸어' 같은 말들은 전혀 상스럽게 느껴지지 않는다.
- 이곳 사람들은 불어는 잘 못해도 '의료보험료 3자 부담 원칙' 같은 전문적이고도 아주 복잡한 단어는 알고 있다.
- 이곳에서 가난은 순식간에 모든 걸 누구에게나 이해시킨다. 사람한테, 짐승한테, 심지어 나무나 식물한테도.
- 이곳 사람들은 조깅을 한다. (맨발로)
- 이곳에선 '2주 예정으로 삼바바에 간다.'고 말하고서, 2년 후에, 마치 어제 떠난 사람처럼 돌아온다.
- 이 나라에서 150년 동안 무슨 일이 벌어졌는지 아무도 모를 것이다. 얼핏 봐서는 별거 없어 보이지만.
- 이곳 사람들은 프랑스에서 히트치고 있는 것들을 다 안다.
- 프랑스에서 갓 건너온 최신뉴스들은 이미 한물 간 듯 보인다.
- 이곳에서 서양 심리학은 아무 의미가 없다.
- 이곳에서는 식사를 하려는 사람한테 '맛있게 드세요'라고 한다.
- 잡화점에 가면 휴지, 비누, 세제, 인스턴트 수프, 가루 분유, 담배, 시원한 맥주, 그리고 콘돔이 있다.
- 이곳은 약속시간에 늦는 법이 없다. 아예 오지 않거나, 시계가 없어도 시간을 칼같이 맞춰 온다. (대개는 온다.)
- 이곳에선 확실한 경우에도 '아마도'라고 말한다.
- 이곳에선 '아마도'라는 말이 '그래서'처럼 쓰인다.
- 이곳 사람들은 무슨 생각을 하는지 전혀 드러내질 않는다. 전혀.

- 이곳 사람들은 툭하면 소송을 한다.
- 중앙형무소 방문. 이곳의 교도관들은 나무를 해오고, 담배를 사오는 등의 심부름을 시키러 죄수들을 외부에 내보낸다. 심지어 물건을 훔쳐오라고 시키기도 하는데, 발각될 경우에도 그들한테는 명백한 알리바이가 있다.
- 중앙 형무소를 풀 방구리 쥐 드나들듯 들락날락한다.
- 하지 때 프랑스를 처음으로 방문한 여자랑 얘길 나눔. 그 여자는 절대로 밤이 되지 않을 것 같다는 생각에 겁이 났다고.
- 픽업과 나란히 있는 뿌시 뿌시(인력거) : 아무리 21세기라도 현대와는 거리가 멀다.
- 이곳 은행에선 수표를 확인하는 데 프랑스보다 시간도 세 배나 걸리고 신경도 세 배는 더 쓴다.
- 이곳에서는 당일 내로 수표를 현금으로 바꿀 수 있다.
- 하루 종일 가게 문턱에 앉아 손님을 기다리는 인도 상인들은 서서히 진행되는 죽음을 온몸으로 구현한다.
- 에르베가 해준 얘기. 국제기구에서 파견 나온 어느 프랑스 인이 프랑스 외무부로부터 의료 보험료를 환급받기 위해 자기 집 마다가스카르 인 하인을 자기 이름으로 치료받게 했다고 한다.
- 이곳은 밤에는 날씨가 좋다.
- 이곳 사람들은 손가락을 대지 않고도 휘파람을 불 줄 안다.
- 이곳의 바나 레스토랑에서는 망고, 파인애플, 바나나처럼 이곳에서 나는 과일들을 이국 과일이라 부른다.
- 1인당 하루 평균 생활비가 2달러 미만이니 하는 식의 서양 경제 지표는 이곳에선 아무 의미가 없다.

- 이곳의 젊은 여자들은 백인 아내의 품에서 백인 남자들을 꼬여 내는 것에 특별한 자부심과 쾌감을 느낀다.
- 도착한 이후로 남녀노소 불문하고 대다수의 사람들한테서 나는 이 청결한 비누 냄새는 뭘까? 유명 브랜드 비누인가? 아님, 탈취제? 세제? 디에고는 바로 이 냄새다.
- 이곳 사람들은 서로를 향해 많이 웃는다.
- 이곳 사람들은 차가 고장이 나서 밀고, 2주 동안 갈아 끼울 부품을 기다리고, 경우에 따라선 직접 만들기도 하는 일을 심각하게 받아들이지 않는다. 불편을 불편하게 여기지 않는 것이다. 그래서 이곳에는 우리가 생각하는 의미의 진보란 없다.
- 이곳의 인도 상인들은 구매력있는 손님이 없기 때문에 개떡 같은 물건만 판다는 얘기를 듣는다.
- 이곳의 인디아계 사람들은 마다가스카르 사람이랑 동일시하면 싫은 내색을 하지만 마다가스카르를 비판하면 화를 낸다.
- 이곳 사람들은 협조해야 할 경우에도 입을 내밀지 않는다.
- 지방방송 뉴스에 관한 얘기로 넘어가서, 이곳에선 앵커가 그 방송국에 단 한 대뿐인 카메라로 직접 취재를 한 다음, 찍은 내용이 담긴 카세트 테잎을 방송국에 손수 가져다주고 혼자 스튜디오에 불을 켜고, 혼자서 자기 테이블 정면에 놓인 VTR을 알아서 켠 다음, 밖에 있는 사람들을 조용히 시키고, 이기 저기 돌아디니는 닭들을 쫓아내고, 자기 맞은편의 카메라를 알아서 조절하고 마이크를 잡은 다음, 앉아서 머리를 빗고 옷매무새를 매만지고, 큐 해야 할 때 자기가 찍었던 다큐를 내보내기 위해 리모컨을 쥐고 플레이 버튼을 누른 다음, 생방송으로 다큐에 대한 멘트를 한다.

- 이곳의 여자애들, 지역적인 맥락에서 볼 때, 몹시 선정적인 여자애들이 길가는 프랑스인들을 보고도 그대로 지나치거나 못 보고 지나간다는 건 생각할 수도 없는 일이다.
- 이곳엔 백인들이 하도 많다보니, 서로를 외국에 떨어져 있는 백인으로 보지 않는다. 다시 말해서, 서로를 못 본 척한다.
- 이곳에선 '새벽에' 라는 뜻으로 '이른 아침에' 라고 말한다.
- 이곳에선 새벽 4시도 그렇게 이른 시간이 아니다.
- 앞에는 '연수생', 뒤에는 '매츠 시 패스트 푸드점' 이라고 적힌 T셔츠를 여봐란 듯이 입고 다니는 걸 보다.
- 이곳에선 상대의 말이 끝나면 무슨 말을 할지 생각하느라 남의 말을 귀담아 듣지 않는다.
- '라노 비시Rano Visy' [3])는 이 지역에서 생산되는 탄산수인데, '라노Rano' 는 물을 뜻하고, 's' 는 'ch' 로 발음된다.
- 이곳의 백인 여자들은 태엽감은 장난감처럼 따분하고 무미건조하다.
- 이곳엔 창문 설주마다 으스러진 도마뱀들이 많이 눈에 띈다.
- 마다가스카르는 바게트, 페땅끄, 소시지, 그리고 아코디언의 섬이다.
- 마다가스카르는 파스티슈, 로제 와인, 그리고 오리 푸아그라의 섬이다.
- 이곳의 인도 상인들은 단골한테는 비닐봉지를 주고, 더 자주 오는 손님한테는 총액의 1%를 깎아준다. '다른 사람 같으면 어림도 없다' 는 식으로.
- 이런 하찮은 곳에 과거라는 게 존재한다는 것 자체가 희한한 일이다.
- 이곳에선 다른 속셈 없이 순수하게 도움을 주러 온다.

---

3) 프랑스의 비시Vichy는 세계적으로 유명한 광천지鑛泉地다. 이 광천의 물은 '비시의 물' 이라 하여 각국에 수출된다.

- 옆에 프랑스 인이 있을 때 마다가스카르 사람 둘이서 얘기를 나누면 말은 잘 못해도 배려 차원에서 불어로 대화를 한다.
- 이곳의 몇몇 사람들은 우리처럼 불어를 잘하지 못하는 게 곤혹스러운 나머지 우리가 하는 말의 끄트머리를 기계적으로 반복한다.
- 스마트 하트의 연례 무도회에서 본 플래카드 : '우리 아왈 몰에 오시면 선택의 여지가 많을 것입니다. 우리 아왈 몰에선 손님이 왕입니다.'
- 이곳의 중국인들은 아프리칸화 되고 있다.
- 스마트 하트에서의 단기 교환 : '노력, 진보, 지속', '용기, 의지, 지속성'
- 어젯밤 아틀란티스 호텔 그 여자애의 성기는 싱그러운 해초 맛이 났다.

49

여행 가이드《글로브 클럽》'마다가스카르, 코모레스, 마요트, 레위니옹', 저자 : 니콜라 크리스쿠올리. 글로브 클럽 출판. 2003, 2004년 프랑스 판 디에고 소개 글

| 안치라나나 |

(디에고 수아레즈)

2년 전, 우리가 마지막으로 다녀간 뒤로 안탄카라나의 태양 아래에는 새로운 게 아무것도 없다. 아니, 너무나 많은 것들이 계속해서 퇴색되고 있다 해도 과언이 아닐 것이다. 2002년 내란이 휩쓸고 간 흔적이 여기저

기서 눈에 띄는데, 도로는 파괴되었고, 거래는 이루어지지 않고 있으며, 항만 활동은 모두 멈췄고, 항공 교통은 부진을 면치 못하고 있으며, 해변 관광은 근근이 버티고 있는 실정이다. 원래 프랑스 군대의 주둔지였고, 중앙정부의 말을 들어 본적이 없었으므로 타나의 정부 부처들이 탐탁지 않게 여겼던 이 지역은 완전히 고립될 만한 요소가 다분하다고 할 수 있다. 그렇다고는 해도 일시적으로 들른 유럽인들, 다시 말해서 등에 배낭을 지고 찾아온 바자들에겐 여전히 매력적인 곳일 것이다. (매력적이긴 해도 밖에 나갈 땐 충분히 가리고 다니도록 주의할 것!) 어딜 가도 찾아보기 힘든 이곳 휴양지는 꿈 같은 인적 드문 백사장으로 해변 애호가들에게는 여전히 기막힌 유람 거리이고, 모험을 즐기는 여행자들에게는 등반이나, 산악자전거, 다이빙 등 익스트림 스포츠의 낙원이라고 할 수 있다. 향수에 젖기를 좋아하는 사람들은 리베르탈리아 해적들의 전설에 푹 빠져볼 수도 있고, 역사에 관심이 있는 사람들은 명목뿐인 활주로 위에서 냉전시대의 국제적 쟁점들을 상상해볼 수도 있을 것이다. 이곳은 지금도 양심 불량의 선주들이 바다 한가운데에다 재활용이 불가능한 낡은 폐선들을 짐몰시키러 온다. 한미디로 말해서, 디에고는 여전히 모험 그 자체요, 세상의 끝이다. 게다가 삼류 소설의 무대가 되지 않았다는 사실은 실로 놀라울 뿐이다. 서민을 위한 갱스터 소설 시리즈나 《인간의 조건》 따위의 아류작, 다시 말해서, 우리가 살아가는 데 있어서 별로 중요하지도 않은 것들을 수도 없이 증명해 보이려 어설픈 시도를 하는 그런 책 말이다.

옮긴이의 말

《종착지》는 작가가 마다가스카르에서 알리앙스 프랑세즈를 운영하며 보고 듣고 느낀 점들을 3인칭 시점을 통해 써내려간 소설이다. 《종착지》가 파르그의 마다가스카르 체류 보고서라고 한다면, 이미 번역 소개한 《난 네 뒤에 있었어》는 마다가스카르 체류 중에 파르그가 겪은 이혼이라는 고통스러운 경험을 허심탄회하게 털어놓은 자전적 소설이다. 다시 말해 우리나라에는 전작보다 후속편이 먼저 소개되었다고 할 수도 있을 것이다. 작가 자신이 화자가 되어 직접 고백을 하는 《난 네 뒤에 있었어》와는 달리 《종착지》는 3인칭의 형식을 취하고 있지만 이 소설 또한 곳곳에서 작가의 목소리를 들을 수 있다.

장이 바뀔 때마다 번갈아 등장하는 각 인물들은 이러저러한 일신상의 이유로 '표류하는 영혼의 종착지'처럼 마다가스카르(디에고 수아레즈)로 흘러든다. 국제기구의 파견 임무를 띠고 디에고에 도착한 필립이 소설의 중심축을 이루면서 그의 주변 인물들을 통해 마다가스카르의 유럽인들, 그들이 그곳을 어떻게 보고 느끼는지를 보여준다. 파르그는 이 두 권의 소설에서 시종일관 인종과 문화 간의 갈등, 그리고 남녀 간의 성性에 대한 문제를 다루고 있다. 필립의 말을 빌자면, '모든 인간관계란 그렇게 오해에서 시작'될 뿐이다. 즉, 소통이 부재하는 자리에는 온갖 오해들이 난무하고 갈등이 빚어지게 마련인 것이다. 어쩌면 여기에 덧붙여 모든 관계란 갈등을 빚는 과정에서 서로에게 영향을 주고받으며, 좀 더 혹독하게 말해서 먹고 먹히는 과정에서 자연스럽게 형성되는 그런 게 아닐까. 누구의 잘잘못을 따지고 가려낼 필요조차 없는. 파르그가 《종착지》에서 그려내는 인물들은 이러한 오해가 빚은 갈등에 괴로워하고, 때로는 성난 목소리로 분노를 표출하기도 한다.

그들의 얘기를 통해 드러나는 각 인물들의 고유한 캐릭터는 매력적인 것이었지만, 그 느낌을 살려 번역하기가 쉽지만은 않았다. 장이 바뀌고 등장인물이 달라지면서 미묘하게 변화하는 문체 또한 난제 중의 하나였다. 마다가스카르에 가본 적이 없는 나로서는 인터넷을 뒤지고 국내에 소개된 온갖 여행안내서와 블로거들의 여행기를 샅샅이 훑어보았지만 마틸드가 털어놓듯 '사진만 보고 모든 걸

318

파악할 수는 없는' 노릇이었다. '마다가스카르' 라고 하면, 단편적으로 카멜레온 같은 희귀동물이나 이국적인 형상의 바오밥나무 만을 떠올릴 국내의 대다수 독자들에게, 《종착지》를 번역 소개함으로써, 마다가스카르와 그곳에서 사는 사람들, 그리고 그들의 내밀한 얘기에 조금 더 가까이 다가갈 수 있는 기회를 제공했으면 하는 것이 번역자로서의 작은 바람이다.

표류하는 영혼들을 위한

종착지

첫판 1쇄 펴낸날 2010년 3월 24일

지은이 l 니콜라 파르그
옮긴이 l 이혜원
펴낸이 l 박남희
기획 · 편집 l 박남주
기획 · 마케팅 l 김영신
디자인 l Studio Bemine
제작 l 이희수
종이 l 화인페이퍼
인쇄 l 청아문화사
제본 l 정민제본

펴낸곳 l (주)뮤진트리
출판등록 l 2007년 11월 28일 제318-2007-000130호
주소 l 서울시 영등포구 양평동 2가 37-2 양평빌딩 301호
전화 l 02-2676-7117 팩스 02-2676-5261
E-mail l geist6@hanmail.net

ⓒ 뮤진트리, 2010

ISBN 978-89-94015-06-4 03860